古典詩歌研究彙刊

第一輯

龔鵬程 主編

第 8 冊

唐宋陶學研究（上）

黃惠菁 著

國家圖書館出版品預行編目資料

唐宋陶學研究（上）／黃惠菁 著 ── 初版 ── 台北縣永和市：花
木蘭文化出版社，2007〔民 96〕
目 4+208 面；17×24 公分（古典詩歌研究彙刊 第一輯；第 8 冊）

ISBN-13：978-986-7128-92-8（全套：精裝）
ISBN-13：978-986-7128-79-9（精裝）
1.（晉）陶淵明明 ── 作品研究
851.432   96003132

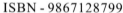

ISBN - 9867128799

9 789867 128799

古典詩歌研究彙刊
第一輯　第八冊
　　　　　　　　　　ISBN：978-986-7128-79-9

唐宋陶學研究（上）

作　　者　黃惠菁
主　　編　龔鵬程
出　　版　花木蘭文化出版社
發 行 所　花木蘭文化出版社
發 行 人　高小娟
聯絡地址　台北縣永和市中正路五九五號七樓之三
　　　　　電話：02-2923-1455／傳真：02-2923-1452
電子信箱　sut81518@ms59.hinet.net
初　　版　2007 年 3 月

定　　價　第一輯 20 冊（精裝）新台幣 28,000 元

唐宋陶學研究（上）

黃惠菁 著

作者簡介

黃惠菁，臺灣省臺北縣人，一九六五年生。臺灣師範大學文學碩士、高雄師範大學文學博士。現為國立屏東教育大學中國語文學系專任副教授。主要著作有《東坡文藝創作理論研究》（碩士論文）、《唐宋陶學研究》（博士論文）、〈試論唐代文人二重心理結構的形成與特色〉、〈從朱熹等人對擬陶和陶詩作的批評看東坡學陶的審美意義〉、〈從歷史承繼與文學環境角度看陶淵明的文學淵源〉…等。

提　　要

陶淵明為我國古代著名的詩人，他那高潔耿介的人品及平淡自然又不失優美流暢的詩文，贏得後世廣大文士的景仰與喜愛，也促成了歷代陶學的研究始終是文壇最熱門的議題之一。

所謂「陶學」，顧名思義就是有關陶淵明及其詩文的學問，是歷代陶學家的感受、理解和評價。自南朝劉宋顏延之的〈陶徵士誄〉問世以來，許多學人都對淵明的人生與文學發表過精妙的評說。古往今來，論家輩出，新論迭見。尤其唐、宋與清代文士的論析、闡釋，成績最為可觀。諸人剖析探討的內容，包括《陶集》的編次、詁箋、輯佚、或版本目錄的校勘、考證以及詩文的考釋、鑒賞、比較；或是作者生平事跡、思想情志等等。使得「陶學」已然成為一項專門學科，在中國古典文學領域中，與詩經學、楚辭學、文選學、杜詩學、敦煌學，乃至詞學、曲學、紅學等古典文學分支學科一樣，在長期醞釀、匯聚及壯大中，形成獨具個別精神的文藝思想課題。

基於以上認識，本書特就唐、宋文士在此意義過程中所扮演的角色為探討內容，抉發當時文士們有關陶淵明研究的種種思想與意見，藉此說明陶公在中國文學史或文化史上所以長遠不朽的原因，也呈顯出他在中國文士心目中所具有的典範意義。

目

錄

第一章　緒　論

第一節　陶學概說及其發展進程

　　陶淵明在我國文學史乃至於文化史上的意義是相當深遠的。他那高潔耿介的人品及平淡自然又不失優美流暢的詩文，贏得後世廣大文士的景仰與喜愛，也促成了歷代陶學的研究始終是文壇上最熱門的議題之一。

　　何謂「陶學」？據當代研究陶淵明的學人鍾優民先生的解釋爲：「顧名思義，就是關於陶淵明及其詩文的學問，是歷代陶學家的感受、理解和評價的總結。」（《陶學史話・後記》）這類隨著文學發展成爲以其姓氏冠名的專門學科，正代表著古典文學研究分工的日趨細密。從南北朝至民國，一千五百多年的歷史裡，所匯集的陶學研究成果是相當可觀的。自南朝劉宋顏延之的〈陶徵士誄〉問世以來，許多學人都曾對淵明的人生與文學發表過精妙的評說。雖然陶公留下來的作品並不多，可是「各家議論最紛紜」（朱自清語，見蕭望卿《陶淵明批評・序》）。古往今來，論家輩出，新論迭現。辯爭之烈，局面之盛，涉及之廣，實屬罕見。特別是經過唐、宋與清代的反覆論析、闡幽發微，才使得「陶淵明研究」成了一門「顯學」，並在中國古典文學領域中，占有十分引人注目的地位。

　　齊梁之後，歷朝的批評家即結合當時的美學趣味，分從各個不同的角度視野，對淵明其人及其詩文進行多層次的剖析探討。不論是《陶集》的編次、詁箋、輯佚、或版本目錄的校勘、考證以及詩文的考釋、鑒賞、比較，或是作者生平事跡、思想情志的闡述、揭舉與澄清等，成果豐碩可觀，成為後人了解陶淵明的最寶貴資料，也使得「陶學」已然成為一項專門學科，與詩經學、楚辭學、文選學、杜詩學、敦煌學，乃至詞學、曲學、紅學等古典文學分支學科一樣，在長期釀醞、匯聚及壯大中，形成獨具個別精神的文藝思想課題。而這項課題的生命力，永遠不會枯竭，反而隨著各時代思想、文化的變遷，也具有日新月異的生命精神。或被擴充、加強，或被質難、澄清。人們往往可以從多角度的視野，如社會、政治、哲學、倫理、宗教、心理等方面去做釐清、詮釋或補強，這些都有助於我們重新對淵明的認識與掌握。而且愈繁複的的社會情境，愈有可能幫助我們解讀作者豐富的情志，這一點，我們可由六朝人不太能欣賞淵明的美好，卻由後來生活、文化型態更形繁複的唐、宋來進一步領知，可見一斑。

　　歷史上對陶淵明及其詩文的研究和評價，大致可畫分為三個時期，即南北朝，唐、宋，元、明、清時期。

　　南北朝是陶學的草創期。但受制於時代風氣，淵明在世時，並未受到時人的重視。首先為陶學開闢草萊之功的人，是淵明的好友顏延之。他的〈陶徵士誄〉，是今人了解淵明簡單生平的最重要資料之一。至於首先注意到淵明作品價值者，應是鮑照與其好友王僧達，兩人當時往來酬唱，即是以〈陶彭澤體〉為本，進行和作。王僧達作品已佚，所以鮑氏之作，迄今被認為是第一個注意陶詩而且能以之為楷模、進行唱和的詩人，其中規摹淵明的藝術風格是相當明顯的；相去不遠，也能發現陶詩價值的人，是鍾嶸。鍾氏率先對淵明作品進行品第，礙於當時的審美趣味是以富豔繁密為貴，所以陶詩僅被置於中品，雖有不足，但多少也反映出當時批評家已開始留意到陶詩的地位價值。稍後，相對於時人對淵明認識的粗淺，能從「文」、「德」上對淵明表示

肯定者，則爲梁昭明太子蕭統。他所作的〈陶淵明傳〉及所編輯的《陶淵明集》，誠爲後人研陶的寶貴資料。此外，像沈約的《宋書》、北齊陽休之重新編排的《陶潛集》等，都對後人的研究工作，發揮了積極的作用，開創之功，實不可沒。

　　唐代對淵明的評價是與其時代精神相接契的。有關淵明及其詩文的鑒賞、品評，在這一期已經取得一個新的進展，標志著陶學研究，即將進入繁盛空前的階段。唐人或表達對詩人「仕」、「隱」的看法，有稱譽認同的，也有褒貶參半的。而且，唐人也開始關心詩人的家世生平，令狐德棻修訂《晉書》，便在詩人的傳記中，增補了幾條沈約《宋書》與蕭統〈陶淵明傳〉所無的資料。其中雖未言明何據，但確實是提供了涉及陶公世系、交游和思想的珍貴資料。另外，唐人也是繼沈約《宋書》「恥復屈身後代」說法之後，再次提出詩人有「忠晉」思想的朝代，這項說法主要是見於五臣注的《文選》，與傳說是顏眞卿所作的〈栗里詩〉。除此，唐人談論比較多的，還包括詩人的歸隱動機、嗜酒問題及對〈桃花源〉的看法；至於陶詩藝術風格方面，則是點到爲止，較少深入具體的評述，這與唐人擅長以形象思維思考有關。風氣所致，這時有許多詩人都投入到摹擬陶詩的工作上，成績斐然，不僅代表唐人在陶學的學習吸收上的最大成就，也可說是唐詩登峰造極的重要促因之一。

　　宋代文士對陶淵明，基本上是持肯定和頌揚的態度，將他視爲理想人格的化身，給予極高的稱譽。至於他的藝術造詣，亦是推崇備至。這些都可由當時詩話、筆記大量問世，而涉及陶公者竟多達七十餘種的盛況上，找到力證。也因此，促成了宋代陶學研究創見迭出，成果非凡，蔚爲壯觀：舉凡詩人的居址、家世、生平、經歷、思想源流、生活態度、文學表現、成就及對後世之影響等等，都在論述考驗之列。其中有承繼唐人之說，繼續加以發揮者，如「恥事二姓」的「忠晉」思想；也有推翻唐人之見，另標新義者，如「仕隱」之見、「飲酒」之想等等。可以說，不論是舊說新見，均比前此

的研究更加深入，同時又都能兼顧到作者的思想內容及文學作品的
藝術技巧分析。這種深入開拓之功，可謂將陶學研究帶入新的境界，
使得後來金、元、明、清的討論範圍，始終沒有脫離唐、宋奠定的
基礎，只不過在兩朝文士所提出的問題上，做縱向的掘發。其中較
具集大成之勢者，則為清代。此乃因其時詩學大盛，不論在文學理
論或批評方面，均能繼宋、明詩話勃興之後，取得更顯著的成就，
表現出理論上的全面性、系統性及多樣性的特色。這種接受和發揚
傳統文學的總結性努力，遂使得有關陶淵明的研究、討論，隨之再
度興盛發達，規模超過以往。當時著述之豐，考訂之密，甚至有將
陶學研究推向定於一尊，或立於不搖地位的傾向，從中也透露出清
代乃是陶學復興和高潮重見的重要歷史階段。

第二節　論題旨趣與研究方法

陶淵明及其文學對後代的影響相當深遠，不只中古詩人難以比
擬，即使將其置於整個中國文學史中，也頗有傲視群倫之態。

雖然，晉、宋時期的淵明是寂寞的，但從梁昭明太子蕭統為他編
集作序、寫傳開始，他便栩栩如生的活在每位文士的心目中，隨著時
代的推移，他所受到的尊崇也就愈來愈高。從南朝的劉宋，到五代之
後的趙宋，淵明的地位從冷寂到沸騰，是一條曲折而上升的道路。唐
朝居中樞紐，披沙揀金，在前代眾多詩人中，獨識淵明之妙，言人所
未知，發人所未議，將他的歷史地位在合情合理下，逐漸的拉高，為
後來的學者奠定了陶學研究的堅實基礎。這才使得緊追其後的宋代的
陶學研究，無論在廣度或深度上，都能開創出斐然的成績，不僅超越
前人，甚至有獨步千古之勢。而其中最可觀的成績，更在於一舉突破
了前此隻言片語的印象式議論，改以總體性的視野，多方位的角度，
去把握淵明的人生與作品。從思想品格到詩歌藝術的美學價值，皆做
了廣泛的學術性探討。

可以發現，宋代的陶淵明研究之所以蔚爲大觀，做到融攝古今的傲然成就，是與其研究成果帶有濃厚的「學術」、「學科」性質有關。因爲，當時文士所發表的意見，並非只是出於詩人的一種感性審美經驗，而是兼有學術的理性思維，不論在問題的洞悉或解析上，普遍具有精確深廣的特點。這種高超的藝術鑑賞、研究能力，誠與他們的知識背景、思想形成息息相關。爾時大部分的知識分子，既是詩人，也是學者，更是政治家。由於知識涉獵宏博，又能精研深討，所以他們的論據見解，常常有超拔於前代文人的地方。尤其是在論及像淵明這樣思想及作品均極爲生動豐富的對象時，更會不自覺地以帶有學術性的寬闊眼界，去觀摩詩人的一生，這也造成宋代的陶學研究，呈現出「堂廡特大」的特色。並且經由他們的努力，「陶學」已然成爲「文化史」的一部分，而非僅僅只是「文學史」而已。這種精湛探索，的確爲以後的陶學發展，奠定了堅實的研究基礎。

所以，唐、宋陶學研究可說是整個陶學的歷史發展長流中，極具重要的一段，幾乎帶有「承前啓後」的關鍵意義。兩朝一前一後，觀念既有相承深化，也有創造突破，顯見宋人的陶學研究成績，並非是孤立在整個歷史發展中。唐、宋──中國文學、文化發展的兩大盛況朝代，終於憑藉著當朝對審美的高度鑑賞力，使淵明得以沈潛而出，擺脫「知我者，二三子」（辛棄疾〈賀新郎·邑中園亭，僕皆爲賦此詞……〉）的窘境，而以滿身光華，睥睨群賢。

本文的撰述即是基於上述的認識後，而展開的研究工作。因爲任何一位作家的歷史地位，往往是由各時代的文學思想所決定。所以，爲了充分掌握唐、宋文學思想的內涵，本文特先就其形成的外緣、內因入手，藉由各時代政經變化、思想形態、文化模式等社會思潮，了解其對文士心態變化的影響。再由文士心理結構的特質，進一步聯繫到當朝文學思想，由外而內，再由內而外形成的特色。

所謂陶學的研究，實包含兩大議題，一則爲「其人」，一則爲「其文」。「人」者，包含淵明的生平、事跡、思想品格；「文」者，涵括

他的文學淵源、題材內容、表現風格等等。然而，「文學」，其實也就是「人學」，所以，在淵明本身留下的資料極其有限的情況下，可以發現唐、宋文士有關淵明思想人生的研究，除了參稽史傳外，也是以其最豐富的文學作品，以詩逆志，做出論見。雖是如此，文士之間的意見仍不時有極大的分歧，這當然是時代文學思想與個人審美認知合流下的綜合結果。同樣的時代，隨著個人人生經歷，學養形成背景的不同，其對審美的掌握，也就各異其趣。因此，本文在論述唐、宋人的研究成績時，為明其說之所自，非為臆斷，輒以顏延之〈陶徵士誄〉、沈約《宋書》、蕭統〈陶淵明傳〉、〈陶淵明集序〉、佚名〈蓮社高賢傳〉、令狐德棻等《晉書》、李延壽《南史》與司馬光《資治通鑑》等史傳，及現存宋人所撰的陶公年譜——王質《栗里譜》與吳仁傑《陶靖節先生年譜》，配合淵明一百二十多首詩作及十幾篇辭賦、散文，乃至六朝的文藝理論如劉勰《文心雕龍》、鍾嶸《詩品》等著述，交互印證，彼此比對，先勾提詩人所處的時代、人生及文學背景，然後再歸結唐、宋史傳、詩話筆記、文士的詩文著述及師友講習內容，點出唐、宋文士的立論意見，如實地呈現時人陶學研究的成果。如此一來，吾人或讀者既可先行掌握有關淵明的一切客觀情境，也可據以分析、判斷唐、宋說法是否合理恰當。

　　為了忠於淵明的原始面貌，也為了合乎唐、宋文士的思想之實，本文在論述各家之見時，儘量回歸於議論者的人生態度、立場，結合第二、三章文學思想形成的內外蘊因，梳理他們立論的背景，直指論者的本心本意，希望呈顯出唐、宋文士論陶的原始面貌及其內容深度。第四、五、六章則分就唐、宋文士在陶學研究上的可觀成績，包括詩人的名號、世系、里居及生平經歷，還有思想出處、仕隱態度，及人生境界等，做出詳細的剖析說明，這是唐、宋文士對淵明其人的看法部分；至於文學方面，則就詩人的文學淵源、作品內容、藝術表現及創作風格等，提舉唐、宋人的珠璣意見，證明淵明所以有「詩人之冠冕」（李公煥《箋注陶淵明集》卷四引曾紘語），洵非後人的溢美

之辭。在以上這些內容的處理上，本文均是以做到既能觀照淵明真實的人生、藝術成就，也能適度忠實地傳達唐、宋諸人的可觀論見爲主要寫作目的。

第七章則總結性的來看唐、宋文士學陶的意義與軌跡。包括諸人對淵明成就的看法，或從詩史角度上發出推崇之聲，或由詩歌體派形成觀點肯定其地位。除此，本文也從淵明實際上對唐、宋文士在思想行誼及創作著述上的影響，表彰他在兩代文士心目中的重要地位。當然，從後人對淵明人品、文學成就地位的推許，以及諸人受其濡染的深刻情形來看，也都可以說明陶公在中國文學史，甚至文化史上的長遠不朽原因。

第二章 唐宋文學思想形成之外緣環境

　　文學是作家對社會生活的反映，因此，任何創作過程總是飽蘸著作者的情智及心聲，其中不僅熔鑄作者濃厚的思想情感，也表現出其對生活的判斷及對現實的評價。所以，從一篇作品的細味咀嚼中，多少可以體會出文人的主觀意識和美學理想；但因緣於每個人對生活的不同認識和態度，其在文學創作中的取捨與褒貶，也就自然會產生各種分歧，甚至最後在文學作品思想的呈現上，也會有明顯的差異。

　　大體上來說，唐、宋的社會環境成因對文學思想形成的影響是多方面的：例如兩朝經濟的繁榮，唐代的強盛國勢，宋代的右文政策，均為文學發展提供良好的物質環境。至於文化上的兼容並蓄，承前開來，也為彼此思想的活躍，注入更多的有利因素；加以科舉詩賦取士制度的普及，知識階層結構的轉型變化，導致統治者內部結構的重組，這些改變契機，無異是鼓勵了士族階層投身政治，完成「兼濟天下」的理想。不過，對大部分的知識份子而言，畢竟他們是身處於封建勢力的直接控制下，根本沒有獨立自主的政治力量，他們必須依附於君權才能顯示其自身的價值，既要發揮士人階層的獨立意識與主體精神，又要將一切實現理想的可能性繫乎君主一身。所以，中國傳統的知識份子，有時既扮演著「經邦治世」的政治角色，有時卻又不得不以「獨善其身」的隱士身份自處；換言之，文人要實現理想的自我，

這其中的關鍵，還是繫乎外在環境的變動。因為個體存在於特定的社會生活中，是不免受制於當時的經濟基礎和政治動向的；而整個社會思潮的走向，除了帶有政治、經濟關係的烙印外，還包括各種文化形態和思想精神品質，甚至整個人化的自然環境在內。所以，要正確理解唐、宋的文學思想，熟悉士人的心理結構，凸顯其受特定社會濡染的氣味風貌，必得由上述幾個層面出發，才能得到較為周全的認識，以收「乘一總萬，舉要治繁」（劉勰《文心雕龍‧總術》）之效。

第一節　政治變化

　　唐、宋文學思想發展的變化，與政局向來有密切的關係，居中仲介聯繫的，主要是透過士人心理狀態來加以反映。政局影響士人的心理狀態，而士人心理狀態則直接影響文學思想的發展變化。中國封建社會中，尤其是隋、唐之後，文人普遍有參政的意願與機會，其命運輒與政局變化有緊密的聯結，甚至思想精神也會隨政局的起伏而產生變化，生活情趣與審美理想，自然也不可避免地受其影響。

　　經過三百多年的分裂、角逐之後，唐太宗李世民追隨父親高祖李淵投袂發憤，提劍指麾，以馬上得天下，結束了隋代短暫統一的局面。太宗即位之初，立刻採取一系列良政措施，納諫任賢，「選天下之才，為天下之務，委任責成，各盡其用」、「拔人物則不私於黨，負志業則咸盡其才」（《舊唐書‧太宗本紀》），一時的君臣遇合，可說是「謀猷允協」、「賢達用心」。其所締造的「貞觀」之盛，乃至後來玄宗的「開元」之治，景氣融朗，至今歌詠。整個時代瀰漫的是一股發揚蹈厲、昂揚向上的精神氣氛。

　　昇平的政局，大有為的時代，自然激勵著士人走向「仕」的道路。自從隋、唐採科舉取士制度後，便為廣大知識份子打開了晉身政壇的道路，讓所有寒士也有上達的展望。而所謂「白衣卿相」、「一品白衫」也並非神話。姚崇、張九齡，即是以庶族擠身宰輔大臣的成功例子。

這些現象，不斷地鼓舞著文人的士氣，激發他們產生參與科舉，走上仕途的志望。當時許多士人的個別理想，幾乎都是放在「濟世經邦」、「舍我其誰」的主要內容上，不甘心只做一個「立言」的文人，如岑參所說的「雲霄坐致，青紫俯拾」(〈感舊賦〉)；高適的「二十解書劍，西游長安城。舉頭望君門，屈指取公卿」(〈別韋參軍〉)，都是希冀封侯拜相的心聲發抒。這種以功業自許的理想，可說是當時文人普遍的懷抱。從「大澤一呼，為群雄驅先」(明·胡震亨《唐音癸籤》卷五)的陳子昂，登上幽州薊北樓，發出「前不見古人，後不見來者」的千古慨嘆起，唐代文人的內心深處，便熊熊地燃燒著從政報國、經綸大業的火焰。初唐社會中，這種強烈追求治國平天下的政治理想，又豈止陳子昂一人？王勃、楊炯、盧照鄰、駱賓王都有屢次出仕的經驗；「明經思得詔，學劍覓封侯」(〈晚年敘志示翟處士〉)的王績，甚至還有三仕三隱的可觀紀錄。所以，在「逮承雲霄後，欣逢天地初」(王績〈薛記室收過莊見尋率題古意以贈〉)的希望時代裏，李白豪邁地指出自己人生方向是：「申管晏之談，謀帝王之術，奮其智能，願為輔弼，使寰區大定，海縣清一。」(〈代壽山答孟少府移文書〉)便一點也不足為奇的。

　　從唐初楊炯的「丈夫皆有志，會見立功勛」(〈出塞〉)，到盛唐杜甫「致君堯舜上，再使風俗淳」(〈奉贈韋左丞丈二十二韻〉)，吾人不難理解唐人對政治的這種熱情。他們對人生和個人是充滿自信的，是唐代強盛宏大的氣度，為文人指出了從政建功的道路。他們以公卿自詡，以天下為己任，而生逢盛世又才高一代，是他們得以表現的最大前提條件。知識份子雁行魚貫，競相入彀，只因「王者無外，誰為方外之臣；野無遺賢，誰為在野之客」(《古今圖書集成·經濟匯編選舉典科舉部》)。蓋建功與否，輒為遭遇所左右，一旦時機成熟時，大丈夫就能象大鵬搏風，平地飛起，陳力以出。時機未到，就不得不像冥鴻，寂兮寥兮，全身而退；或像幽壑蛟龍，潛身以待！

　　由此可知，是大時代爲知識份子指出了向上一路，是當政者重視人才，求賢若渴的心理背景，爲所有文士製造了有利的升遷管道。想當時，唐太宗在登基之初，就清楚意識到：「可愛非君，可畏非民。天子者，有道則人推而爲主，無道則人棄而不用。」（《貞觀政要》卷一）並由此打開了人才的任用管道。昂揚的時代精神加以上位者對人才的寬容和禮遇，必使知識份子信心盈滿，自然要高唱「天生我材必有用」（李白〈將進酒〉）、「長風破浪會有時，直掛雲帆濟滄海」（同上〈行路難〉）！這種從政濟世的熱望，是形成唐代文人社會風尙的重要特點，它深刻地體現了民族文化心理結構中積極的一面。所以，反映在創作上的，自然是帶著明朗、自豪、高亢、奔放、激越的時代色彩。

　　到了安史之亂以後，政局的變化，明顯地在士人之中，引起不同的心理反響。唐朝的盛衰，以安史之亂爲關鍵，安史之亂，凸顯了玄宗執政末期皇室的腐敗。表面似乎經營域外有成，實際上，玄宗時府兵制業已廢壞，不論吐蕃、突厥或契丹勢力，都逐日增盛。欲圖控制守禦，不得不加重邊防兵力，藩鎮乘勢坐大，也易引起覬覦之念，天下勢成偏重。雖然肅宗後來借助回紇之力平定安史之亂，然大唐對外勢力自此大衰，內治亦陷於紊亂。兵燹、賦役未歇，國勢遂一蹶不振。當時社會凋敝之甚，從獨孤及的一篇碑序中，可以窺知一二：「三吳飢，人相食。厲鬼出行，札喪毒痛。淮河之境，骼胔成岳。」（〈唐故洪州刺史張公遺愛碑序〉）未受安史之亂波及的三吳都不能避免厄運的吞噬，何況是戰火連年的河南、淮南〔註1〕！面對如此慘境，久久

〔註1〕據當時資料記載，安史之亂受創最重者乃河南、淮南一帶，凋弊之甚，無以復加：「自兵亂一紀，事殷四方，耕夫困於軍旅，蠶婦病於餽餉，欲求無事，豈可得乎？致令戶口減耗，十無一二。而河南、淮南西，尤甚諸道。得非搜乘補卒之數，急賦橫稅之繁，致使逋駭匪寧，流庸不復。兼亦親人之職，少有政術稱者，放富役貧，多患不均。靡家靡室，皆籍其谷；無衣無褐，亦調其庸。」（見〈劉晏宣慰河南淮南制〉）

不能恢復，難怪代宗至死，都不免要哀痛指出：

> 朕以眇身，祇奉鴻業，不能光宣大訓，嘉靖萬邦，奉祖宗
> 重熙之德，答公卿寅亮之勤。旰食宵衣，痛心疾首。(〈代
> 宗遺詔〉)

這種沈痛，既是社會精神面的集中反映，也自然會影響到社會個別成員的精神面貌。

在歷史和社會的嚴峻考驗下，當時士人的情操和品格，有了明顯的差異：值此國難，有的沈淪，有的逃避，有的變節。可貴者，像杜甫，仍然對國事情深，悲憫百姓疾苦：「窮年憂黎元，嘆息腸內熱。」(〈自京赴奉先縣詠懷五百字〉)不過，在「王化習俗，上下交喪，而心聲隨焉」(明·胡震亨《唐音癸籤》)之下，許多文人不再有「激三千以崛起，向九萬而迅征」(李白〈大鵬賦〉)的大鵬精神，終止了所有熱情與幻想，在發出深沈嗟嘆後，不久，就陷入個人悲歡情緒中，所謂「盛唐氣象」，至此，可謂蕩然無存。

此時大多數的士人，在力致卿相、建功立業的理想破碎後，不僅失去了自信，情感也別為脆弱，有了回避現實的傾向。書齋、考場、宦海的人生旅程，不斷的回環往復，普遍缺乏生活、社會責任感。文人不再志於四方，而是單一的向京城趨近，不斷地向長安城退避、收縮。李觀在〈與處州李使君書〉中就寫道：「且士有才與藝，而不北入洛，西入秦，終棄之矣。」因此，文學創作也就失去開放性和進取性。文學方向隨著政治格局的氣餒，有了改變，情感狹小了，不再有清剛壯大氣勢，而是追求個人榮枯悲歡的冷落、寂寞境界。逃避現實的結果，也使得文人們爭相仿效陶淵明，或崇信佛老，向心靈彼岸世界或世外桃源復歸，從社會群體倒退到個人心靈和自然之中，「大歷十才子」，可以說是這種傾向下的代表人物。

到了憲宗元和年間，政局又有了新的變化。王室因對藩鎮用兵，取得軍事勝利，而號為「中興」時代：

> 憲宗嗣位之初，讀列聖實錄，見貞觀、開元政事，誅慕不

能釋卷。……果能剪削亂階，誅除群盜，睿謀英斷，近古
罕儔。唐室中興，章武而已。(《舊唐書·憲宗本紀》)

顯然元和的用兵成功，對中央政府而言，有了鞏固政權和統一的意
義。影響所及，文學也反映了當時社會的情緒和人們的精神狀態。士
人的激情又再度融合到時代精神中，主觀精神又體現在文人作品裏，
不論「古文運動」或「新樂府運動」，都足以說明其中的關聯。「變革」
的風潮，湧向了政場，也吹向了文壇。順宗朝的「永貞革新」，就表
現了士人的經世企圖，雖然時間短暫，成效不彰，不過，社會變革的
思潮卻未嘗澆熄。例如憲宗即位後，就做出「降天下繫囚，蠲租稅，
出宮人，絕進奉，禁掠賣」(《資治通鑑·唐紀五十三》)的政策調整；
韓愈也跟進，提出「排佛老」、「平藩鎮」的政治主張；另外，像裴度
的平淮西，以及白居易在策論中，提出政治、經濟問題的種種見解，
都是改革願望的反映。政見也許不同，但「中興」心願卻是一致。以
這種對政治投入的熱情，從事理論創作，自然有偏重「實用」、「功利」
的趨勢。韓柳古文運動的推行，便在於強調文學的實用功能，散文創
作上，也就有了「明道」說的出現。至於詩歌方面，白居易特別拈出
「爲君，爲臣，爲民，爲物，爲事而作，不爲文而作」(〈新樂府詩序〉)
的創作主旨，強調「諷喻」、「懲勸」的功能。顯然，這樣的詩論是特
定代條件下的產物，與政治「中興」有關，帶有強烈的功利目的。

另外，在詩歌思想上，韓孟的尚怪奇，也與時風有莫大的關聯。
韓愈在〈誰氏子〉一文中，就道出了時人尚怪的實質原因：「又云時
俗輕尋常，力行險怪取貴仕。」「貴仕」的誘惑難以抗拒，所以只有
走上「險怪」一途，況且在「中興」局面下，潛藏在政治背面的藩鎮
割據、宦官專權、朋黨傾軋等危機，並沒有得到完全的消解，有的只
是暫爲緩和。所以，許多文人在察覺這些暗潮後，兼濟天下之志，也
就慢慢淡化。不合理的社會現象，開始壓縮著文人自我意識的回歸，
重新重視自身利益，注重及時行樂，所謂的倫理觀也受到質疑。是非
淡泊，其人追求險怪以達政治目的，也就不足爲奇了！當文人的熾熱

降溫後，精神也逐漸由苦悶轉致變態：李賀詩歌之所以奇詭怪誕、瑰麗斑斕，代表的不只是一種創新、一種「變正」，也是苦悶精神的一種發洩。誠如王世貞在《藝苑卮言》卷四中所說的：「李長吉師心，故爾作怪。」寥寥數字，便道出了李賀創作傾向的根本原因。

　　晚唐的政局，始終處於不穩定的狀態，人心浮動。宦官亂政，跋扈囂張，無以復加。時人劉蕡憂憤之至，就曾冒著殺身之禍，大膽指出宦官亂政的嚴重後果——覆亡：

> 臣以爲陛下之所慮者，宜先憂宮闈將變，社稷將危，天下將傾，海內將亂。此四者，乃國家已然之兆。(〈對賢良方正直言極諫策〉)

後來「甘露事變」發生〔註2〕，應證了「宮闈將變」的預言，而宦官的勢力，也由此沸騰到銳不可當的地步。加上藩鎮與中央的對峙、矛盾仍然尖銳，而朋黨傾軋，更形白熱化，造成威脅中唐的三大危機，有增無減。如此局勢，顯然並非一、兩個明君與賢臣所能扭轉改善的。

　　其實，晚唐的幾個君主，並非昏庸無才，一任國運沈淪，像文、武、宣宗，均嘗勵精圖治。據《資治通鑑・唐紀五十九》所載，文宗即位，「勵精求治，去奢求儉」，時常召集宰輔群臣，延訪政事，時人甚至對他寄以太平厚望。文宗自己也嘗對鄭覃說過：「我每思貞觀、開元之時，觀今日之事，往往憤氣塡膺耳。」(《舊唐書・文宗本紀》)這樣嘔思有爲的皇帝，甚至曾經試圖想要謀除宦官之害，未料事敗，反而倍受鉗制，不僅悲不堪言，也挽回不了李唐既頹之運勢：

> 上疾間，坐思政殿，召當直學士周墀，賜之酒，因問曰：「朕可方前代何主？」對曰：「陛下堯、舜之主也。」上曰：「朕豈敢比堯、舜！所以問卿者，何如周赧、漢獻耳？」墀敬曰：「彼亡國之主，豈可比聖德？」上曰：「赧、獻受制於

〔註2〕「甘露事變」發生於唐文宗大和九年。當時宰相李訓、鄭注等人應無法忍受宦官專橫亂政，於是計畫誅殺宦官仇士良等人，未料事敗，結果李訓、王涯、賈餗、舒元輿等被殺，造成朝廷大臣人人自危，恐懼不已。皇帝與朝臣聯合反對宦官的計略，以徹底失敗而告終。

強諸侯，今朕受制於家奴，以此言之，朕殆不如！」因泣
下沾襟。（《資治通鑑‧唐紀六十二》）

這般自白，令人動容！可惜執政之臣，未能體會君心，猶有粉飾太平
之舉，無怪乎司馬光論及這段歷史時，特出以諷刺不齒〔註3〕！

另外，像武宗、宣宗也是作為之君，武宗平劉稹，毀佛寺，英武
過人；宣宗則胸藏韜略，不形於外，時稱「小太宗」，可惜，沈痾非
一日之積，社會內部早已腐敗不堪，整個李唐王朝已經走到窮途末
路，連史家都不免發出哀嘆：「嗚呼！自是（宣宗）而後，唐衰矣！」
（《新唐書‧宣宗本紀》）

改革失敗，中興夢碎，多變的政局，使得文學創作者的精神狀態
也非常的不穩定。有時惦念王朝盛衰，心存希冀；有時面對現實衰敗，
繁華已過，心情特為蕭瑟。矛盾的思想，使作品中自然流露出感傷與
頹廢。整個時代既已衰頹，詩人的精神也就沒落了，「夕陽無限好，
只是近黃昏」，傷感的文學色彩自然冉冉而起，籠罩著所有文人的心
靈。值此之際，詩人對人生有著強烈的空茫感與無力感。感傷的結果，
就是消極否定世事、功名、利祿：「每憶雲山養短才，悔緣名利入塵
埃。」（雍陶〈再經天涯地角山〉）從政的熱情完全澆息，為了避免捲
入傾軋的政治鬥爭，士人的視野不敢再大步向前瞻望：「運去不逢青
海馬，力窮難拔蜀山蛇。」（李商隱〈詠史〉）美的旋律只能回旋在閨
閣庭園，只能向山林和自然復歸，一任自己陶醉在世外山水之樂裏：

〔註3〕當時朝臣猶有規避現實，罔顧政治責任者，如牛僧孺。史書記載，
文宗曾召見之，特意詢問：「意於太平，何道以致之？」，而牛僧孺
的回答卻是：「今四夷不內憂，百姓安生業，私家無強家，上不壅蔽，
下不怨讟，雖未及至盛，亦足為至矣。而更求太平，非臣所及。」
（《新唐書‧牛僧孺傳》）朝中盡是充斥著這種無視現實，識見短淺
的命臣，難怪會引發宋人司馬光的不滿、激憤，特於《資治通鑑‧
唐紀六十》中，表達士人內心之不齒：「於斯之時，閹寺專權，脅君
於內，弗能遠也；藩鎮阻兵，陵慢於外，弗能制也，士卒殺逐主帥，
拒命自立，弗能詰也；軍旅歲興，賦斂日急，骨血縱橫於原野，杼
軸竭於里閭，而僧孺謂之太平，不亦誣乎？」

「轉知名宦是悠悠，分付空源始到頭。待送妻兒下山了，便隨雲水一生休。」（李涉〈偶懷〉）朝政敗壞，禮樂崩毀，世風日見陵替，上下謀利，如蠅逐臭，道德蕩然無存，生活觀改變了，人們也就轉向及時行樂，頹唐昏瞶的一面。為求排遣憂傷，遂耽於酒色，而詩歌中也就展現濃烈的艷情，追求綺麗的形式，崇尚詞藻的雕飾；在審美方面自是鍾情於華麗婉媚，爭相強調細膩情思的勾描與技巧的錘煉。駢文與律詩的復盛，便成為這一期的主要特色。綺麗的外表與頹廢的內容，也就構成了晚唐創作的新興組合。

　　士人的精神狀態是與整個時代精神共通的，而時代精神往往可以做為政局興衰、有為與否的一種表徵。當時代精神通向個人時，也正是文學精神發揮作用之時。換言之，文學的基本面貌正由這裏面的作用來決定：從清雄剛健、昂揚向上的「盛唐之音」，到強調「功利」、「實用」、「諷諭」、「尚奇」的中唐文學，到「亂世之音怨以怒，亡國之音哀以思」的晚唐詩文，我們都清楚地看到這條相通的軌跡，了解到文人的命運、審美理想、生活情趣和政局變化的關係，是如此密切的繫結在一起，這種串聯，是任何一個朝代文學基本存在的事實。不過，如就士人參政的普遍意義來說，推行科舉制度的唐、宋、明、清諸代，其文人與政治的聯繫，較之他朝，自然是更為深刻了！

　　宋初立國，太祖、太宗為穩定政局，乃歸結前代政治的得失歷史經驗，做為一切政治和軍事制度實施的指標，從中採取了「強幹弱枝」的治國政策，重建中央集權的專制統治，大大削弱了一直是唐代國政隱憂的藩鎮權勢。當政者不僅將地方權力收歸中央，而且還一再對軍事和官僚制度，發動改革，使中央軍、政部門的事權分散，官員上下左右相互牽制，一切權力的集中，置於君主一人之身，企圖由此解決唐末、五代君弱臣強的危機感。在這一系列的國策制訂中，最引人矚目的，即是以「文治開國」的宣示。《宋史紀事本末》卷二載：

　　（太祖）因謂普曰：「五代方鎮殘虐，民受其禍，朕今用儒
　　臣幹事者百餘人，分治大藩，縱皆貪濁，亦未及武臣十之

一也。

這段話透露著太祖重用「儒臣」的主張，其實是與削弱藩鎮勢力，有著類似的用心，其目的無非是鞏固自己的政權勢力。所以，他特別立訓要後代子孫優崇文臣，擴大文官任職系統，廣開知識分子參政之道。後來的太宗也紹承了相同的想法，認為「王者雖以武功克受，終須用文德致治」（《宋朝事實類苑》卷二）。所以，「文治」也就成為有宋一代的立國特色。在「儒道之振，獨優於前代」（《宋史·陳亮傳》）下，也使得宋代文人和政治的關係以及文學和現實的關係，更為密切。

宋室舉用文人之道，最主要還是透過行之有年的科舉考試來加以達成。為了鼓勵文人參與科舉，當政者不僅改進了唐代權門難免用情的漏洞，同步實施糊名彌封考校和謄錄的辦法，而且取消了前朝進士及第後，尚須應禮部釋褐試而後才能任官的約束。對於這種測試所能達到的公平性，太祖也不免自負道：「昔者科名多為勢家所取，朕親臨試，盡革其弊。」（《宋史·選舉志》）而從實際數字的統計，也可看出宋人參與科舉的熱烈情形。

據史籍記載，唐代進士及第，每次錄取不過二、三十人，最高額也只有高宗咸亨四年的七十九人，而宋代，在太宗太平興國二年即增為一百零九人，景祐元年再增高為五百零一人，徽宗宣和六年甚至達到八百零五人之多！這個數字遠遠超過唐代開元盛世二十九年間所取進士的總和（《宋會要輯稿·選舉七之二——舉士十三·親試》註）。名額的增加，待遇的優厚，測驗過程的公平，加上宋代科場真正能做到所謂「取士不問家世，婚姻不問閥閱」（鄭樵《通志·氏族略》序言）〔註4〕的原則，所以，自然吸引了大批知識份子不遑寢息，即使

〔註4〕據今人陳與彥先生的統計，《宋史》有傳的一九五三人中，布衣者幾占百分之五十五強。這些人多出身於低級品官，所謂「孤寒之士」也。布衣出身的庶人，唯一的入仕途徑便是參加科舉考試，不像勢家子弟可以由恩蔭晉身。宋代這種植根於社會經濟背景的取士制度的變革，其中所體現的平等精神——「取士不問家世」、「一切考諸試篇」，對於促進社會流動，從而導致宋學自由議論風氣的形成，確

窮經皓首，也要湧入科場，舉身應試的熱鬧場面。

　　透過科舉考試來大量吸引文人參政，本是統治者的用心，而這種熱潮，也的確發揮了它最大的效益，點燃了文人從政的高度興趣。一旦登第列名，除了可以實現經綸國事的理想外，也是人們通向權利和財富的唯一途徑。因爲應試者及第的榮耀，是一般人難以想像的，尹洙就曾做過生動的譬喻：

　　　　狀元及第，雖將兵數十萬，恢復幽、薊，逐強藩於窮漠，凱
　　　　歌勞還，獻捷太廟，其榮不可及也。（田況〈儒林公議〉引語）

其中殊榮，連經略邊疆戰事、屢建奇功者，都遠遠不及。加以入仕後，俸祿優厚，生活無虞，文人自然得以優游，追求物質與精神的文明〔註5〕，單憑這一點，便是唐人永遠無法企及者。難怪宋代民間普遍流行這樣的諺謠：「天子重英豪，文章教爾曹，萬般皆下品，唯有讀書高。」

　　檢細整個宋代經過科舉考試獲得功名，進而在朝廷居高官者，也爲數甚夥。如北宋初年的王禹偁，後期的陳與義；南宋初年的張孝祥，末年的文天祥，甚至高中狀元。而晏殊、文彥博、范仲淹、歐陽脩、王安石、陳與義、范成大、文天祥等，也曾官拜宰相或任參知政事、右丞相；至於楊億、宋祁、蘇軾、葉夢得，也都曾任翰林學士等要職。如此一來，宋代文人與政治之間的關係，比起唐人，似乎更爲緊密，以文人身份結合官僚、政治家角色於一身者，比比皆是。這種三位一體的現象極爲突出，他們在政策上的直接參與和承擔，也比前人更多。許多詩人都是從仕途上一路走過來。有趣的是，甚至還有詩名愈

　　　　實起了重要的作用。（見陳與彥〈從布衣入仕論北宋布衣階層的社會
　　　　流動〉，《思與言》卷九，1972 年第四期）
〔註 5〕如歐陽脩就自謂：「性顓而嗜古。」〈墓志銘〉也記其：「於物無他好
　　　　玩，獨好收古文圖書，集三代以來金石銘刻一千卷，用以校正傳說
　　　　訛謬，人得不疑。晚年自號六一居士，曰吾集古錄一千卷，藏書一
　　　　萬卷，有琴一張，有棋一局，常置酒一壺，吾老於其間，是爲六一。
　　　　因自以傳志之。」說明其時文士既有大量的藏書，又有閒情逸致，
　　　　積累豐富的知識，非同一般文筆。因此不問政事之際，就揣摩學問，
　　　　著書立說，以爲快意。

大者,其官位輒愈高之傾向,如歐陽脩、王安石、范成大、陸游、楊萬里、劉克莊等人,雖然,其中未必有直接的關係,但是身為一個在位政治家的詩人,因多精於吏事,其看待政治的眼光,在視野與深度上,與同樣是關心政治的純粹詩人,顯然是有分別的〔註6〕。

政治狀況決定了文人的政治態度,隨著宋代政治弊端的浮顯,文人對政治往往具有更強烈的參與感和更深刻的憂患意識。宋代政治的弊端,在內政方面:由於統治者在不斷擴張自我專制特權的結果下,使得中央集權的黑暗面逐漸暴露,積弊日深,無論政治或經濟,都出現各種錯縱複雜的矛盾和變化。

冗官、冗兵、冗費,一直是宋朝最為人詬病的沈重負擔。《宋史‧黃震傳》中,就一針見血指出:「當時之大弊曰民窮,曰兵弱,曰財匱,曰士大夫無恥。」

以冗官而言,這無非是優崇文臣,寵待百僚,造成恩賞氾濫,受祿溢多,奢費太過的結果。官職名目繁多,上下重疊,相互牽制,數量卻仍然不斷上升。宋初建國六、七十年後,「州縣之地不廣於前」,而「官五倍於舊」(宋祁〈上三冗三費疏〉)。仁宗景德年間,人口戶數不過七百三十萬,官一萬餘員;皇祐年間,戶數亦僅增為一千九十萬戶,但官數卻已倍增為兩萬餘員,冗員數目比例之鉅,可見一斑。如此一來,自然形成「員冗權分」的局面:「居其官不知其職者,十常八九。」(《宋史‧職官志》)冗官遽增,官俸支出相形增多,長期下來,不僅造成財政短絀,官僚風氣亦易腐敗,所以洪邁在寒心之下,不免沈痛寫道:「病在膏肓,正使俞跗、扁鵲,持上池良藥以救之,

〔註6〕宋代文士因國家政策的關係,其在政治上的直接參與和直接承擔自然比前代更多,他們不僅以批評政治為己任,而且以實施政治為職責。歷代非官僚、非政治家的詩人很多,如陶淵明、李白、杜甫,他們也關心政治,但角度卻非立足於在位的政治家的眼光;而宋代詩人則大多從仕途上一路走過來,如歐陽脩、王安石、蘇軾、陸游、楊萬里等人,他們的關心政治是從官場和政界的內部現象著眼,因而對其內情也就別有一番更親切、更深入的體會。

亦無及已。」(《容齋四筆》卷四)

　　除此，造成財政困窘的，還包括冗兵，對外納幣的冗費等問題。為了防止兵變，趙宋王朝採取了一系列政策，使將不知兵，兵不知將，導致將驕兵惰，教習不精，士氣自然低落：

> 國家自景德罷兵三十三歲矣；兵嘗經用者老死幾盡，而後來者，未嘗聞金鼓，識戰陣也。生於無事而飽於衣食也，其勢不得不驕惰。今衛兵入宿，不自持被而使人持之；禁兵之糧，不自荷而雇人荷之，其驕如此，況肯冒辛苦以戰鬥乎！(歐陽脩〈原弊〉)

太祖開寶初年，全國禁軍、廂軍不過三十七萬人，到仁宗明道年間，募兵人數已累增到一百一十六萬人。然以此鉅數抵禦外患西夏，猶感不足，而這些冗兵所產生的冗費，卻已佔全國總歲入的六分之五強。誠如《宋史》所稱：「冗吏耗於上，冗兵耗於下，此所以盡取山澤之利而不能足也。」(〈王禹偁傳〉)

　　另外一項嚴重矛盾，則是對外納貢的永無止境。此因緣於真宗的軟弱怯戰，亟於賂敵求和，乃至含辱簽訂「澶淵盟約」，種下日後外患頻頻壓境，國勢從此一蹶不振、貢納也永無止境，國家財政因此而日趨枯竭，而朝廷也難逃避敵的命運。王朝苟安屈辱的守勢，在對外戰爭中幾乎總以失敗告終。不論是紹興和議、隆興和議或嘉定和議，都是一種不堪的面對，主戰的勢力也因此一再受到摧殘。政治的腐敗，戰事的無能，都表現在政策與態度的屈辱上。北宋時，還可彈出「志在好生，寧甘屈己，書幣土地，一一曲從」(《續資治通鑑》卷一三九) 的高調；到南宋時，就只能發出「世世子孫，謹守臣節」(《宋史紀事本末》卷七二) 的悲哀了！難怪同為宋人的葉適，都要不堪的承認：「天下之勢弱，而歷數古人之為國，無甚於本朝者。」(〈論紀綱疏〉)

　　另外，整個宋代政治的焦點，還集中在朝廷尖銳激烈的黨爭和派系不斷的傾軋上。北宋的黨爭議題，主要是圍繞著革新與保守的問題

上，爭論的重點，是如何解決內政上的積弊，包括所謂的冗官、冗兵、冗費等等造成國力衰竭的癥結問題；至於南宋，主要的黨爭則是圍繞著和戰之爭，展示自己對外戰爭的態度。

由於宋朝廣開知識份子參政之道，所以，宋代文人普遍表現出對政治的高度關心與參與，他們關心朝政、吏事，甚至兵機問題，不可避免的，幾乎所有的詩人都以政治家或政治參與者的身份捲入到黨爭之中。北宋的范仲淹、歐陽脩、王安石、司馬光、蘇軾都是主動自覺性地提出政治意見與立場，其本身就是一個倡導者、發難者，所以，捲入是不能避免的事實。至於蘇門人士如黃庭堅、秦觀等人，意識也許不是很強烈，不過受流派所及，亦難置身事外〔註7〕。南宋方面，像范成大、陸游、辛棄疾等人，不但捲入和戰之爭，而且色彩鮮明強烈，無有迴旋；而陳與義、呂本中、曾幾、楊萬里等人態度雖較上述溫和，不過，從其生平、詩文，也可嗅出他們的政治態度與立場〔註8〕。

北宋黨爭的濫觴，自然要從「慶曆新政」說起。仁宗時，宋室已為外患所制，強鄰虎視眈眈，國力不振，加以財政危機迫切，內部矛盾嚴重，所以，一批有志之士，立刻對當時死氣沉沉的官僚政治發出批評，提出改革弊政主張。這些整頓官僚機構的改革意見，自然會觸犯那些因循苟且的既得權益者，所以，遭到長期擔任宰相的呂夷簡的強烈反對、抨擊，指斥改革者為「朋黨」，其中的核心人物，正是懷抱「先天下之憂而憂，後天下之樂而樂」責任精神的范仲淹，當時對范氏表示支持的，還有余靖、尹洙、歐陽脩、蔡襄等以文學知名的人

〔註7〕 本段論述多參考趙仁珪先生著《宋詩縱橫》「宋詩和宋代：政治領域內的表現」一節，頁3～10。

〔註8〕 黃庭堅雖是蘇門之人，但在政治態度上並不像蘇軾的立場較為鮮明。黃震《黃氏日鈔》云：「方蘇門與程子學術不同，其徒互相攻詆，獨涪翁無一語黨同。」非但如此，他還和理學著名人物李常、范祖禹交往甚密，故《宋元學案》特將他列入此二人門下。山谷雖是如此謹慎保守，不過其仕途並未能因此而一帆風順，在多次黨爭中，仍被牽連波及，可見當時文士處境之為難。

士。以范仲淹爲首的改革派與呂夷簡爲代表的保守因循派，可說是強烈對立，水火不容。雖然慶曆年間，仁宗接受了政治革新的主張，頒行「慶曆新政」，可是在短時間難以奏效，加上保守勢力謗議愈甚，攻訐不斷，流言蜚語不止的情勢下，改革諸事，也就中途夭折，士大夫的政治改革理想，第一次受挫，一切又回復到原點，而自此「朋黨」問題，便成爲宋朝政權中心政治角力的一項重要內容。

北宋中期，因「累世因循末俗之弊」（王安石〈本朝百年無事劄子〉），致使國家財力日以窮困，風俗敗壞，法令制度，面臨考驗，大有不得不及時改革更易的趨勢。「慶曆新政」失敗後，一直要到神宗時，才又產生另一次改革的激情。神宗即位，亟思有爲，聞知王安石有矯俗救弊之心，嘗懇切問他：「朕久聞卿道術德義，有忠言嘉謀當不惜告朕。方今治當何先？」（楊仲良《續資治通鑑紀事本末》卷五九）又問道：「唐太宗何如？」這些都表露了神宗變法圖治的迫切願望。所以在神宗發動，王安石主持下，展開了北宋第二次政治改革——「熙寧變法」。這些新法立意本甚良美，然因用人不當，推行不得其人，手段過於激刻，而遭到許多賢良之士的反對。當時持相對立場的，不僅有文彥博、司馬光、韓琦、富弼、歐陽脩等元老大臣，還有太皇太后曹氏（仁宗皇后），皇太后高氏（神宗之母）和神宗之弟趙顥等宮廷顯貴。原本是「變法派」與「守舊派」的政治之爭，然因政治氣候的變化，各派之間的內部矛盾亦一再湧現〔註9〕，所以，當「熙寧變法」也宣告失敗後，不同的政見之爭，竟演變成赤裸裸的人身攻擊，成爲無原則的派別傾軋。邵伯溫的《聞見前錄》卷十三記載：

　　洛黨者，以程正叔侍講爲領袖。……川黨者，以蘇子瞻爲領袖。……朔黨者，以劉摯、梁燾、王岩叟、劉安世爲領

〔註9〕以「變法派」而言，做爲王安石得力助手的呂惠卿、曾布兩人，後來都與王安石發生過衝突。曾布曾在「市易法」問題上倒戈；而呂惠卿則在熙寧七年四月王安石第一次暫時辭去宰相職位時，意欲取而代之。而當王氏回朝再任宰相時，呂氏則又結集團，與其對立，甚至誣告荊公不忠於朝廷，企圖欲置他於死地。（見《宋史》本傳）

　　袖，……諸黨相攻擊不已。……至紹聖初，章惇為相，同

　　以為元祐黨，盡竄嶺海之外。

從元祐到崇寧，短短十幾年間，宋朝政局的屢變及黨爭的惡性發展（註
10），造成政統內部的傾軋日趨白熱化，使得北宋的政治更加不安，
朝廷統治的力量也就更薄弱了。

　　南宋的黨爭主要是針對主和、主戰的立場而來。紹興和議前後，
有以秦檜和岳飛等人為代表的和戰之爭；隆興和議前後，有以湯思退
和張浚為代表的和戰之爭；嘉定和議前後，則有以史彌遠和韓侂冑為
代表的和戰之爭；到了南宋末年，又有以賈似道和文天祥為代表的和
戰之爭。在這些政治角力中，大多數統治者或基於個人利益，而漠視
國家前程；或因畏於外力，而苟且偷安，幾乎都是向著主和派一面倒
的情勢。對一向以「天下為己任」的士大夫而言，詭譎多變的政治氣，
無一不影響著他們參與政治的心態，甚至人生價值的取向。

　　北宋黨爭未形嚴峻之前，一般文士對國家都懷抱著高度的熱情，
普遍具有「居廟堂之高，則憂其民；處江湖之遠，則憂其君」（范仲
淹〈岳陽樓記〉）的情懷，以及「進為人臣，退為人師」的抱負，與
「為天地立心，為生民立命，為往聖繼絕學，為萬世開太平」的氣勢。
所有知識分子，隱然存在著大時代的自覺精神，莊嚴的使命感。所以，
許多詩人喜以關心民生的官僚身分來談論政務吏事，如歐陽脩，每當
有人向其請教道德文章時，言論中總是帶著「經世致用」思想：「文

〔註10〕最嚴重者，莫過於崇寧年間發生的「元祐黨人」一事。徽宗崇寧元
　　　　年七月，蔡京拜相，對元祐黨人則進一步加以打擊，將司馬光等一
　　　　百二十人定為奸黨，由宋徽宗親自書寫，刻石於皇宮的端禮門，稱
　　　　為黨人碑。其中已死者追貶官職，未死的則貶竄流放到邊遠地區。
　　　　蘇軾等人的文集也被下令焚毀。凡元符末年哲宗死後提議恢復舊法
　　　　的人，共五百餘人，也被作為「邪類」加以降官責罰。崇寧三年，
　　　　蔡京又伙同宋徽宗，把元祐、元符黨人合為一籍，重新確定三百零
　　　　九人為「黨人」，刻石於朝堂。到後來，連李清臣及王安石的學生陸
　　　　佃等許多變法派人物，因為得罪了蔡京，也都被打入元祐黨人籍。
　　　　甚至連與舊黨結怨極深的章惇，也被視為「黨人」，加以撻伐。足見
　　　　當時政治氣候之嚴峻，已到令人噤若寒蟬的地步。

學止於潤身，政事可以及物」（吳曾《能改齋漫錄》卷十三）。影響所及，蘇軾也是以「吏能」自任〔註11〕。另外，像南宋范成大、辛棄疾亦精於政務；而陸游雖處江湖之遠，仍是關懷國計民生，誠所謂「進亦憂，退亦憂」。

　　不惟如此，許多文人，甚至所謂的理學家、經學家，亦喜談兵事。在他們的文集中，動輒不乏論兵之作：

　　　　時北鄙騷動，帝憂之，訪群臣以邊事。右拾遺王禹偁獻御
　　　　敵十策。（《宋史紀事本末》卷二十一）
　　　　今國子監直講內梅堯臣曾注《孫子》，大明深意。（同上·卷
　　　　八十）
　　　　（張載）少孤，無所不學，喜談兵。（同上·卷八十）

除此，歐陽脩在〈尹師魯墓志銘〉中，亦提及：「師魯當天下無事時，獨喜論兵，爲〈敘燕〉、〈息戍〉二篇行於世。」蘇洵亦嘗自言：「洵著書無長，及言兵事，論古今形勢，至自比賈誼。」（〈上韓樞密書〉）

　　然而，隨著政治格局的不同，吾人可以發現，同樣是關心國事，但是宋人的喜談政事又和漢、唐人有所不同。漢唐人論國事，多是氣魄恢宏，充滿自信。宋人則因內政、外交的疲軟，無力解決，總是少了一些自信和熱情，常不覺流露出無可奈何、可望而不可及、或知其

〔註11〕據《能改齋漫錄》卷十三記載：張芸叟言：「初游京師，見歐陽文忠公，多談吏事。張疑之，且曰：『學者之見先生，莫不以道德文章爲欲聞者。今先生多教人吏事，所未諭也。』公曰：『不然。吾子皆時才，異日臨事，當自知之。大抵文學止於潤身，政事可以及物。吾昔貶官夷陵，彼非山縣也。方壯年未厭學，欲求史、漢一觀，公私無有也，無以遣日，因取架閣陳年公案，反復觀之。見其枉直乖錯，不可勝數，以無爲有，以枉爲直，違法循情，滅親害義，無所不有。且以夷陵荒遠偏小，尚如此，天下固可知矣。當時仰天誓心，自爾遇事，不敢忽也。迨今三十餘年，出入中外，悉塵三事，以此自將。今日以人望我，必爲翰墨致身，以我自觀，亮是當年一言之報也。』張又言：『自得公此語，至老不忘。』是時，老蘇父子，間亦在焉，嘗聞此語。其後子瞻亦以吏能自任，或問之，則答曰：『我於歐陽公及陳公弼處學來。』」是知東坡以吏能自任之由來，蓋受其師歐陽脩及陳公弼影響之故。

不可而爲之的惆悵心情。這種特徵在北宋兩次變法興革失敗後，尤其明顯。政爭之前，受政治制度培植的影響，文士有理想，亦有抱負，大家普遍有政治熱情和社會責任感，有「天變不足畏，祖宗不足法，人言不足恤」的氣概。士大夫概以氣節相高，有著雖處於困境而又力圖奮發的理智要求，創作上也就有「經世致用」的期許。另外還喜議論，善辯駁，不論是政策理念，抑是哲學思想，都顯得特別活躍，所謂「開口攬時事，議論爭煌煌」（歐陽脩〈鎮陽讀書〉）、「深探力取常不寐，思以正議排縱橫」（王安石〈次韻歐陽永叔〉）。尤其是政爭當時，個人爲維護自己政治觀點、立場，黨同伐異，有時更要借助辯議來駁斥對方，蓋「受人之攻，執之愈堅，辯之愈激」（《鶴林玉露》卷十四），這一點可以從司馬光因不能苟同變法而向王安石數度提出質難，得到有力的說明。也因此，以議論入詩，也就成爲「宋調」的主要特徵。

「久安之弊，非朝夕可革」（《宋史‧范仲淹傳》），其實文士們早意識到政治革新的一舉成功十分不易，只有盡人事而後知天命。在革新失敗，沈重的社會心理壓力下，宋人也就普遍缺乏奮鬥的精神，如果說漢、唐人是具有「急功近利」傾向的話，那麼宋人所欣賞的個性模式，就可能是「老成持重」（註12）。比起漢、唐人，宋人的魄力縮小了，熱情減低了，雖然關心政治、現實，但隨著政爭的追打，派系的傾軋，在動輒得咎下，原來對政治的關懷甚至變得噤若寒蟬，創作上也就受到很大的壓抑：

一旦兵火，靖康丙午之明年，出京南來，避地江左，情緒

〔註12〕在宋代政壇上，對「老成持重」的重視，似乎已成了選賢與能一項標準。翻開宋人的傳記，可以見到很多「兒時即已端重」的所謂贊語。如寇準爲了希求大用，只好「遽服地黃」，使自己髭髮驟白，貌似老成，由此可見一般。另外，宋人「老成持重」的傾向，也與理學的大行其道有關。理學家在道德規範上的嚴格性，使得當時許多文士一舉手，一投足，都有戰戰兢兢以符合天理的味道，在理學家的傳記中，我們就經常可以看到這樣的文字記載：「方爲兒，則已端重不妄動。」（〈許景衡〈故宗室環州防禦使行狀〉）顯見當時之風氣。

牢落，漸入桑榆。暗想當年，節物風流，人情和美，但成悵恨。近與親戚會面，談及曩昔，後生往往妄生不然。(孟元老《東京夢華錄‧序》)

唐人歌詩，其於先世及當時事，直辭詠寄，略無避隱。至宮禁嬖昵，非外間所應知者，皆反復極言，而上之人亦不以為罪。……今之詩人不敢爾也。(洪邁《容齋續筆》卷二)

蔡京專國，以學校科舉箝制多士，而之之鷹犬者，又從而羽翼之。士子程文，一言一字稍涉疑忌，必暗黜之。(《容齋三筆》卷十四)

秦(檜)氏專國得志，益屬刑辟，以箝制士大夫，一言語之過差，一文詞之可議，必起大獄，竄之嶺海。(同上‧卷四)

　　這樣嚴峻的政治氣候，很難教宋人噴發出「群才屬休明，乘運共躍麟。文質相炳煥，眾星羅秋旻」(李白〈古風〉其一)的自信與自得。所以，在激情豪邁之後，大家嚮往的還是平淡自然、向內收斂、寧靜澄淡的心態。所有愛國意識，在熱情幾度沸騰後，最後還是化為深情沈鬱的喟嘆，悲慨儼然成為另一種情調。直到南宋末年，國勢傾頹不振，無可挽回之事實，已然既定，整個社會人心幾乎是籠罩在平淡淒清的蕭瑟氣象中，士人心理也就因此愈趨靜弱。在隨著元蒙鐵騎踏碎西湖歌舞後，激憤慷慨之情又一度揚起，最終為南宋文學思想，劃下了一個淒慘又悲壯的句號。

第二節　思想風貌

　　中國士大夫的文化心態，基本上與其思維形式有著必然的聯繫，而思維模式的形成，則多受制於整個時代的文化思想。儒、釋、道，是我國傳統社會中最具影響力的三種思潮，它們的興衰又與時代政治、經濟的走向，乃至主權者的喜好有著深刻的聯結。各種思潮之間，或因政治目的、統治上的權宜而長期並存；或因各自的文化背景和思想教義的差異，而互有磨擦。長期以來，這些思想理念不斷地撞擊著知識份子的人生，開展了他們精神探求的領域，促使審美主體獲得更

高的自主性，有了更多遨遊人生的馳騁天地。而進退之間的爲難，也就在這些思想融攝的過程中，得到意想不到的平衡；不惟如此，即所謂的創造精神，亦由此更加自由蓬勃，不論是藝術創作或鑑賞表現，都能達到百卉爭春，競芳吐豔的境地。

一、儒學的新變

（一）儒學的轉折

儒家思想在中國文化發展史上，一直是居於主導的地位，這是一個客觀的歷史事實。其所以能夠成爲文化發展的主流，蓋因其於認同自身的同時，也能吸取其他文化宗派別的思想成分，從而豐富自己的思想體系。

唐初建國，雖是以儒、道、佛三家並舉，做爲思想文化領域的基本國策，但有時迫於功利動機，又不得不在一片尊仰聲中，將老子和佛陀地位抬高到周公、孔子之上。不過，眞正涉及治國大本時，總還是以儒學爲主要依歸的。所以，若與魏晉南北朝的頹勢相較，儒學在唐朝的地位還是有所提高的。

整體而言，唐代的儒學發展，尤其在學術的發明闡述上，一直缺乏理論的建樹。初盛唐，基本上並非是一個思辯的時代。《五經正義》的出現、頒行，雖使經學定於一尊，結束了長期以來輾轉相抄儒家經典所造成的文字混亂，完成五經在文字及釋義上的統一，不過，也使儒學處於被束縛、僵化的狀態，古義漸多淪失。客觀上，雖消弭了東漢以來儒學各派的爭議對立，實際上，等於是對兩漢以來章句訓詁之學的總結。這種堅守「疏不破注」的原則，少了異說雄辯，對於經義又少有發明，無疑是戕害了學術的可議空間。這種弊習，直至中唐以後，才有轉機。啖助、趙匡、陸淳等人公然指斥《五經正義》的謬誤，開創了「蕩棄家法」、「舍經求傳」的新學風，正式向漢儒體系的注解說經提出宣戰。這股反撥之風雖於當時未能成爲氣候，不過，它卻爲後來宋儒指出了一條新儒學的生命之路。除此之外，嚴格來說，唐代

儒學本身實在缺乏做爲一代學術風貌的獨特性，因此，大多數的學者給予的評價都不高，僅僅視其爲漢學向宋學的過渡階段而已。

在這看似無所發明的儒學時期，值得注意的是，韓愈和其弟子李翱的一些見解，因爲他們對後來宋代的新儒學或理學，都曾產生深刻的影響。

「道統說」，是韓愈思想中極其重要的部分。「道」指的是儒家之道，是以孔、孟所講的仁義道德爲主要內容：「博愛之謂仁，行而宜之之謂義，由是而之焉之謂道，足乎己無待於外之謂德。」（〈原道〉）他還認爲此「道」是從堯、舜、禹、湯就開始，歷經文、武、周公、孔子、孟子，一直到自己，才又得以接續。這種「道統」的強調，抬高了儒家在歷史上無可爭議的正統地位，到宋朝時，遂被程、朱加以發揮，稱之爲「道」或「理」，是永恒的絕對存在，是萬事萬物的本源。

另外，在〈原道〉一文中，韓愈也表明對《禮記·大學》篇及其「正心而誠意」修養方法的重視。他認爲「誠意」、「正心」的主體道德修養，即是齊家、治國、平天下的根本。換言之，國家天下之興衰，完全繫乎在主體心性道德的修養程度，而宋代理學所強調的性命之學，便是對韓愈這種觀點的進一步闡發。

至於李翱，他對儒學的態度及見解，較之其師韓愈，我們更容易在其身上找到後來理學發展的脈絡。

李翱是從哲學上吸取佛教的某些方法，以利於對儒家心性修養進行改造，進而開闢了宋代理學融佛入儒的道路。在〈復性書〉三篇中，他首倡見心明性之說，以爲聖者與凡人間之差異，乃在於聖者去掉了情欲，少了邪惡，所以，凡人希聖，唯有排除一切情感，忘掉一切思慮，「弗思弗慮」，使自己心神處於絕對寧靜狀態，便可達到「清明」、「至誠」境界，這就是「去情復性」。這種「性善情惡」說，其實是晚唐的儒家思想由前期注重事功，轉向空談性理的先兆。同樣是知識份子，依然關心國事，可是，在國勢黯然的情況下，思想家也不免逃

避現實矛盾,而陷入唯心空想,把政治危機歸結到道德問題上,而這種寄望於統治者自我的完善,在當時也幾乎成為士大夫普遍的心態。所以,儒家思想發展到晚唐,顯然人們對宗儒的內涵,有了很大的變化,藉此也可了解到,儒家思想體現在晚唐文人生活上的,不是力行實踐,不是社會改革,而是空疏的心性立論,所謂的「經世致用」、「修齊治平」等實踐行為,在當時幾為絕響!

從《五經正義》的頒訂,到啖助、陸淳師徒對「春秋三傳」的指斥,專憑己意說經,到後來,韓愈、李翱師徒從哲學思想上對「道統」、「心性」說進行掘發,我們都可以發現,整個唐代儒學的發展,有對漢學系統的總結,也有開啟宋明理學的重要指標意義。就這些特質來說,比起宋代儒學的百家爭鳴、思想蓬勃,乃至體系龐大,也許遠為遜色,不過,就漢學對宋學的過渡而言,唐代後期儒學所扮演的轉折角色,則是不容忽視的。

(二)新學風的形成

儒學發展至宋代,出現一種與先秦儒學和漢代經學迥異其趣的形態,即宋明理學。而在此學理產生之前,思想界便瀰漫著一股新學風,其中一些特質,就預示著後來理學的可能走向。

自漢武帝獨尊儒術以來,對歷代政治一直存在影響力的儒學,在北宋初年也得到類似的重視。近代學者梁啟超就曾說過:「凡思想之分合,常與政治之分合成正比例,國土隸於一王,則教學亦定於一尊,勢使然也。」(《中國古代學術思想變遷史》)宋初為了加強中央集權,防止分裂,實施了一系列的政治、軍事更張,其思想上也面臨重整倫常、恢復封建秩序的任務。當局之所以獎勵儒學,重視教育發展,自然是看重儒學在文化重整、國力重建中所能夠發揮的積極作用。與唐人相較,儒學思想,使得宋人在生活態度的履行上,和政治有著更多的牽扯。因緣時代特殊的政治氣候,以及受著孔孟思想的影響,宋代文人在政治上的直接承擔,比前人更多。他們不僅表現出「處士橫

議」、「坐而論道」的精神特質，更以「當仁不讓」、「舍我其誰」的使
命感，鼓吹行道，不但以批評政治爲己任，而且也以實施政治爲職責，
入世思想極爲濃厚，言談懷抱間，也各具特色。陳善《捫虱新話》就
曾分析指出：「荊公以經術，東坡以議論，程氏以性理，三者要各立
門戶，不相蹈襲。」不惟如此，在他們的思想中，還帶有濃厚的疑古
革新精神。北宋初年的孫復、胡瑗兩人，就首開風氣，不徇世俗之士，
重新爲聖賢之學找出了一條努力的方向。

　　另外，像歐陽脩，也有突出的表現。葉水心〈習學記言〉就盛讚
歐公：「以經爲正，而不汩於章讀箋詁，歐陽氏讀書法也。」歐公個
人不僅不耽於傳注，而且勇於批評傳注，敢於懷疑經典，思致精銳，
理路暢明，所論抉隱發微，不乏創見，不僅匡正千載相傳之誤說，也
敢言時人所不能言、不敢言者，識見與膽力，均是超卓不凡。正因爲
這些懷疑、批判的精神背後，都能夠以深廣的學識和無畏的勇氣做強
力後盾，所以多半能夠避免流於虛妄和浮巧。而這種治學的態度，可
說是宋學精神形成的重要憑藉。

　　這種風氣一旦打開，自然也帶動文藝界「重理反思」的學潮。文
人們所重視的獨立思考和敢於突破傳統的思辨精神，移諸創作，遂形
成了宋人「以文字爲詩，以議論爲詩，以才學爲詩」的強烈傾向。好
議論，好思辨的風氣，儼然成爲當時宋儒一致標榜的新時代精神，文
藝思想界的風氣爲之一變。孫、胡、歐公等人，居功厥偉，所以，朱
熹在論及本朝義理之學的發展時，也不免將首倡的焦點，指向歐公等
人，揭示其人開風氣之先的意義：

　　　　理義大本，復明於世，固自周、程，然先此諸儒亦多有助，
　　　　舊來儒者不越注疏而已，至永叔、原父、孫明復諸公，始
　　　　自出議論。(《朱子語類》卷八十)

針對這一點，即使後來的《四庫全書總目提要》，也不免要給予歐公
高度的稱譽：

　　　　自唐以來，說詩者，莫敢議毛、鄭，雖老師宿儒，亦謹守

小序。至宋而新義日增,舊說幾廢,推原所始,實發於脩。
然脩之言曰:⋯⋯先儒於經,不能無失,而所得固已多矣。
盡其說而理有不通,然後以論正之;是脩作是書,本出於
和氣平心;以意逆心,故立論未嘗輕議二家,而亦不曲徇
二家;其所訓釋,往往得詩人之本志。(〈詩本義提要〉)

自歐陽脩之後,學者們漸能越乎經傳訓詁之說,分就史學、思想
等各角度,批評經典內容,甚至作者的眞僞,以這種懷疑的精神運用
於自己的治學實踐中,由懷疑而發現問題,深入探討,進而解決問題,
發揮一己之創見。儒學研究,由是蓬勃生氣,自具氣象。

這種經由「疑古惑經」過程,表現出來的「重理反思」傾向,配
合時代對文士的要求,可以發現最終目的,還是落在「經世致用」的
期許上,而宋人在這方面的自我要求,也較任何時代,更爲強烈。

爲倡導「經世致用」目的,北宋諸儒,除了在「明儒道以尊孔」
方面提出「獨善其身」的根本性精神要求外,同時也對「兼善天下」
制訂出「撥亂世以返治」的追求目標。前者屬於經史博古、文章子集
之學,後者則屬政事治平之學,這是北宋諸儒所表現的兩大歷史特
色。蓋宋代國勢長期虛弱保守,苟且卑屈,深植人心,所以,許多儒
士都想藉由對經籍的重新解釋,達到「通經致用」的目的,以適應政
治形勢的需要。如宋代詩文革新運動的產生和發展,其實也是由此而
得到觸發。

宋初文壇上流行的乃是浮華不實的駢偶風氣,講究雕章麗句的西
崑風靡士林,雖經尹洙、蘇舜欽、柳開、穆修、范仲淹等人呼籲變革,
可惜無人響應,直至歐陽脩,文風始得扭轉。在〈答吳充秀才書〉一
文中,歐陽脩曾明確提出,反對文章寫作務高言而鮮事實,強調「履
之以身,施之於事,而又見於文章而發之」。這種寫作要求,配合歐
公的政治理想,其實是有爲當時政治改革服務的目的。而經過他的帶
領提倡,時人亦多起而附和﹝註13﹞,的確發揮了改變宋初文人回避社

﹝註13﹞ 例如王安石,亦常從政治的角度出發,強調文學經世致用的實用價

會問題的創作傾向，使「經世致用」成爲士人普遍關心的焦點，加強了作家對社會的責任感和歷史感，以此思想行動來掃除浮靡文風，終爲宋代文學打開了新的機運〔註14〕，而「經世致用」思潮，也就一度成爲北宋中葉文學創作和理論的主要旋律。

（三）理學的興起

從重視章句訓詁，到重視緣詞生義、求明經義、指明義理這一系列經學的深入發展，宋人對心性之學的研究，愈趨細密，爲後來理學的產生，創造了有利條件；加上儒、釋、道三教的交融合流，促使儒者面對社會現實，不得不重新掘發傳統儒學的理論價值，補充舊有之不足。一種具有新特點的儒家學說──「理學」，便由此應運而生。

理學的興起，和文學的發展一直有密切的關係。面對著文學的蓬勃發展，乃至創作道路的偏歧，宋初經學家遂提出了恢復道統的主張，其所倡言的「宗經復古」、「明道致用」、「垂教於民」的功利主義文學觀，便對後來理學「重道輕文」甚至「廢文」的文道觀，有決定性的影響作用。原本經學家以爲道統的衰落與古文衰落是息息相關，在主張恢復道統的同時，也必須顧及文統的恢復，所以，道學家如石介等人，也加入了反對駢文的行列，造成宋初道學家和古文家觀念的合流。這些觀念到了理學家的身上，則與古文家的「文道並重」，開

值：「治教政令，聖人之所謂文也。書之策，引而被之天下之民一也。聖人之於道也，蓋心得之，作而爲治教政令也。」（〈與祖擇之書〉）東坡在〈鳧繹先生詩集敘〉中，亦表達相同的概念：「先生之詩文，皆有爲而作，精悍確苦，言必中當世之過，鑿鑿乎如五穀必可以療飢，斷斷乎如藥石必可以伐病。」都是強調文學的經世致用目的。

〔註14〕從范仲淹、歐陽脩等人開始，到蘇氏父子出現在文壇，宋代古文運動在經世致用思潮的引導下，經歷了三次大變化。一是將古文寫作與社會政治結合起來，經世致用思想成爲掃蕩浮靡文風的有力武器；二是隨著理學的興起，在掃蕩了浮靡文風後，出現了單純強調宗經復古而造成的「太學體」弊端；三是在經世致用的前提下，充分重視文學自身的特性，強調才性情氣及自然爲文，從而突破了儒家「道統」的束縛，使宋代古文創作在克服了浮靡文風的同時，又避免了宗經復古的弊端，形成一種平易自然、流暢條達的自然風格。

始有了明顯的分流。多數的理學家往往走向因重道而棄文、廢文的極端，造成文、道之間的強烈失衡。

理學家們的這種態度，我們可以由文人對社會政治教化的角度，找到理論根據。理學家既繼承了儒家聖人政治「修、齊、治平」的社會理想，把名教綱常做為維繫傳統社會秩序的「經世」手段，更看做儒者當仁不讓的神聖使命。所以，對文、道的看法，也就自然產生「道本文末」的根本傾向。自從宋代理學大師周敦頤率先提出「文以載道」開始，就已經剝奪了「文」的獨立存在價值，使其淪為「道」的一種外在形式或體現。因此，在他們眼中，「文」只是「藝焉而已」的雕蟲小技，更甚者，認為它的存在是「反害於道」（程頤〈答朱長文書〉），所謂「玩物喪志」而已（《二程遺書》卷十八）。

因為對「道」的崇奉與對「文」的鄙視，所以理學家對於突出地抒情發性特徵的詩歌創作，尤其反對。他們認為這種創作無濟於世，虛文無用，甚至連杜甫的寫景抒情之詩，也難逃被指斥的命運：

　　且如今能言詩無如杜甫，如云「穿花蛺蝶深深見，點水蜻
　　蜓款款飛」，如此閒言語，道出做甚！（《二程遺書》卷十八）

詩聖已是如此，遑論其他。而這些理學家不但表明了自己「但不欲為此閒言語」，還以「天理」來做為撻伐「人情」、「人欲」的利器。這種太過的論見，在當時就頗受士人強烈的批評〔註15〕！

其實，在檢視理論偏差後，一些理學家也了解到「忘情」是很難達到的境地，所以，後來也做了部分的修正，主張詩也可以道「性情」〔註16〕。不過，這種「情」，卻只能限制在內省的功夫上，涵泳道德

〔註15〕程頤不喜作詩，亦不善作詩，但他卻給自己找了一個冠冕堂皇的藉
　　　　口：「但不欲為此閒言語也。」照他意思，人應該成天正襟危坐，坐
　　　　而論道，目不斜視，心無旁騖，一舉手，一投足，都要符合天理才
　　　　成。所以，當他看到哲宗順手在園中折一條柳枝時，都要進諫道：「方
　　　　春萬物生榮，何可無故摧折」，也難怪「哲宗色不平」，對此，司馬
　　　　光相當不悅，特謂門人曰：「遂使人主不欲親近儒生，正為此輩。」
　　　　（見《道山清話》）
〔註16〕二程將「情」視為詩之天敵，但「情」畢竟不是可以隨意抹殺的，

的範圍中，因爲如此一來，才能和他們在精神境界上所追求的「孔顏樂處」有所貫通而不違背。換言之，詩文創作在多數理學家的眼中，充其量只能爲修身養性提供服務，而不能像一般詩文家，成爲「不平則鳴」的代言體；也因此，理學家們相信自己的「學者之詩」，必耐咀嚼，可以達到「哀而未嘗傷，樂而未嘗淫，雖曰歌詠情性，曾何累於性情哉」（邵雍〈伊川擊壤集序〉）的境地。這種思想後來也就成爲宋詩之中，注重理致、理趣的一項背景原因。

在所有理學家中，對文學思想具有較通達理念的，恐怕要算朱熹了。在「文道觀」和詩文的「情理」對待上，他主張「以情寓理」、「以理節情」，將出自個體的情感體驗與群體的社會倫理規範結合起來，從而賦予儒家「中和」之美的文學思想以新的內容。這種調和，對文壇的影響可說是極其深遠的。這套理念，除了保有理學家本來的氣質外，也有詩人的情性在其中，這比起前人對文、道認知的偏頗、失衡，朱熹的修正，自然爲理學家的「文道觀」，跨出了較爲健康、積極的一大步：「然古之聖人，欲明是道於天下而垂之萬世，則其精微曲折之際，非托於文字亦不能傳也。」（徽州婺縣學藏書閣記）在這段文字中，可以發現，朱熹顯然給予「文事」回旋轉圜的空間。創作的目的雖仍在「道」而不在「文」，可是已經承認了「文」是構成的必要手段。也因此，他接受了「情」與「詩」結合的合法性：

> 既有可怨之事，亦須還他有怨的意思，終不成只如平時，卻與土水相似。……喜怒哀樂，但發之不過其則耳，亦豈可無？聖賢處憂患，只要不失正。（《朱子語類》卷八十一）

看來，在朱熹眼中，「曲盡人情」、「自言其情」，與「道」已是不相妨

於是他們又想出了一條退路，即詩可以道性情：「行筆因調性，成詩爲寫心，詩揚心造化，筆發杏圜林。」（邵雍〈無苦吟〉）但這種情只有限制在內省的功夫內，不能象詩文家那樣「不平則鳴」、「發憤之所爲」，把這種因受外界的刺激而產生的內在之情無所顧忌的表露在外。在理學家看來，「政使暮年窮到骨」，也要「不教吟出斷腸聲」（朱熹〈寄江文卿、劉叔通〉）。

的事實了，只要得其「正」，無施不可。而「正」之所由，則是來自作家「持敬」、「克己」的人格修養，這一點又環扣到理學家的一貫主張。蓋「有德者必有言」。所以，朱熹對杜甫就別為稱讚，認為其文章成就，乃得力於「光明正大，疏暢洞達，磊磊落落而不可掩」（〈王梅溪文集序〉）的品德。同理，其所以對陶淵明極其崇敬，事實上也是循此觀點來立論的。

從對文章的輕視，反對藻飾，到加以注重主體心靈的道德自律，人格存養，可以發現，理學家在詩文風格上也有趨向平淡自然之勢。朱熹有云：「平易自然說出底便好，說出來崎嶇底便不好。」（《朱子語類》卷九）平淡而耐咀嚼，成為理學家為文的另一種美學要求。也因此，他們特別強調溫柔敦厚的詩教和涵詠蕭散沖淡的風格之美〔註17〕。這一些，後來也都成為宋代文學思想發展中的重要基調。

二、禪佛的盛行

（一）禪悅情趣

禪宗隨著佛教傳入中國後，得到廣泛的傳播，到六祖慧能之後，進入了「一花開五葉」的全盛期〔註18〕。晚唐五代，禪宗思想，遍及全國，幾乎成為中國佛教代名詞，甚至「天下凡言佛，皆有歸禪之勢」，它已成為中國士大夫的人文主義宗教。此時的禪，已經中國化、世俗化，尤其是宋代，更有走向老莊化的意味，成為士人行臥隨意和清靜

〔註17〕如朱熹盛贊《詩經》：「敘得曲折，先後皆有次序。」（《朱子語類》卷八十）盛贊陸游詩：「讀之爽然，近世惟見此人為有詩人風致，……初不見其著意用力處，而語意超然，自是不凡，令人三嘆不能自己。」（〈答徐載叔〉）。

〔註18〕禪宗五祖弘忍之後，有南宗惠能，北宗神秀兩門。南宗禪多為當時士大夫所崇奉，蔚為大宗。南宗禪在惠能及其子神會死後，又分為潙仰、臨濟、曹洞、雲門、法眼五家。北宋中葉，臨濟又下分黃龍、楊岐兩家，世稱「五宗七家」。南宋後，唯臨濟、曹洞兩家盛行。所以，菩提達摩曾經期望的「一花五葉」，終於在唐、宋之際，「結果自然成」，達到全盛。

自得的人生哲學。

　　禪宗之所以受到士大夫的歡迎，主要原因，在於人生觀和生活情趣的契合。受儒家思想深遠的影響，中國士大夫向來追求的理想人生是「窮則獨善其身，達則兼善天下」。但是，隨著詭譎多變的政局發展，「入世」思想屢屢受挫，儒家思想中的「獨善」部分，又不足以解決士人存在的衝突，所以，他們只得另覓途徑，安頓生命。老莊哲學中的退讓、自隱思想，和禪宗世界中的適意、淡泊觀念，逐一化解了他們的生存矛盾，加以禪宗乃是以「不道之道」、「無修之修」為法，具有簡便性生活化的特質，不僅簡化了宗教繁縟的修持，也淡化了迷信的色彩。而從哲學思辨來看，它所強調的直觀性、心靈能動性，具有精致深密的特色，頗合喜好思維的文士口味，既可信佛，又不須苦行，所以，向禪宗思想靠攏，遂成為唐、宋文士的普遍傾向。

　　唐人真正對禪宗表示極大興趣，是始自中唐以後，也就是國勢走下坡之際。畢竟盛唐之時，到處充滿昂揚向上的氣氛，隨時都是激情的展示。當時人們仰慕、嚮往的，不外乎「感時思報國，拔劍起蒿萊」（陳子昂〈感遇〉其三十五）的壯志；或「但使龍城飛將在，不教胡馬度陰山」（王昌齡〈出塞〉）的豪情；甚至是「天子呼來不上船，自稱臣是酒中仙」（杜甫〈飲中八仙歌〉）的不馴。整個時代氤氳著一種恢宏自豪的氣氛、奮發進取的精神，縱使有享樂、悲傷、頹喪，也仍然閃爍著青春活力。

　　中唐以後，不論政治或經濟、文化，開始由盛轉衰，安史之亂的浩劫，使大唐帝國元氣大傷。離亂的苦難，迫使文士產生沈重的憂患意識：「噫我朝露世，翻浮與波瀾。行運遘憂患，何緣親盤桓。」（錢起〈東城初陷與薛員外王補闕暝投南山佛寺〉）雖然，強調「文以明道」，煌煌政論不乏可見。但是在事與願違下，只能轉向「獨善其身」，突顯出既熱中仕途，關懷政治，又不得不避讓，以求明哲保身的矛盾。「一生幾許傷心事，不向空門何處銷」（〈嘆白髮〉），這是王維的悲哀；「當君白首同歸日，是我青山獨往時」（〈九年十一月二十一日感事而

作〉），這是白居易的沈痛。在「身世已悟空，歸途復何去」（錢起〈歸義寺題震上人壁〉）下，禪宗的「空無」之境，就成為他們人生的避難所，擺落世間情的最好憑藉。他們嚮往的是禪宗通達自由、游戲三昧的人生態度，「居士佛」生活的倡行，便是這種心態下的追求產物。

安史之亂後，許多文人都加入習禪的行列，如王維、白居易都做了居士。不過，他們對禪宗的認識與宋人比較下，相形不夠深刻。廣義來說，他們崇敬的應是佛教，而不是純粹的禪宗，例如白居易嘗自言：「凡守任處多訪祖道，學無常師。」他中年參禪，晚修淨土，幾乎見佛就拜，不遑董理內涵（註19）。他人亦然。這些人雖與禪僧多有往來，但其中多數是隔岸觀花，臨淵羨魚，不曾真正領悟禪宗的指歸。雖然後來曾逐步下海，寄跡禪門，但對於「禪」，與其說是熱烈信仰，還不如說是借「禪靜」填補心靈空虛，達到心泰神寧的境地。

事實上，禪宗的精神所在，誠如大珠慧海禪師所說的：「是以解道者，行住坐臥，無非是道。悟法者，縱橫自在，無非是法。」（《五燈會元》卷三）現實生活就是理想世界，禪宗的「道」，是不須要通過禁欲（註20）、苦行、坐禪、念佛求解脫來領悟，而是滲透到日常生活中，悠然自得；只要以隨緣任運的態度，便能開啟「解脫」之義，因為禪宗要修行的是向內反觀，凝心反思，忘我忘物，靜思反照，摒棄外在形相，以求得心理寧靜式的自我解脫。故不論居廟堂之高，或處江湖之遠，只要「心地無非」、「心地無癡」、「心地無亂」（《壇經·

〔註19〕 後人雖有贊美白居易，禪乘名理，往往入於玄解者，卻也不乏以為他學得並不到家者，如葛立方：「世稱白樂天學佛，得佛光如滿旨趣，觀其『吾學空門不學仙，歸則須歸兜率天』之句，則豈解脫語邪？」（《韻語陽秋》卷十二）

〔註20〕 南宗禪雖然也要求人要禁欲，但不嚴格。如惠能所說：「不生憎愛，亦無取捨，不念利益，成壞等事，安靜閒恬，虛融澹泊。」（《景德傳燈錄·惠能傳》）它既不坐禪，又不苦行，也不念佛、念經，這與北宗所要求的「諸惡莫作」、「諸善奉行」、「自淨其意」來說，顯得更自由、更無拘無束。所以，許多文人習禪，是把它當作一種更精致高雅的生活方式來追求。

頓漸品》），便能達到「戒」、「定」、「慧」的境地，其餘外在行跡也就是次要的。因此，隱於山林，或市朝，都不違背它「直指本心」的修行。這種理念經過泛化之後，許多士人甚至認爲縱情聲色，留戀功名，恣意享樂，也無施不可〔註21〕，這也就促成晚唐五代之際，禪宗更爲盛行。而文人之中如李商隱、司空圖，也都與禪僧保持密切往來關係，禪僧普遍士大夫化，士大夫亦禪僧化，大大促進了禪宗與士大夫結合的趨勢。所以，禪宗思想代表的不僅是一種生活方式，也是一種人生哲學，在生活中得到禪悟，即能產生禪悅。這種禪悅之風，不僅籠罩士人生活，也改變其人生觀念和思維方式。

　　以唐人的表現來說，禪思想和禪生活，還未完全有效地融入到他們的思想與生活方式中，甚至在文藝創作中，也未完成意識形態的過渡轉移。「禪」對士人藝術生活與創作的溝通，眞正要到宋代，才有可觀的成績出現。經過唐五代禪宗與士大夫的互相滲透，到宋代禪僧已完全士大夫化，他們與士大夫們結友唱和，生活安逸淡泊，又風流倜儻，如宋初九僧，以及道潛（參寥子）、思聰（聞復）、文瑩（道溫）、覺范（惠洪）等人，都是文壇有名人物。而士大夫之中禪悅之風也別爲熾盛。這是因爲宋代士大夫的宦海浮沈，比任何朝代都劇烈。當精神低落，必須尋求解脫時，也就有投身禪宗之舉，如張方平、王安石、蘇軾、黃庭堅、張商英等人，不是禪宗的信徒居士，便是受其影響深刻者；即使在反佛上曾不遺餘力的王禹偁、歐陽脩，也會不免「肅然心服」，接受禪宗洗禮〔註22〕。他們不僅談禪，在安身立命、出處進

〔註21〕禪宗的流行，確實爲當時士大夫知識分子的縱欲主義，提供了堂而皇之的遁詞。南宗禪認爲只要能夠頓悟本心，便可以隨場作戲，不忤佛旨，所謂：「逢緣對境，見色聞聲，舉足下足，開眼合眼，與道相應。」（《釋氏要覽》卷下引〈宗鏡錄〉）

〔註22〕宋初，文士們在總體上而言，幾乎都有反佛傾向，王禹偁、石介、歐陽脩等人，還有過明確的反佛言論，但他們也爲自己預留了融通的空間。如王禹偁曾「祭廟回來略問禪」（〈中元夜宿餘杭山泉寺留題〉）；歐陽脩在向祖印禪師問禪後，也「肅然心服」，致仕後，更「日與沙門游，因號六一居士，名其文曰《居士集》」（《佛祖統紀》卷四

退上，也吸取禪思想，從宗教範疇跳脫，變成對社會、人生的一種體驗和觀照，以及對生活和藝術的理解和玩味。這種影響，甚至也擴及到理學家身上。

理學家一向攻斥佛老，不過其受禪宗影響，已是不爭之事實，「心性論」的發難，就是融禪入儒的最好力證。連朱熹也不諱言自己早年留心過禪學的事實：「也理會得個昭昭靈靈底禪」、「某於釋氏之說，蓋嘗師其人，尊其道，求之切至矣」；更指出：「今之不為禪學者，只是未嘗到那深處，才到深處，定走入禪去也」（《朱子語類》卷六）、「禪學專就身上做工夫，直要求明心見性。士大夫才有向里者，無不歸他去」（《朱子語類》卷一三七）〔註23〕，足見宋人對禪宗、禪學是靡然向風的。

這種熱衷趨向，其實可以由宋人的心理結構找到答案。基本上，宋人的性格具「內傾」的特徵，冷靜理智，克制力強而趨於保守〔註24〕，這是政治、文化、地理環境使然，積弱不振的國力，繁華又疲軟的社會經濟，令文人即使在縱情享樂之際，又有著憂心忡忡的矛盾。現實社會為士大夫心中投下一道陰影，鑄就了他們敏感、細膩、喜靜不喜動、重內輕外，乃至封閉的心理結構。因此，在生活追求與人生價值思維上，也就有注重內心世界直觀體驗的特徵，試圖透

五）。

〔註23〕朱熹在不排佛時，不僅對禪宗「不離世間覺」的思想頗為稱許，而且，對於佛教的修養方法也有所吸收。如對於禪定、靜坐等，即是以身體力行。在教學方法上，更以此指導學生半日靜坐，半日讀書。所以清初思想家顏元特指出：朱子「教人半日靜坐，半日讀書，無異於半日當和尚，半日當漢儒」（《朱子語類評》）。

〔註24〕按照心理學家的說法，人檔心理性格大體可以分為「外傾」與「內傾」兩種基本類型。具有「外傾」型心理性格的人，一般易於激動，富於進取精神，反應敏銳，但心理波動幅度大而缺乏持久力；具有「內傾」型心理性格的人冷靜理智，克制力強，但偏於保守，惰性力大。中唐以前傳統文化使得中國士大夫心理性格在「內傾」中，更多地表現出一些「外傾」色彩，等到禪宗介入文士生活，儒禪結合後，中國士大夫心理性格的「內傾」色彩就更濃厚了。

過禪宗一切本空的世界觀，自然適意的人生哲學，以及隨緣任運的生活情趣來調節自我，消弭理想與現實的落差與矛盾。也正是這種心理背景，讓宋人在歷史的迴流中，對陶淵明的人格特別讚賞。初唐六祖慧能曾說過：「若起真正般若觀照，一刹那間，妄念俱滅，若識自性，一悟即至佛地。」（《壇經‧般若品第二》）而陶淵明在追求田園生活中，力保持自己節操、理想，「衣沾不足惜，但使願無違」（〈歸園田居〉其三），從隱退中獲得心靈的自由平靜。他順任自然而「委窮達」的思想，為自己的人生找到解脫、安頓，與禪宗的「自悟成佛」、「無住為本」暗合，以放曠、豁達心態感受人生變化，縱浪其中，達到精神自由與超脫，消解人生與時間的反差，瞬間即成永恆。這種理想人格，誠為在禪宗思維影響下的唐、宋士人所心儀仰望而不及者。

中國士大夫，從禪宗身上找到了以自我解脫為核心的適意人生哲學，而澹泊自然的生活情趣，也成為自覺的追求。在靜默冥想中，有一種體察細微、寧靜幽遠的心靈喜悅，一種追求「幽深清遠」的「林下風流」（何汶《竹莊詩話》卷二十一）的禪悅情趣。這種禪悅，為文人提供了保持心理平衡和人格完整的退避之地，在「經世」遇挫時，只要透過「治心以釋」，便能化解現實的悲憤、抑鬱，助成士人的治心養氣之功，從中也形成了宋人追求平淡清遠的文學思想，而渾然天成，平淡適意之情，遂成為士大夫追求的最高藝術境界。

（二）詩禪相通

自禪宗受到士大夫青睞以來，禪宗與藝術方面的溝通，遂成為文人致力開發的議題。「禪」、「藝」本分屬不同的意識形態，但因為在核心問題的對待上，兩者有相似、相通的一面，所以，彼此互有滲透的行動，一直未曾歇止過，合流也就成為必然的趨勢。

禪宗對審美和藝術的影響，首先表現在禪與詩的結合上。它們之間核心的共通點，在於思維方式上都重視形象的直覺和啟示；強調心

靈體驗、省悟的意義,追求象外、言外的境界。禪宗追求的是超越經驗的內心自悟,即心即佛,只要「明心見性」,即能「頓悟成佛」。「悟」是禪思的關鍵,是自心對佛理的契合與領會。所以慧能和神會才會一再強調這種「單刀直入」,直證本心的修習工夫的重要:「一聞言下大悟,頓見眞如本性」、「剎那發心,便成正覺」、「發心有頓見,迷悟有遲疾,若迷即累劫,悟即須臾」(《荷澤神會禪師語錄》)。這種「頓悟」說,以「心」簡化了傳統佛教的繁瑣戒規、教儀;以「心」爲大全,統率所有的認知。所以,成佛不須外求,而貴在頓悟「自性」,這就是所謂「欲求佛道,須悟此心」之理。

一切從自我開始,從自我體認中去尋找,不假外力,要求自身自性自度,這種自悟的要求,在通於寫心之後,即成爲詩人自心獨特的悟解與創造。吳可的〈學詩詩〉,正說明了這方面的體驗:

> 學詩渾似學參禪,頭下安頓不足傳。跳出少陵窠臼外,丈
> 夫志氣本沖天。(《詩人玉屑》卷一)

點明欲做「大丈夫」,就必須領會回歸自身之理,擺落經教束縛與前人窠臼。而因緣此種體會,進而取得較高成就者,楊萬里可爲其中之代表。他曾自悟道:

> 傳宗傳派我替羞,作家各自一風流。黃陳籬下休安腳,陶
> 謝行前更出頭。(〈跋徐恭仲省干近詩〉三首之三)

能夠走出江西詩派的藩籬,擺脫一切依傍和執著,以個人脫透的胸襟和眼光,從現實生活中擷取創作題材,充分顯示自己的創作個性,這正是「誠齋體」所以博得「活、新、奇、趣」評價的關鍵原因。

正因爲要到達「悟入」境界,必須先能拋棄舊有的因循、心障,所以,「識活法」便成爲「悟入」的不二法門。活法者,「規律備具而能出於規矩之外;變化不測而亦不背於規矩也」(呂本中語,見《能改齋漫錄》卷十)。宋人的體驗別爲深刻,陸游即有云:「我得茶山一轉語,文章切忌參死句。」(〈贈應秀才〉)江西詩派創作指針上,之所以強調「奪胎換骨」與「點鐵成金」,亦可由此找到理論的依據。

　　不論是「識活法」或「參活句」，都指向泥用事典，模擬蹈襲的反撥，強調通過內心獨特領會，一種「妙悟」，形成詩的獨創性。這種「妙悟」的產生，輒具有刹那間的特性，所謂「一念悟，眾生即佛，一念迷，佛即眾生」（《壇經》）、「一念相應，便成正覺」（《荷澤神會禪師語錄》）。詩歌創作的完成，往往亦有賴於靈感激發的刹那，《林間錄》卷上記載的偈詩，就體現出這方面禪思與詩藝間的互動關係：「為愛尋光紙上鑽，不能透出幾多難；忽然撞著來時路，始覺平生被眼瞞。」正所謂「一朝悟罷正法眼，信手拈出皆成章」（韓駒〈贈趙伯魚〉）。所以，當詩家無所用意，而「猝然」與「景」相遇，悟念、靈感突然噴發、湧現時，就能「借以成章」，而「不假繩削」（葉夢得《石林詩話》卷十二）；渾然天成，非常情所能到。以自己的直覺觀照，直證心會，主觀聯想，自可天馬行空，不著邊際。即使反常，亦能合道。

　　換言之，凡與「心」通者，方能「不離此生，即得解脫」（慧海〈頓悟入道要門論〉）。這種注重心識，「悟則刹那間」的思想，與中國詩藝產生契接後，對打通詩歌由境而顯意的關卡，有了推波助瀾之功，使中國詩歌增添了更深邃的哲理情趣和更朦朧含蓄的意象美，如李賀、李商隱、杜牧的詩，以及宋詞婉約派的委曲含蓄，都具有以上的特質，可以說是這種韻致要求下的產物。由此，也可以理解到王昌齡在〈詩格〉中所倡言的：「處身於境，視境於心。」以及皎然在〈詩議〉中所涉言的境界問題：

> 境象非一，虛實難明，有可睹而不可取，景也；可聞而不可見，風也；雖繫乎我形，而妙用無體，心也；義貫眾象，而無定質，色也。凡此等，可以偶虛，亦可以偶實。（《詩學指南》卷三）

甚至司空圖《二十四詩品・含蓄》所說：「淺深聚散，萬取一收。」這種對「美」的高度概括，取一於萬，以一當萬，也與禪宗「頓悟」思想中「一念見道」，不無關係。

　　由於一粒微塵、一方王國，皆不出我一念之間，所以，一念見道，天下皆然。一念淨心，便可以包容一切：「一性圓通一切性，一法遍含一切法，一月普現一切水，一切水月一月攝。」（〈永嘉證道歌〉）從六朝重視的煉字琢句，一機一境，到唐人通篇圓融，意境的完整把握，都體現了對藝術和諧整體的追求；宋人同樣認為通體圓成，難以句摘的詩意，才是詩藝的極致。所以，談到詩法，黃庭堅也借用了玄覺大師的「水月之喻」：「無人知句法，秋月自澄江。」（〈奉答謝公靜與榮子邕論狄元規孫少述詩長韻〉）當然，藝術創作要達到這種渾融和諧的境界，自然也須由章句入手，而用功處又必須在章句之外，無所滯累，故誠非易事，這中間就出現了「言」、「意」的問題。

　　禪宗向來主張「不立文字」，心心相印，全憑一個「悟」字，所謂：

> 得意者越於浮言，悟理者超於文字。法過言語文字，何向數句中求？是以發菩提者，得意而忘言，悟理而遺教，亦猶得魚忘筌，得兔忘蹄也。（《大珠禪師語錄》）

認為禪境的建立，並非藉由文字或科學的邏輯推理，否則會有「一切言語道斷，心行滅處」（《菩薩瓔珞本業經・因果品》）滯於名相的危機。透過心靈的活動去把握對象，以主體主觀之心去開解世界客體之心，進而抓取對象本質，較之語言文字將更為真切生動而完整，這就是「至理無詮」（〈心銘〉）。而陶淵明所說的「此中有真意，欲辨已忘言」（〈飲酒〉其五），就很貼近這種禪境。另外，司空圖的《二十四詩品・沖淡》所言的：「遇之匪深，即之愈希，脫有形似，握手已違。」含義也是相同的，即是強調創作乃是「以心會物」的心靈感應過程，而非巧羅文飾的語言表達形式。不過，禪宗雖反對名相滯累，但又必須承認「非言無以明其義」，佛法的宣揚仍是有賴於文字的傳播，蓋「心無形相，非離言語，非不離言語，心常湛然，應用自在」（《景德傳燈錄》卷二十八）。但這些文字語言已非一般常言，

而是帶有象徵、暗示的語言，藉由這種語言的接引手段，達到悟道目的。做詩亦然。不過，這也促成言、意之間的模糊性。詩之妙趣既不在文字，但又必須借助文字表達，才能引人入勝。所以，「詩」、「禪」的共通點，就在「不在文字，不離文字」（元好問〈陶然集詩序〉），不棄文字，又能破除對文字的執著，解縛去黏，達到「明心見性」旨歸。而詩家所標榜的「不著一字，盡得風流」（司空圖《二十四詩品・含蓄》）、「唐賢所謂情性之外，不知有文字云耳」（元好問〈陶然集詩序〉），內涵上，蓋與此意相通，這也促成了「含蓄」、「凝練」。不僅僅只是修飾手法的要求，也是突出「味外之旨」（司空圖〈與李生論詩書〉）、「象外之象」、「景外之景」（同上〈與極浦書〉）等詩境蘊藉深沈，餘味曲包的重要表達意義。

既然禪宗注重的是「得意者越於浮言，悟理者超於文字」，要求「無念爲宗」、「無住爲本」，所以，「淡」成爲了「悟」的基礎。《臨濟錄》中有言：「你若欲得生死去住，脫著自由，即今識取聽法底人。無形無相，無根無本，無住處，活潑潑地。」頓悟必得由心，心得先淡、先淨，而後才能定，再進入內證。這種無相、無念，以虛空爲靜照的方法，在詩歌上的表現，就轉化爲東坡所提出的美學要求：「發纖穠於簡古，寄至味於淡泊。」（〈書黃子思詩集〉）淡而有深味，也如同歐陽脩所形容的：「如食橄欖，眞味久愈在。」（《六一詩話》）「平淡」，可說是宋人一致的美學要求，而唐代的王、孟詩歌，就突出了這方面的表現：「江流天地外，山色有無中」（王維〈漢江臨汎〉）、「野曠天低樹，江清月近人」（孟浩然〈宿建德江〉）。情景交融，自然平淡之下，細想有深意，其意界，誠如嚴羽《滄浪詩話・詩辨》中所稱的：

> 羚羊掛角，無跡可尋，故其妙處，瑩徹玲瓏，不可湊泊，如空中之音，相中之色，水中之月，鏡中之象，言有盡而意無窮。

「詩爲禪客添花錦，禪是詩家切玉刀」（元好問〈答俊書記學詩〉）。「詩」、「禪」的溝通，造成了唐、宋詩人藝術思維的明顯變化，

以禪論詩或入詩，抑是喻詩，幾乎是中唐以後詩學思想普遍的傾向。不惟如此，禪思的滲透，甚至還擴及其他藝術類別，舉凡繪畫、雕塑、音樂、園林建築等等〔註25〕。看來，禪宗思維在流向士大夫心靈的同時，審美情趣也正在合流！

三、三教合流

在歷史的發展過程中，儒、釋、道三教不論先後，均曾就不同的層面為同一個統治的政權服務，這是不爭的事實。它們為了發展勢力，也有過矛盾、衝突，尤其是佛、道兩家，彼此勢力的消長，與政治的角力鬥爭有很大的聯繫〔註26〕；至於儒家，雖然一直居於主體地位，不過，在繁複多變的世局中，一些儒士也清楚認識到，一家獨尊的局面不再，所以，融匯佛、道思想，實為時勢所趨。自唐朝中晚期之後，重要的思想家與文學家，幾乎都有三教會同的主張，也許在政治上，因功利目的，偶有排斥之舉，但在理論上，則是呈現互相包融與調合、交互為用的特色，是謂「初若矛盾相向，終類江海同歸」（錢

〔註25〕「幽靜清遠」的禪境氛圍在中國古典藝術的其他門類中，如繪畫、雕塑、音樂、園林的表現，不當儀態萬方，氣象萬千。以繪畫為例，山水畫在唐代由李思訓父子為代表的金碧山水向以王維為鼻祖的水墨山水的轉變，即是受到禪宗思想的影響。依照禪宗理論，佛教修行的目的是先脫離世俗的欲界，再摒棄欲望比較淡薄的色界，最後進入無色界。這種過程正好滿足文人士大夫厭棄塵世，擺脫物欲，以求心靈平靜適足的希冀。所以在繪畫上開始有由繁至簡，由富麗走向清淡的創作傾向。水墨的興起，正是這種境界的最佳體證，表現出自由生命的感動和自由心境的舒展，是中國藝術的最高意境表現。

〔註26〕佛、道兩家彼此勢力的消長與政治的角力鬥爭，在唐初是最為明顯的。李唐在建國之初，為了抬高自己身價，只得把道教代表人物李耳奉為先祖，尊祖必崇道，所以欽定道教為三教之首，由此也壓抑了佛教勢力。到了武周朝，武則天以異姓取代李唐，而大乘佛教經典《大雲經》，因其有「女身受記為轉輪聖王成佛」之教義，可做為己身女姓受命的圖讖，所以，特將佛教升任道教之上。至玄宗朝，又回復制定抑佛崇道的方針。之後，唐代歷位君主各有所重，或崇道，或信佛，但大都無復初唐之嚴謹。

易《南部新書》)。這種合流的**趨勢**，其實早於東漢末年便現端倪。至魏晉南北朝時，雖然三教衝突愈趨熾烈，但有些士人或僧侶，已開始認識到佛、儒二者殊途同歸的特質〔註27〕；迄於唐、宋，三教在衝突中不斷吸收交融，在交融中不斷發展，終於形成合流的定勢。當然，其間的矛盾並無法完全排除，但是其融合的**趨勢**、格局，卻始終不變。因為大部份的人都能體識到「孔、老、釋迦皆是至聖，隨時應物，設教殊途。內外相資，共利群杰」(唐‧宗密〈原人論〉)的事實。所以，一直到晚清的鴉片戰爭時為止，「三教合一」一直是中國學術思想發展的主流。

　　唐代文化思想上的開放政策，為各個文化系統之間的交融、吸收，創造不少有利條件。佛家並不以吸收儒、道二家為恥，而儒家雖未鬆口對佛、道的排擊，但在某些地方也公開吸取佛家的許多思辨方法或觀點。以前者來說，佛教為求紮根，遂從社會民心所**趨**，不斷地向儒家道德倫理觀靠攏，吸收儒家「孝」的觀念，自覺地與中國傳統道德倫理觀念調合〔註28〕。這種融攝的結果，乃有效地完成從釋譯佛

〔註27〕　如劉宋初年宗炳在〈明佛論〉中，提及：「孔、老、如來，雖三訓殊路，而習善共轍也。」(《弘明集》卷二) 當時文士之中，也有這種調和的聲音，如謝靈運：「釋氏之論，聖道雖遠，積學能至，累盡鑒生，不應漸悟。孔氏之論，聖道既妙，雖顏殆庶，體無鑒周，理歸一極。有新論道士，以為寂鑒微妙，不容階級，積極無限，何為自絕？今去釋氏之漸悟而取其能至，去孔氏之名庶而取其一極。一極異漸悟，能至非殆庶。故理之所去，雖合各取，然其離孔、釋矣。余謂二談，求物之言，道家之唱，得意之說，敢以折衷自許，竊謂新論為然。」(轉引自何尚之〈答宋文帝贊揚佛教事〉，《弘明集》卷十一)

〔註28〕　這是因為佛教徒深深意識到儒家所強調以血緣關係為紐帶的宗法制。在中國社會中，早已根深柢固，滲透到社會各個生活領域。而佛教的原始教義，卻要求個人要超越家庭倫理羈絆，揚棄對社會責任，主張無君、無父，與整個社會傳統形成強烈矛盾，所以，為求適應廣大群眾所需，也就把儒家「三綱」「五常」納入自我教義中。例如宋代契嵩特就佛家教義創造了與「三綱」對應的範疇——「三本」。《孝論‧孝本章第二》曰：「天下之有為者，莫盛於生也。吾資父母以生，故先於父母也。天下之明德者，莫善於教也。吾資師以

經的佛學到佛教實踐的轉移，使得佛教更具本土化特質，人們的接受力也就更大；至於後者，如引發宋代理學興起的唐人李翱，即是從維護封建綱常立場出發，反對佛教，但由其〈復性論〉一文中，卻可清楚看到其融佛入儒的影子。他主張離情而言性，要求在「弗思弗慮」、「其心寂然」中，達到「清明」、「至誠」的聖人之境。這套思想，顯然是把儒家「正心誠意」與禪宗「自行佛行，自作自成佛道」、「一念淨心」思想統一起來，為宋明理學進一步融佛入儒，開闢先路。

另外，儒、道之間的交涉、調和、互補，也是十分密切的。唐代的儒士，基於衛道立場而大力辟佛時，亦不忘對同為異教的道教進行攻訐〔註29〕。不過，在排斥對立之中，也有了調和的事實。儒家的「廟堂」、「入世」，與道家的「山林」、「隱逸」，開始有了互補的新興關係，而這條途徑，較之「出世成佛」的道路，是更具有文化市場的接受度。知識份子在進取不成之下，或於隱逸中，待時而動；或於山林中，尋求精神解脫。如此一來，道家思想在許多時候便成為士人在儒家理想落空下，失意精神的自然轉向。

至於宋代三教合一的論見，少了唐人的矛盾、曖昧不明，表達得更為清晰明確。許多人幾乎是舉著公開的旗幟在倡導，尤其是佛教徒，表現得最明顯，例如天台宗的智圓與僧人契嵩。

智圓自號「中庸子」，嘗做〈中庸子傳〉，提倡「非仲尼之教，則國無以治，家無以寧，身無以安」，少了這項前提，則「釋氏之道，何由而行哉」，認為儒、佛「其為表裏」，所以，可以「修身以儒，治

教，故先於師也。天下之妙事者，莫妙於道也。吾資道以用，故先於道也。夫道也者，神用之本也；師也者，教誥之本也；父母也者，形生之本也。是三本者，天下之大本也。白刃可冒也，飲食可無也，此不可忘也。」在《孝論》中，契嵩還舉佛始祖釋迦牟尼葬其父淨飯王，禪宗六祖慧能賣柴養其生母（慧能侍母事，係契嵩臆造），以此二例證明儒、釋兩家在倫理道德上的統合相契。

〔註29〕如「闢佛」用力的韓愈就曾指責道教所尊崇的老子之「道」是：「去仁與義言之也，一人之私也。」（〈原道〉）以為道教成仙之說，是虛妄不實的：「神仙雖然有傳說，知者盡知其妄矣。」（〈誰氏子〉）

心以釋」(《閑居編》卷十九)。至於另一高僧契嵩，更是宋代溝通儒、佛的重要人物。他曾對《中庸》進行深入研究，撰有《中庸解》五篇，自稱「以《中庸》幾于吾道，故竊而言之」；在《輔教編》中，還進一步提出佛、儒「心同而跡異」(〈廣原教〉末章)，大講「孝道」。若從「欲人爲善」的角度來看，調合儒、釋，固非始自契嵩〔註30〕，不過，他卻開啓了後來佛教在統合各派思想上，往往有一身二任，甚或三任的傾向特質。

這些傾向於三教合一的思想，在當時是具有普遍性的意義。身爲外來宗教的佛教，雖長於治心，善以心性哲學和思辯哲理來論證教旨、教義，但在傳佈過程中，逐漸清楚認識到一部分出世主義的宗教信仰與傳統倫理的尖銳對立，唯有接納儒家綱常名教，才能在本土生根；而道教雖屬自家宗教，長於養生，強調與自然爲一，但爲了成爲封建君權的重要組構，在維護綱常方面，也不得不與儒教合流。至於儒教，長於教化，偏重倫理，但在哲理思辨上，較爲薄弱，也必須從佛、道之中，汲取養料，彌補一己之不足。宋代以後，三教的融合態勢，一般是以儒家的倫理學說爲本位，以中國文化爲基礎，吸取佛教的思辨哲學及道教道法自然思想，三者有機結合，從而形成新的思想體系。

這種合流互補的定勢，也帶給唐、宋士人心理結構上的根本變化。三教所唱，各有所尚，誠如南宋夏元鼎所言：

> 三教殊途同歸，妄者自生分別。彼謂釋、道虛無，不可與吾儒並論，是固然也。自立人極，應世變言之，則不侔。至於修眞養性與正心誠意之道，未易畦畛也。(〈黃帝陰符經講義〉卷四)

〔註30〕除註27所舉宗炳外，唐高祖武德七年二月興學詔中，也提出過相同的意見：「三教雖異，善歸一揆。」(《冊府元龜》卷五十〈帝王部·崇儒術第二〉)宋眞宗〈感應論〉，亦發表同樣的看法：「三教之設，其旨一也，大抵皆勸人爲善，惟達識者能總貫之。滯情偏見，觸目分別，則於道遠矣。」(《續資治通鑑長編·大中祥符六年十一月記事》)

在人格塑造上，看似各異其趣，三種不同的文化態勢，正代表著三種不同的心靈流動：儒家強調的是浩然正氣，舍我其誰的崇高人格；道家所涵養的是逍遙無物、向身自然的自由人格；而佛家提煉的則是一種明心見性，即心即佛的空靈人格。雖然，旨趣不一，但是在一些「涵養心性」的自我充備條件上，三者卻是互補、調合的。所以，在中國士人身上，尤其是唐、宋之後，我們見到的人格結構，鮮少是單一的定向，因為經過「三教合一」文化長期的浸潤、生發，文人的心理結構，早已預設了多重傾向。唐、宋社會的三教並存，不僅解凍了士人的信仰，也活潑了文化，使得文士掙脫了單向和被動思維的束縛。他們對各家思想的涵泳，接受程度，絕不僅僅止於表現在學術上的辯難而已，包括人生態度、生活情趣、行為方式、文藝思想形成等等，均受其深刻影響。這種多樣思想調和、共存的意義，不單動搖了一家思想獨尊的觀念，也反映了唐、宋以後文士對各種雅俗文化的包容與承接力，直接促成了文學藝術風格，流派的形成與發展，它無疑是唐、宋文藝繁榮的主要成因與標志。

以盛唐為例，隨著政治、經濟的發展趨向，士人特別在意建功立業之有無，所謂「功名只向馬上取，真是英雄一丈夫」（岑參〈送李副使赴磧西官軍〉），這自然是儒家積極入世精神發酵下的思想產品。但是遠在唐初詩人的身上，我們隱隱約約就可看到當時知識份子普遍以「儒」為主，兼融「釋」、「道」的心理構成：「獨坐岩之曲，悠然無俗氛。……高談十二部，細覆五千文。」（盧照鄰〈赤谷安禪師塔〉）在傳統社會中，仕途蹭蹬，際遇偃蹇，在所難免，其時精神苦痛，欲求寄託，也只有憑藉思想的轉向，調整精神，才能撫慰受創心靈。在「鴻鵠之志」難展下，除了「嗟吁命不通」（孟浩然〈田園作〉）外，也只得發出「扁舟泛湖海，長揖謝公卿。且樂杯中酒，誰論世上名」（同上〈自洛之越〉），看似豪放而實無謂之語了。

除了孟浩然外，「人生在世不稱意，明朝散髮弄扁舟」（〈宣州謝朓樓餞別校書叔雲〉）的李白，乃至賀知章、王昌齡、李頎、高適、

儲光羲等人，都是儒、道互補下的典型人物。到了中晚唐，這種在思想融合下的行為傾向更為明顯。文壇就吹起了一股「外服儒風，內宗梵行」的風氣，如柳宗元、劉禹錫、白居易等人，都是佛教的崇奉者。以白居易為例，他可說是唐代三教合一思潮下，最具代表性的人物。他是以個人對佛教的理解，來確立自己理想的人生態度和生活方式。他雖然融通佛教各派，卻特別傾心禪宗，並以所謂的「居士」思想做為自己的人生典範。既禮佛、敬僧、參禪，卻又不減俗世的熱衷，功名之心未泯。這樣的形象，在當時顯然成為一種示範，成為文人居士的典型，既是儒生，又有佛徒氣質，統合儒、釋。這對日後士大夫之間，「居士」佛教的發展，無疑起了推波助瀾的作用。這一點，在稍後的宋代文士的身上，都可以找到影響的線索。

　　文化心理的凝鍊，最後的投射，往往是在藝術審美的表現上。隨著政治、宗教的影響、濡染，盛唐詩歌從昂揚高蹈、汪洋宏肆，注重風骨、興寄，開始向逸趣閑情，沖淡含蓄的韻味美過渡，形成以「神韻」為其主要表現形式的中國傳統精神。其他藝術類別，也受到同樣的滲透。畫論中原本傾向於強調教化以示後人的作用，也轉化為「玄化忘言，神工獨運」（張彥遠《歷代名畫記》）、「外師造化，中得心源」（張璪語，見《歷代名畫記》卷十）的創作要求。盛唐金壁輝煌的佛教壁畫開始衰落，代之而起的是中唐的山水畫和晚唐的花鳥畫。人們不再關注華而不實的美景，和虛張聲勢的偶像，現實生活中的一山一水，一草一木，反而成為當下直觀感受的對象。誠所謂「超以象外，得其環中」（司空圖《二十四詩品‧雄渾》）。

　　另外，書法也從骨力猷勁，法度不移開始向筆簡意繁，情趣橫生的宋書過渡。顯然，儒、釋、道的互補、相融，已為唐代藝術帶來感性生命的升騰和理性生命的沈潛交融，引燃了審美理想和實踐的另一個高潮點。

　　至於宋人，在三教調和已為定勢之下，雖有不少儒者仍站在各自預設的立場上闢佛，但是，真正欲在其中劃清界限，無有踰越者，誠

非易事。基本上，宋儒對佛、道的態度，有兩極化傾向；從政治觀點出發，則強力主張闢其所該闢；在人生態度上，則要求融其所可融。由於思觀角度的不同，立場也就迥然有別。如歐陽脩、曾鞏都曾極力反佛，但又何嘗不曾出入釋、老？王闢之《澠水燕談錄》卷十〈談謔〉就記載：「歐陽文忠公不喜釋氏，士有談佛書者，必正色視之」，但是，這種情況在後來也是有所變化的。葉夢得《避暑錄話》卷上記載：

> 歐陽文忠公平生詆佛、老，少作〈本論〉三篇，於二氏蓋未嘗有別。晚罷政事，守亳，將老矣，更罹憂患，遂有超然物外之志。又云：「歐陽氏子孫奉釋氏尤嚴於他士大夫家。」這些文字，多少都能說明永叔晚年在處世修持上，傾心於釋氏的情形，而他最終以「六一居士」自號，亦可做爲旁證。

除了上述歐公的情形之外，其他受儒、道、釋影響的著名士大夫，還包括王安石、蘇軾、黃庭堅等人。他們都有與佛教大師往來頻繁，互相交游酬唱的事實，蔚爲美談（註31），居士色彩也極爲明顯。不論理論上或實踐上，宋人在外儒內釋（或「道」）的表現上，都具有相當的普遍性，參禪的風氣，更由此而打開。就連周敦頤、二程、朱熹、陸九淵等理學家，也曾出入其間。這些儒士之所以爭相趨禪，主要是看重禪宗在人生哲理上的觸發。不過，他們對於禪境，雖是一心嚮往，卻不會太過執迷，只是藉由其中之體悟，建立起自己隨緣任運的處世哲學。

以東坡爲例，一生思想兼取儒、釋、道三家，但識度弘達。對待佛教，較之他人更具理性，不喜玄虛之談，凡與現實人生有關聯而受用者，但取其「粗淺假說以自洗濯」（〈答畢仲舉書〉），這一點，反映

〔註31〕宋初釋僧染指文藝，篤信儒學，蔚然成風，其中也不乏和歐陽脩等文人往來頻繁者。如以詩畫傳世的名僧惠崇，其學藝地位，早受世人肯定；又如僧贊寧、契嵩的著作都曾獲得永叔的稱贊；佛教大師與儒學士大夫互相交游、酬唱的事實，比比皆是；又如佛印了元與辨才元淨，詩僧參寥等諸人之與蘇軾，大覺懷璉之與王安石，黃龍祖心之與黃庭堅等，都是儒、禪溝通往來最好的例證。

出其對各家思想廣取博收，旁推交通的宏闊態度。從他強調「寓意於物而不留意於物」、「凡可以存存而救亡者，無不為，至於不可奈何而後已」（〈墨妙亭記〉），可以看到他個人在有利於經世濟民事情上的積極進取，又絕不會因此而破壞內心寧靜的堅持，所謂「存無為而行有為」，這其中自是儒、釋、道三家思想互滲、通融下的綜合呈現。

三教合流、交互作用的結果，成為文士在處理出處矛盾中的精神支柱和收束心性的修養方式。在此基礎上，配合大時代政治、社會客觀因素，宋人的人生態度也有了一些深刻的變化。他們對人生往往採取更超脫、更達觀、更冷靜的態度，世事看得透，也看得淡，所謂「世事短如春夢，人情薄似秋雲。不須計較苦勞心，萬事原來有命」（朱敦儒〈西江月〉）、「世路如今已慣，此心到處悠然」（張孝祥〈西江月〉）；再從朱熹對被貶者的生活經驗提示，更可以發現這種特質：「吾人所學正要此處呈驗，已展不縮，已進不退，只得硬脊梁與他廝捱，看如何。」（《鶴林玉露》卷四）這種看似堅毅不屈，迎面相對的儒家態度，其實和東坡所體悟的老莊思想的自處之理：「此心安處是吾鄉」（〈定風波〉），是暗暗合轍的〔註32〕，這也就是東坡所以有莊子學說「蓋助孔子者」的心得體驗之原因所在〔註33〕。

通過儒、釋、道思想的結合，宋人把「窮則獨善其身」的傳統思想，上升為一種具有新含義的心性修養和理性追求。影響所及，文人

〔註32〕 東坡原詞如下：「常羨人間琢玉郎，天應乞與點酥娘。自作清歌傳皓齒，風起，雪飛炎海變清涼。萬里歸來年愈少，微笑，笑時猶帶嶺梅香。試問嶺南應不好，卻道，此心安處是吾鄉。」（〈定風波·海南歸贈王定國侍人寓娘〉）所謂「此心安處是吾鄉」，溯其本源，亦出於禪宗之常語：「隨所住處恒安樂。」以及莊老的「順其自然」，隨遇而安，以及「燕處超然」，是一心境自如，人生自在的形容。

〔註33〕 東坡在貶官黃州之前，其實就已有三教相通的觀念，在〈莊子祠堂記〉中，更明確地將此觀念以文字托出：「謹按史記、莊子與梁惠王、齊宣王同時，其學無所不闚，然要本歸於老子之言。故其著書十餘萬言，大抵率寓言也。作漁父、盜跖、胠篋，以詆訾孔子之徒，以明老子之術，此知莊子之粗者。余以為莊子蓋助孔子者，要不可以為法耳。」

的創作，也帶有三教融通的美學特質。

在詩歌創作或理論批評上，宋人多少呈現著對社會現象、人生經歷的觀照，以及對生活、藝術的理解和玩味，「理趣」遂成為宋詩的特色之一。並追求「言有盡而意無窮」的深遠詩意，強調應將「不可名言之理，不可施見之事，不可逕達之情」，通過藝術形象來傳達。所以，有關「韻」的美學要求，亦同晚唐一樣，特為重視〔註34〕。

至於審美風格方面，受到影響，宋人普遍傾向平淡自然之美。「淡」非無味，而是相對於濃的情致，是一種「妙在筆墨之外」（東坡〈書黃子思詩集後〉）的境界；「如食橄欖，真味久愈在」（歐陽脩〈六一詩話〉），並以「平淡而到天然處」（《韻語陽秋》卷一），最是上乘。這種沖淡自然之美，正是前人所謂「故其妙處，透徹玲瓏，不可湊泊，如空中之音，相中之色，水中之月，鏡中之像」的境界（嚴羽《滄浪詩話·詩辨》）。

由於重視意趣，追求平淡，所以宋人書法也表現出不同唐人的風味，特別重視筆墨韻致及生活情趣的表現，批評「心存形聲與點畫，何暇復求字外意」（東坡〈小篆般若心經贊〉）的拘執。「無法之法」的「活法」，也就成為宋人追求藝術極致的最高表現要求：「我書意造本無法，點畫信手煩推求。」（東坡〈石蒼舒醉墨堂記〉）既得其神髓，又何必一筆一畫求其形象上的逼似！

至於繪畫中「墨竹」的崛起，也可說明宋代審美潮流的轉向。

宋代儒士在紛紜不息的政爭中，追求內心寧靜，嚮往恬淡閒適生活，建立以自我精神解脫為旨歸的適意人生哲學；在審美意趣上，也

〔註34〕北宋時期，以「韻」作為重要美學範疇來論述藝術者，不乏其人，而且在書畫之外有漸及於文章的趨向。如黃庭堅，不僅指出書法藝術「當以韻觀之」（〈題絳本法帖〉），而且還提出了書畫乃與文章同理，都當以「韻」求之的看法。這種美學趣味的要求，到了黃庭堅的弟子，也就是秦觀的女婿范溫手上，又更進一步地強化其中的重要性，主張以「韻」，通論詩、樂、書、畫。他的《潛溪詩眼》，正是這方面的代表作。

有同樣的心理──崇尚清幽、閑靜、自然。在淡墨揮灑，翠竹染墨的幽境中，士大夫既能發抒淡雅情思，又能從對自然的觀照中，領略人生哲理，達到情感與物象的交融，「形」與「神」的合一。其中所呈現的意境，符合了莊、禪之旨，不僅表現出「意氣所到」的理趣，而且獨得於象外。所以，宋代「畫院派」雖地位崇高，然藝術聲譽之隆，始終不及文士水墨畫派，關鍵或在於此。

其他像陶瓷燒製，也與唐代以交錯使用各種釉色，形成色彩濃烈，格調鮮明的「唐三彩」，有著明顯的差異。宋代主要是以單色釉，尤其是青、白瓷的生產最爲突出。清幽雋永，精致古雅則是它的特色。

雖然三教調和，同是唐、宋思想發展的特色，但其對文藝的滲透影響程度，仍然是有差別的。即以禪宗爲例，其於唐代雖已極高峰，但在儒、道不斷衝擊、融合下，配合政局走向，對宋代文士日常生活和文化的影響，不論廣度或深度，都有超越唐人之勢〔註35〕。所以，宋人所呈現的審美意趣，自然也有進一步深入或轉向變化之處，這可由兩代的審美理想和趣味表現，窺見一、二。

第三節　文化發展

唐、宋文化絢爛多姿，異彩紛呈，既是前朝文化的繼承與發展，又是各民族文化融合交流的結果。文化的發達，促使人口的文化素質提升；而文化修養的提高，又成爲其時代文化發達的重要原因與指標。

唐、宋文化高度發展的客觀基礎，包括政治、經濟、地域等等因素，以政治而言，當政者對教育的重視，對文化的傳布，是最能產生直接效益的。唐、宋的學校體制，有官學與私學兩類。官學又由中央

〔註35〕雖然宋代士風的内傾，以及追求和諧、恬淡、幽靜的人生境界，不完全是受禪宗的影響，但和禪宗也不無關係，正如楊萬里所形容的：「香火齋祓，伊蒲文物，一何佛也；襟帶詩書，步武璃琚，又何儒也；門有朱履，坐有桃李，一何佳公子也；冰茹雪食、凋碎月魄，又何窮詩客也。」(〈贊功甫像〉) 可見禪宗已確實深入到許多文士的生活之中。

與地方兩個系統構成。然而與士大夫知識結構形成最有關係者，並非官學，而是私人講學的部分。私學的興辦，往往與知識份子的境遇有直接的關係，或於入仕之前，在家興學者；或罷官歸野，以傳授爲業者；抑是在官居職，歸家則講學者〔註36〕。也因這種私學風氣的熾盛，促成了後來書院的興起，宋代尤其發達。據近人研究，唐代私人所創辦的書院約有十一所，至宋代，書院則競相成立，南北各地就出現了不少著名的書院，如石鼓、白鹿洞、應天、岳麓、嵩陽書院等，其中聚書數千卷，規模宏偉，講習甚盛，生徒有多達數千人者，教育的普及，由是展開：「以至執耒垂髫之子，孰不抱籍綴辭」（范成大〈吳郡志〉）。著名學人朱熹，就曾經手訂白鹿洞學規，親自教授生徒，質疑問難。這些書院在唐、宋教育中，不僅居於樞紐地位，其對學術思想的發展，優良學風的形成，以及士大夫道德情操的培養，更起了積極的作用。

經濟的發達，還促進了科技與文化的發展，特別是印刷術的進步，對普及與提高文化產生了直接的作用。唐代雕版印刷術和宋代活字印刷術的出現，都是文化界的一大盛事。雕版印刷術的起源，歷來眾說紛紜，比較一致的看法，認爲是出現於六世紀末至七世紀初的隋、唐之際〔註37〕，至唐武宗、懿宗時，使用已極其普遍。不僅運用

〔註36〕 入仕之前，在家講學者，如唐人王恭，《舊唐書》本傳言其：「少篤學，博涉《六經》。每於鄉閭教授，弟子自遠至數百人。」罷官歸野，以傳授爲業者，如馬嘉運：「少爲沙門，還治儒學，長論議。」並曾任越王東閣祭酒、太學博士等職，是名震一時宿儒。罷官之後，「退隱白鹿山，諸方來受業至千人。」（《舊唐書·儒學列傳》）在官居職，歸家講學者，如尹知章，唐睿宗時任禮部員外郎、國子博士等職，他雖居吏職，「歸家則講授不輟，尤明《易》及莊、老玄言之學，遠近咸來受業。」（《舊唐書·尹知章傳》）

〔註37〕 關於雕版印刷的開始時期，歷來有幾種不同的說法，即漢代說，晉成帝咸和年間說，六朝說，北齊以前說，隋朝說，唐代說等等。比較一致的看法是在隋、唐之際。明人胡應麟《少室山房筆叢》卷四引陸琛《河汾燕閒錄》說：「隋文帝開皇十三年十二月八日敕；廢像遺經，悉令雕撰。此印書之始。」

在宗教圖像、經文、曆法、醫藥的出版上，文人詩集亦在刊印之列。穆宗時，白居易的詩歌即被廣爲雕印，上市鬻賣，而且「處處皆是」（元微之《元氏長慶集》卷五十一）。

　　至於宋代活字印刷術的出現，雖是對雕版印刷的革新，不過一時並沒有得到太大的推廣〔註38〕。宋人基本上還是多用雕版技術，但比起唐人，其刻印的範圍，已經涉及各個領域，舉凡宗教經典、歷史、天文地理、農工、醫藥、詩文、詞集、小說和民間秘用書籍，當代及前人的著作等等，都已刊刻面世，而且「校讎鐫鏤，講求日精」（《欽定天祿琳琅書目》）。版本大備的結果，不但促使文人作品大量流布，即使士庶之家，亦有藏書，「諸子百家之書，日傳萬紙」（蘇軾〈李氏山房藏書記〉）。這些對文學的發展，是相當具有影響力的。

一、學術研究的盛行

　　唐初君主在結束前代的紛擾動盪之後，便轉而偃武修文，重視教育，獎掖文化，並透過科舉，大量網羅人才。文化政策上的開放，涵容百川，自有吞吐萬象的氣勢。其時知識份子普遍都具有較高的文化素養，舉凡文學、史學、宗教、哲學，抑天文、地理、藝術，均有卓越的表現。

　　就各別領域來看：文學方面，現存近五萬首的唐詩，代表了我國古代詩歌最高成就，詩人輩出，僅《全唐詩》所錄，即達二千多家。史學方面，因緣統治者的重視，也成績可觀。唐代開國之初，高祖即明確指出修史的目的和要求：「考究得失，究盡變通，所以裁成義類，懲惡勸善，多識前古，貽鑒將來。」（《唐大詔令集》卷八十一〈命蕭

〔註38〕　宋仁宗慶曆年間畢昇發明了活字印刷術，不論是在儲備多用之字，或排版時臨時補充冷僻字，以及用完後對活字的保管方法上，都較雕版印刷優越，可惜在當時卻未得到有力推廣。這是因爲活字印刷需要一次印出數量較多的書，拆版以後就無法再印了。雕版印刷雖然刻版費工，但書版長期保存，隨時可印。所以，儘管發明了新的印刷技術，雕版印刷一直到清代還是十分盛行。

璵等修六代史詔〉）而太宗對史學的重視，更超過其父：「悉引內學士
番宿更休，聽朝之間，則與討古今，道前王所以成敗，或日昃夜艾，
未嘗少怠。」（《新唐書・儒學傳序》）甚至多次對眾臣提起他有三鏡，
其一即「以古為鏡，可以知興替」（《舊唐書・魏徵傳》），還屢次要魏
徵、虞世南、褚亮等人：「裒次經史百氏帝王所以興者上之。」（《新
唐書・蕭德言傳》）同時，他也告誡群臣：「公事之閑，宜尋典籍。」
從史書古籍中尋求借鑒，以防己過。《群書政要》、《晉書》、《南史》、
《北史》、《梁書》、《陳書》、《北齊書》、《周書》、《隋書》正是在這種
鼓勵政策下先後問世的。太宗之後，如高宗、玄宗、憲宗、文宗莫不
重視史學：「欲覽前王之得失，為在身之龜鏡。」（太宗語）其他有名
的史籍，還包括劉知幾的《史通》、杜佑的《通典》；職官書方面，則
有《大唐六典》；地理書則有《括地志》、《元和郡縣圖志》；雜史、故
事筆記方面，則包括《朝野僉載》、《唐國史補》、《封氏聞見記》、《大
唐新語》、《酉陽雜俎》、《安祿山事跡》、《東觀奏記》、《樂府雜錄》、《歷
代名畫記》等。至於類書方面，引援豐富，計《北堂書鈔》、《藝文類
聚》、《初學記》等等。

　　而隨著詩歌的繁榮，專門探討詩歌美學的評論也開始湧現，包括
單篇論文，如陳子昂〈修竹篇序〉、王昌齡〈詩格〉、劉禹錫〈董氏武
陵集記〉、司空圖〈與李生論詩書〉；論詩詩如李白〈古風〉（其一、
三十五）、〈宣州謝朓樓餞別校書叔雲〉、杜甫〈春日憶李白〉、〈江上
水如勢聊短述〉、〈戲為六絕句〉；在詩選論著方面，則有殷璠《河嶽
英靈集》、皎然《詩式》、司空圖《二十四詩品》等。由於詩人具有長
期創作經驗的累積，豐富的文化思想背景，所以，能夠敏銳地察覺到
詩歌與散文美學特質的存在差異，反映在理論上，便有了分科研究的
事實。這種分工釐清的結果，遂使得研究工作的進行，日趨精細，有
關美學本質的掘發，也就更具深度。

　　至於宋人在文化修養的呈現上，較之唐人，毫不遜色。宋代文人
因與政治關係密切，所以，往往一身兼有政治家、詩文家、藝術家、

思想家等多重身份。他們身上除了原有的詩人氣質外，更多是具有學人風範者。除詩文創作外，不乏有經史著作，抑或精通繪畫、書法、音樂創作者，在人文生活和文化修養方面是遠勝於唐人的，不只具有深厚廣博的知識，而且在文化上也有集大成的自覺意識。這種傾向，實與政治、思想的發展，息息相關。

宋初統治者，因急於恢復倫理綱常，以期從思想領域加強統治，在一開始時，便十分重視圖書的收集、編纂和整理。建國之初，昭文館、史館、集賢院三館的國家藏書，僅有數約一萬三千餘卷，然在政府各機構不斷刻版印書下，藏書迅速增加。太平興國三年，崇文院建成之際，短短二十年，藏書已激增至八萬卷。爲了梳理圖書，定其存廢，政府更在慶曆元年，仿唐代《開元四部錄》的體例，修成《崇文總目》，收書三萬零六百六十九卷，各類有序：「每條之下，具有論說。」（《四庫全書總目‧史部目錄》）此後，目錄學著作紛呈，如晁公武《郡齋讀書志》、陳振孫《直齋書錄解題》等，均是取法《崇文總目》。經過政府的重視、訪求，遺書十出八九，著書立言之士也大幅增加，館閣藏書由此益具規模。

與此同時，太宗又下詔命文臣編纂圖書，先後編成《太平御覽》、《太平廣記》、《文苑英華》、《冊府元龜》，所謂的「宋朝四大書」（《四庫全書總目》）。這些大型類書的編纂，群策群力，是一種大規模的文化整理工作，不僅保存了大量的歷史文獻，也爲宋代文化的發展，奠定堅實的基礎。宋代文人得此環境，書籍取閱方便，經、史、子、集無所不涉，知識學問與唐人相較，更爲豐碩厚實，不論創作或理論建構，均有一種理性的自覺，思想堂廡特大，無所不包。

此外，宋代的史學、文藝學、考據學也有突出的表現。宋朝的修史機構分工細而職司專，加以制度完整，圖書大備，對史學發展起了良性作用。當朝重要的史學著作，有歐陽脩的《五代史記》、司馬光的《資治通鑑》、李燾的《續資治通鑑長編》、李心傳的《建炎以來繫年要錄》、徐夢莘的《三朝北盟會編》、袁樞的《通鑑紀事本末》、朱

熹的《資治通鑑綱目》、鄭樵的《通志》等。

　　文藝批評方面，則出現大量的詩話、詞話。第一部詩話是歐陽脩的《六一詩話》，其目的乃在於「資閑談」；繼之而起的是司馬光的《續詩話》，目的在於「記事」。兩書或記載掌故，或做考訂，鮮少觸及議論，但已開批評風氣之先。之後劉攽的《中山詩話》、陳師道的《後山詩話》、葉夢得的《石林詩話》、曾季貍的《艇齋詩話》亦對詩法進行一些討論。真正接觸詩歌理論者，計有朱熹的批評論，張戒的《歲寒堂詩話》、姜夔的〈白石道人詩說〉、嚴羽的《滄浪詩話》。宋人不僅寫詩話，還編詩話，將散見各種書籍中有關對詩文之評論、掌故，加以匯編，著名的有阮閱的《詩話總龜》、胡仔的《苕溪漁隱叢話》、魏慶之的《詩人玉屑》等。這些詩話和詩話匯編，勢必對當時及以後詩歌的發展、創新，有明顯的推動作用。至於「詞話」方面，普遍較零碎，或談詞調起源，或論做詞方法，或考訂作者，或論詞篇得失、風格意境，較著者有李清照〈詞論〉、楊湜《古今詞話》、王灼《碧雞漫志》、吳曾《能改齋詞話》、胡仔《苕溪漁隱叢話》、張侃《拙軒詞話》、魏慶之《詩人玉屑》、周密《浩然齋詞話》、張炎《詞源》和沈義父《樂府指迷》等。

　　另外，像考據學或其它學術方面，亦十分發達，應運而生的是一系列筆記著作，如歐陽脩的《集古錄》、趙明誠的《金石錄》、沈括的《夢溪筆談》、洪邁的《容齋隨筆》、羅大經的《鶴林玉露》等等。

　　學術水準的提高，必然導致宋人更崇尚學識，重視才學，其知識結構也會有多元化的發展特色。反映在創作上，自然也會有「以學問為詩」的特色，像蘇、黃等人就曾明確地要求以讀書來增進學問，視其為詩人必備的文化素養，標榜「詩詞高勝要從學問中來」（《苕溪漁隱叢話》前集引黃庭堅語），反映到作品中，便容易予人一種知識性、學術性、書卷氣的感覺。宋詩之中的喜議論、好使事、散文化的傾向，都可從這個角度得到理解。

二、藝術創作的蓬勃

　　開放性的文化思想政策，繁榮的經濟景象，鞏固的政治局勢，匯成了唐代各門藝術的蓬勃發展，舞蹈、音樂、建築、繪畫、書法、詩歌、散文、雕塑等，均有卓越的呈現。各種藝術之間不時相互啓迪，吸收與滲透，這一切都使得唐代整個文化帶有濃郁的藝術精神。許多知識份子不僅眼界開闊，而且思想活躍、其中不乏多才多藝者，如書法家虞世南，強聞博記，名重一時，太宗稱其有五絕：德行、忠直、博學、文辭、書翰（《舊唐書‧虞世南傳》）；政治家魏徵，同時又是史學家：「隋史序論，皆徵所作，梁、陳、齊各爲總論，時稱良史」（《舊唐書‧魏徵傳》）；詩人王維則精通樂舞，傳說「人有得《奏樂圖》，不知其名，維視之曰：『霓裳第三疊第一拍也。』好事者集樂工按之，一無差，咸服其精思」（《舊唐書‧王維傳》）。此外，王氏又是大畫家，畫開山水南宗之先河，爲我國文人畫之鼻祖，自稱：「宿世謬詞客，前身應畫師。」（〈偶然作六首之六〉）嘗以個人多方藝術造詣，品評時人張湮的作品：「染翰過草聖，賦詩輕〈子虛〉。」（〈戲贈張五弟湮三首之二〉）形容其畫是「屏風誤點惑孫郎」，書法則「團扇單書輕內史」（〈故人張湮工詩善易卜兼能丹青草隸頃以詩見贈聊獲酬之〉）〔註39〕。

　　再如有草聖之稱的張旭，其草書縱橫恣肆，奔放不羈，韓愈就稱其「變動猶鬼神，不可端倪」（〈送高閑上人敘〉），這般成就除了是出自他特殊的才情外，據他本人表述，乃是觀孫大娘的「劍器渾脫」舞而得到啓發，將舞蹈所表現的靈動神韻化入草書之中，「自此草書長進，豪蕩感激」（杜甫〈觀公孫大娘弟子舞劍氣行序〉）；另外，像吳

〔註39〕「屏風誤點惑孫郎」一句，乃是借用三國吳國的傑出畫家曹不興爲吳主孫權畫屏風的典故，曹氏誤落墨點，就畫成一隻蠅子，孫權以爲眞蠅，還用手指去彈，可謂寫物傳神之妙；下句「團扇單書輕內史」，則是借東晉王羲之的書法爲世所稱道，贊揚張湮的書法超越了「書聖」，藝術造詣達到爐火純青的地步。

道子，世人但知其繪事成就，殊不知他兼長於書法，雖然張彥遠《歷代名畫記》「吳道玄」條中，但言其「學書於張長史旭、賀監知章，學書不成，因工畫」，然以其個人才華而「學書不成」，應該是一種比較性的說法，可能他自覺在書法領域中，難於突破老師之成就，故而轉向繪畫上，發揮才華，因而取得超越書法的非凡成績。同時，他繪畫創作也顯然受到張旭狂草技法的啓迪，藝術門類相互的滲透，由此可見一斑。

正因爲各類藝術創作方法的相互影響，造就了文化的千匯萬狀，流風所及，自然也爲詩歌創作注入了更多的美學特質。所以，中國士大夫常常喜歡在不同的藝術門類之間尋求共通點，甚至引爲品評的另類標準。以書畫或詩畫爲例，有所謂的：「書畫異名而同體」（《歷代名畫記》卷一〈敍畫之源流〉）、「書畫用筆同」（同上卷五〈論顧陸張吳用筆〉）、「詩是無形畫，畫是有形詩」（郭熙《林泉高致・畫意》）、「味摩詰之詩，詩中有畫；觀摩詰之畫，畫中有詩」（蘇軾〈書摩詰藍田煙雨圖〉）等，東坡甚至斬釘截鐵指出：「詩畫本一律」（〈書鄢陵王主簿所畫折枝〉），其中就頗有活絡貫通法則的味道。事實上，詩畫藝術的交融，的確令唐代繪畫有詩化、文學化的傾向，也帶給唐詩具有畫境的美感。以前者來說，從晉代開始興起的山水畫，在唐代就得到較大的發展，李思訓、吳道子、王維，都是這方面的傑出表現者。試探它迅速成長的原因，可以發現與文人的提倡、投入，不無關係。山水詩的成就，給予山水畫的繁榮盛行，提供了借鑒。畫師從中學習到如何以詩人的眼光去體察自然萬物，如何融情入景，含蓄蘊藉，留下餘地觸發讀者想像而產生意境。同理，之後花鳥畫的興起，也與唐代詠物詩的成就分不開的。至於繪畫對詩歌的影響，亦十分普遍的。詩人在賞畫、詠畫的過程中，藝術修養明顯提升，善於捕捉事物的色彩、結構、線條等，使作品具有更多的繪畫美。在「意匠慘澹經營中」（杜甫〈丹青引・贈曹將軍霸〉），詩人所構思的意境如同繪畫一般，有著極大的張力，無法限制與圈籠。平面的文字敍述，可以有著立體

縱深的畫面，王維就是這方面的高手，看似純粹的景物描寫，其中卻又有著深長的情味。這種以繪畫意識中寬泛模糊、含蓄的特點來進行詩歌寫作，自然可以達到「詩中有畫」的境地，為詩歌藝術開創新境界，也帶給時人詩歌品評審美標準的轉向。而皎然所主張：「采奇於象外，狀飛動之趣」、「但見情性，不睹文字，蓋詩道之極也」(〈詩式〉)、司空圖所提倡的「味外之旨」(〈與李生論詩書〉)、「象外之象」(〈與極浦書〉)等，正是總結王維一派山水田園詩人的創作經驗而提出的新美學觀，而這些也成為後期中國詩歌美學的另一項重要原則。

宋代文學思想的發展，與李唐一樣，除了受各種哲學社會思潮的影響外，還表現為各種不同藝術門類和文化意識的相互滲透融合。文學創作除了原有的詩文，還包括新興的詞曲和話本小說。其他像書、畫、音樂等藝術門類，亦極為發達。其中所反映的審美趣味和精神境界，就成為作家文學思想的融匯組成部分，也顯示出宋代作家人文修養的深厚和知識生活層面的擴大。

例如王安石，除長於詩文創作外，書法亦「清勁峭拔，飄飄不凡。世謂之橫風疾雨」(張邦基《墨莊漫錄》)；黃庭堅亦然，除以詩詞名家外，書法亦被列為北宋四大書法家之一，東坡曾給予極高評價：「魯直以真實心出游戲法，以平等觀作欹側字，以磊落人錄細碎書，亦三反也。」(趙德麟《侯鯖錄》)詞人姜夔亦工詩，長於音律，《四庫全書總目提要》評述道：「尤善自度新腔，故音節文采，並冠一時。」(〈白石詞提要〉)此外，就連當時貴為帝王的宋徽宗，也是文采風流，除了詩詞文章外，他的「花鳥畫」與書法中的「瘦金體」，都是獨步藝壇的；至於精通各類文藝的東坡，成就就更不在話下了。

正因為宋代文人普遍都具有各類的文藝涵養，所以在論及藝術的美學特質時，往往就有統觀兼攝的傾向。由書而畫，從畫到詩，自覺地強調各種藝術的互補相通，似乎已是時代的一種共識。如歐陽脩云：「古畫畫意不畫形，梅詩詠物無隱情；忘形得意知者寡，不若見詩如見畫。」(〈盤車圖〉)又如蘇軾，也以個人詩畫藝術的體驗指出：

「古來畫師非俗士，摹寫物象略與詩人同。」（〈歐陽少師令賦所蓄石屏〉）說明在描摹對象的方法上，詩畫都是注重傳神與寓意的統一。另外，他也在「詩畫本一律」的品評標準下，稱讚蒲傳正的山水畫，是「離畫工之度數，而得詩人之清麗」（〈跋蒲傳正燕公山水〉）。

從以上可以發現，宋人由於普遍藝術功力的提高，詩人們也就更注重藝術門類之間的相互借鑑，並在唐人各種藝術神韻美的追求基礎上，有了更進一步的深化工夫，以追求神似、韻味、意境、個性為目標，文人氣質更重也更濃了。東坡就曾明確地提出「天成」、「自得」、「超然」、「蕭散」、「簡遠」的藝術理想，而運用了司空圖「味外之旨」的標準，溝通了詩畫理論：

> 予嘗論畫，以謂鍾、王之跡，蕭散簡遠，妙在筆畫之外。至唐顏、柳始集古今筆法而盡廢之，極書之變，天下翕然，以為宗師。而鍾、王之法益微，至於詩亦然。蘇、李之天成，曹、劉之自得，陶、謝之超然，蓋亦至矣。而李太白、杜子美以英瑋絕世之姿，凌跨百代，古今詩人盡廢，然魏晉以來，高風絕塵亦少衰矣。李、杜之後，詩人繼作，雖間有遠韻，而才不逮意，獨韋應物、柳宗元發纖濃於簡古，寄至味於淡泊，非余子所及也。唐末司空圖崎嶇兵亂之間，而詩文高雅，猶有承平之遺風，其論詩曰：梅止於酸，鹽止於鹹，飲食不可無鹽梅，而其美常在鹹酸之外，蓋自列其詩之有得於文字之表者二十四韻，恨當時不識其妙。（〈書黃子思詩集敘〉）

因為寫意和氣韻，為宋人藝術審美趣味之所在，所以，當時文藝作家幾乎個個都有「得意而忘形」的一致主張。歐陽脩便是以「琴音」為例，說明創作必以「意得形忘」為極致：

> 無為道士三尺琴，中有萬古無窮音。音如石上瀉流水，瀉之不竭由源深。彈雖在指聲在意，聽不以耳而以心。心意既得形骸忘，不覺天地白日愁雲陰。（〈贈無為軍李道士二首其一〉）

除了音樂上的領會外，東坡也曾就詩畫層面表達出以「寫意達心」為

主的觀點：「文以達吾心，畫以適吾意而已」（〈書朱象先畫後〉）、「觀士人畫，如閱天下馬，取其意氣所到」（〈又跋漢杰畫山〉）。其後葉夢得亦主張「詩家妙處」應是「紆徐不失言外之意」、以「盡深婉不迫之趣」（《石林詩話》卷中），可謂一語中的。

　　以上這些論見都足以說明：在不同的藝術門類之中，可以分析出共同的美學特色，所以，在愈蓬勃的創作風氣下，愈能助成這些美學特質的成熟。以詩畫為例，兩者雖有根本的差別〔註40〕，但以追求意興情性來說，彼此一旦找到互通之處，在繪畫創作的當時，便會更加自覺地兼求詩的情致和境界；反之亦然，詩歌創作也會更加注意到追求繪畫的形態美，兩者如能互相取資，自有相輔相成之效。陳善《捫虱新語》載：宋畫院試題有「嫩綠枝頭紅一點，動人春色不須多」者，於是，「眾工競於花卉上裝點春色，皆不中選，惟一人於危亭縹緲、綠楊隱映之處，畫一美人，憑欄而立，眾工遂服，可謂善體詩人之意矣」。詩畫互補，由是可見。同理，當文人將各種藝術相通的美學趣味融化於詩作後，自會提高眾人對藝術的品味，審美情趣也就更趨高雅，更為深微精致了。

三、文士交游的頻繁

　　隨著社會的逐步安定，文化教育的普及，唐、宋不僅士人的文化修養得到提升，即普通百姓的文化素質，也比其他時代更為整齊。在政府倡令下，各地鄉里學校普遍設立，發揮「化民善俗」的最大功效。史書記載：陳子昂，梓州射洪（四川）人，十八歲尚不識字：「他日

〔註40〕　詩歌與繪畫做為表情達意的藝術，雖然有其相同性和相通性，兩者畢竟又各有特點和區別，這區別當然不僅只如張彥遠引陸機語所說的，一為「宣言」，一為「存形」。事實上，詩歌可說是時間的藝術，因而宜於表現「動作」或「情事」；繪畫是空間的藝術，所以適合於表現「物體」或「形態」。徐凝的〈觀釣台畫圖〉：「一水寂寥青靄合，兩崖崔萃白雲殘；畫人心到啼猿破，欲作三聲出樹難。」這層詩意與沈括所說的：「凡畫奏樂，止能畫一聲。」（《夢溪筆談》）其實是同意，均相當形象地說明了詩、畫藝術本質上的一些差別。

入鄉校，感悔，即痛修飭。文明初，舉進士。」（《新唐書‧陳子昂傳》）
教育深及偏遠地方，由此可知。而安史之亂，州縣官學雖受到嚴重破
壞，但因科舉制度的實施依舊，所以鄉校與私人講學更為發達，一般
失學情形也就不高。元稹在為好友白居易文集作序時有言：「予嘗於
平水市中見村校諸童競習歌詠，召而問之，皆對曰：『先生教我樂天、
微之詩。』」可見當時即使鄉校也有濃郁的學詩風氣。杜佑也曾提到：
開元、天寶中，已有「五尺童子，恥不言文墨焉」（《通典》卷十五）。
另外，白居易在〈與元九書〉中，也述及江南一些地區，連娼妓都會
吟誦他的〈秦中吟〉、〈長恨歌〉等，所謂：

> 自長安抵江西三四千里，凡鄉校、佛寺、逆旅、行舟之口，
> 往往有題僕詩者；士庶、僧徒、孀婦、處女之口，每有詠
> 僕詩者。

這些並無誇張，元、白兩人之詩，在當時的確傳誦於「牛童、馬走之
口」，「衒賣於市井」之中，甚至有書寫在「觀寺、郵候牆壁之上」的
事實。其實，自從唐太宗延請「四方文學之士」，備極獎掖，時人羨
稱「登瀛洲」（《資治通鑑‧唐紀五》）起，就已為詩歌文學的創作與
欣賞榮景打下基礎。到開元年間，王昌齡、高適、王之渙三人「旗亭
畫壁」的事傳出，更說明唐詩與社會生活愈來愈密切的關係了。就以
《全唐詩》和《唐詩紀事》所載的兩千多位作者群來看，除仕宦之人
外，還有伶工、商賈、僧道、醫卜、漁樵等等，幾乎包羅了社會各階
層，可以說是全面性的投入了文藝創作的行列。巾幗不讓鬚眉，像薛
濤、李冶、魚玄機，都是才華橫溢的女詩人，作品清新明麗。這反映
出唐代文化的開放政策，對文藝素質的提升有極大的效益。

　　文藝活動的推展，除了有賴於教育的普及之外，文人學士之間的
交游，也是一項重要的促因。唐代文士頗為喜愛聚飲，「晤言一室之
內，取諸懷抱」者，大有人在。「兩人對酌山花開，一杯復一杯」（李
白〈山中對酌〉）。酒意酣暢之際，詩興也就大發，其樂融融，例如：
王昌齡與岑參素相友善，對酌共飲之後，均有作品留世，不論是王昌

齡的「便以風雪暮，還爲縱飮留」(〈留別岑參兄弟〉)，或岑參的「北風吹微雪，抱被肯同宿」(〈送王大昌齡赴江寧〉)，俱屬眞情流露的傳世佳作。而白居易〈長恨歌〉，相傳也是與好友王質夫、陳鴻同游「游仙寺」時，因酒席間有人述及唐玄宗與楊貴妃故事，引發靈感而完成的，陳鴻也作成了一篇〈長恨歌傳〉。可見文人這種往來聚會，彼此才學激盪，見識交流，對創作靈感興發，頗有助益。韋應物的〈郡齋雨中與諸文士燕集〉詩，就流露出這種心悅神歡的感覺：

> 兵衛森畫戟，宴寢凝清香。海上風雨至，逍遙池閣涼。煩
> 痾近潛散，嘉賓復滿堂。……神歡體自輕，意欲凌風翔。

文士宴集賦詩，不僅可以切磋才藝，也會有比試高下的念頭。趙翼《甌北詩話》就記述韓愈和孟郊做聯句，兩人「字字爭勝，不肯相讓」、「二人工力悉敵，實未易優劣」；至於著名的「旗亭畫壁」，也是文人在爭勝心理下的一項趣聞。而在這種交游競藝的刺激下，最具體的反映是「唱和詩」的大量湧現，這對文藝的興盛繁榮，更有直接推波助瀾之功。如王之渙與王昌齡、高適，李白與杜甫，王維與賈至、岑參、嚴武、裴迪，孟浩然除與李、杜情誼篤實外，與高適、李頎、常建亦過從甚密。張籍的酬唱詩，更蔚爲唐人之冠。他爲人熱誠好友，與名公巨卿、文壇領袖、乃至釋、道布衣，均有詩歌往來。而白居易與元稹的唱和詩有一百三十首，與劉禹錫則更多達二百首，當時唱和之頻繁，可見一斑了。

　　文士的唱和往來，對於創作經驗的交流與理念的凝聚，有極大的推助作用。文士們便是因創作理念相近，慢慢結成爲一個團體或流派，或以某一位代表作家爲領袖，或某幾位代表作家爲榜樣，試圖建立一時的文學創作風尚，或對其他作家發揮影響。這些人物和流派的存在，的確在文學思想的演進中，產生十分重要的作用。如初唐的「上官體」、「四傑體」；盛唐的「王、孟」山水田園詩派；「高、岑」的邊塞詩派，或後來的「元、白」體、「韓、孟」詩派，甚至所謂「元和體」、「長慶體」、「香奩體」的興起，都有帶動風潮的作用，才形成唐

代詩壇體派競出、風格紛陳的繁榮局面。再以唐代文風的扭轉來說，改革理論倡行之始，往往是一位重要古文家，周圍圍繞著一批志同道合的朋友和學生，大家切磋文章，議論文理，才能創造出可觀的成績。在韓、柳成功扭轉文風之前，就有李華、蕭穎士、元結、獨孤及、柳冕等人，先後提出宗經明道的主張，並用散體作文，他們可說是古文運動的先驅。李華、蕭穎士便是「平生相知，情體如一」、「有過必規，無文不講」（李華〈祭蕭穎士文〉）的文友；而李華周圍，則有獨孤及、韓雲卿、韓會、李紓、崔祐甫等人。後來還以獨孤及爲首，往來頻繁的又包括其學生梁肅及高參、崔元翰、陳京、唐次、齊抗諸人。最後則是以韓愈爲首，友輩柳宗元、李元賓、學生李翱、皇甫湜，從而和之，轉相傳授，全面推起了古文運動的開展，也形成了「韓門弟子」這類的文人宗派。

如以較寬的條件來看，唐代開宗立派，影響久遠的大家，不下二十人，這些流派的形成，自是與文人的交游倡和有直接的關係。每個團體或流派，均有其推崇甚至努力開發的理想。風尚一開，氣勢陣容更爲壯大，影響所及，橫向上，不僅圈籠同時代的文化美學，縱向上，也具有前後傳承的意義，甚至擴及到下一個朝代的美學取向。

宋代文教的普及，雕版印刷的盛行，帶動書籍的出版、流布，公私藏書豐富，讀書人增多，著書人亦夥。《宋史‧選舉志》稱：「學校之設遍天下，而海內文治彬彬。」社會的文化素質，也到了一個前所未有的高度。

就從事文藝創作的人口與層面來看，宋人亦不讓唐人專美於前，不論宮人、閨媛、道流、釋子、女尼、歌妓皆能言詩，且不乏好作品。上自帝王將相，下至平民布衣，無不附庸風雅，晉身文藝之列。據吳可《藏海詩話》記載：

> （元祐時）榮天和先生客金陵，僦居清化市，爲學館。質庫王四十郎，酒肆王念四郎，貨角梳陳二叔，皆在度下，餘人不復能記。諸公多爲平仄之學，似乎北方詩社。……諸

> 公篇章富有，皆曾編集。……幼年聞北方有詩社，一切人
> 皆予焉。屠兒爲蜘蛛詩，流傳海內。

這種遍及平民的創作風氣，不惟北宋如此，南宋江湖詩派一百多位作
家中，除部分是官宦身份外，大多是浪跡江湖、布衣一世的書生或幽
居草野的隱士，詩風之盛，可見一斑。

　　另外，在政局穩定之後，統治者爲了文飾太平，往往熱衷倡導文
事，藉以籠絡人心。如此一來，把文學當作一種風雅清高、揖讓應酬
的手段，必然爲之上升，唱和的風氣，也由此大行其道，在士大夫之
中是愈來愈流行。《宋朝事實類苑》記載：「相國（晏殊）不自貴重其
文，凡門下客及官屬解聲詞者，悉與之酬和。」（卷三十五）至於由
楊億、劉筠、錢惟演等十七人，二百四十八首唱和詩結集而成的《西
崑酬唱集》，更是此中的代表作。

　　整體來看，比起政治上的黨爭傾軋，宋代文化的視野，就顯得特
別的開闊，文人之間私交都很親密，在文學領域上也能採取互相寬容
的態度，兼容大於攻伐。許多文人就樂於提攜後進，教導裁成。史書
上就稱晏殊「善知人」：

> 平居好賢，當世知名之士，如范仲淹、孔道輔皆出其門。
> 及爲相，益務進賢材，而仲淹與韓琦、富弼皆進用，至於
> 台閣，多一時之賢。（《宋史・晏殊傳》）

而范仲淹也「多延賢士，如胡瑗、孫復、石介、李覯之徒」，大家相
與往來，勤亹討論，「晝夜肄業，置燈帳內，根本不遑寢息」（《宋人
軼事匯編》卷八）；至於領導詩文改革的歐陽脩，更是不落人後：

> 獎引後進，如恐不及；賞識之下，率爲聞人。曾鞏、王安
> 石、蘇洵、洵子軾、轍，布衣屛處，未爲人知，脩即游其
> 聲譽，謂必顯於世。篤於朋友，生則振掖之，死則調護其
> 家。（《宋史・歐陽脩傳》）

歐公的喜士，可謂當時第一，他所以好誦孔北海「座上客常滿，樽中
酒不空」之詩，也就不難理解了。

　　歐陽脩之後，蘇軾承襲了歐公的文壇地位與作風，獎掖後進也不

遺餘力：

> 有一言之善，則極口褒賞，使其有聞於世而後已。故受其
> 獎者，亦踴躍自勉，樂於脩進，而終爲令器。（葛立方《韻語
> 陽秋》卷一）

蘇門四學士——黃庭堅、秦觀、晁補之、張耒，即是由此而顯名文壇；
黃庭堅之下，又衍生「江西詩派」，影響餘緒波及數代，直至陸游、
楊萬里等人。可見這種獎拂風氣效應所及，形成了前後傳承的密切關
係，因志趣相類，故過從甚密，書信往來頻繁，或稱頌對方詩文，標
舉文藝概念；或討論學問，記述見聞，交換創作心得，繼而尋繹出文
藝創作規律，而詩人的創作個性與藝術人格也由此更爲鮮明。後人遂
據其創作個性與藝術人格開創出新的風格流派，而推動了文學思想的
發展。如「江西詩派」：

> 呂居仁近時以詩得名，自言傳衣江西，嘗作〈宗派圖〉，自
> 豫章（黃庭堅）以降，列陳師道、潘大臨……合二十五人，
> 以爲法嗣，謂其源流皆出豫章也。其〈宗派圖序〉數百言，
> 大略云：「唯豫章始大出而力振之，抑揚反復，盡兼眾體，
> 而後學者同作并和，雖體制或異，要皆所傳者一」。（《苕溪
> 漁隱叢話》前集卷四十八）

又如「騷雅詞派」：

> 詞莫善於姜夔，宗之者張輯、盧相皋、史達祖、吳文英、
> 蔣捷、王沂孫、張炎、周密、陳允平、張翥、楊基，皆具
> 夔之一體。基之後，得其門者寡矣。（朱彝尊〈黑蝶齋詩餘序〉）

另外，像以晏殊、范仲淹、歐陽脩、蘇軾、辛棄疾、朱熹、文天祥等
人爲首，也形成許多文人團體。而不同的團體又形成不同的流派（註

〔註41〕 各種文學流派的形成和代變，構成了宋代文學思想發展的重要內
容。但文學流派的形成，一般來說有兩種。其一是有流派之實而無
流派之名，如北宋嘉祐時歐陽脩周圍聚集的作家群，元祐時期的蘇
門文人，南宋隆興年間的豪放派，以及楊萬里「誠齋體」所代表的
詩風等；其二是公開打出流派的旗號並有明確的創作宗旨，如西昆
派、江西詩派、江湖派等。而真正能夠體現風格流派在文學思想發
展過程中所具有的推陳出新的積極作用者，往往是前一種。因爲代

41〕，於是所謂詩文革新派、「江湖派」、「四靈派」等應運而生。再合觀一些有名的詩風體派，如宋初流行的「白體」、「晚唐體」、及「元祐體」，或以人而論的「王荊公體」、「邵康節體」、「東坡體」、「山谷體」、「後山體」、「陳簡齋體」、「楊誠齋體」等〔註42〕，宋人詩風體派蔚爲大觀。其實，文化流布的結果，不僅豐富了作家的流派，也使詩人的創作風格更趨多樣化、個性化，如歐陽脩、蘇軾、王安石等人，皆帶有鮮明特色。以歐公爲例，他既是宋代古文大家，同時也是「宋四六」駢文的高手；他的詩，既有情感上的俯仰跌宕，又不失理智上的節制；他的詞雖多寫男女情愛，卻又蘊藉含蓄，充分展示作者的創作個性，不僅集成，又能開來，所以，在文學思想史上，自是具有舉足輕重的地位。

　　總之，文化的繁榮能使文人在更深廣、更開放的文化背景下進行創作，文人的自覺意識也得以提高。綜觀趙宋一代，文學發展特別蓬勃繁盛，當與這種文化視野的遼闊，氣魄的遠大，不無關係。

　　　　表作家的創作個性和藝術人格，其實是具有典型意義和規範作用的雙重性，當它自然形成爲代表新的創作風尚的典型出現時，對文學思想的發展也就會產生積極的推擴作用；換言之，一旦它被尊奉爲一種創作規範時，對文學思想的演進常常會變成具有鉗制的反向意義。

〔註42〕此處詩歌體派的揭舉，乃是依據嚴羽的《滄浪詩話‧詩體》：「以時而論，則有建安體、黃初體、正始體、太康體、元嘉體、永明體、齊梁體、南北朝體、唐初體、盛唐體、大曆體、元和體、晚唐體、本朝體、元祐體、江西宗派體。」「以人而論，則有蘇李體、曹劉體、陶體、謝體、徐庾體、沈宋體、陳拾遺體、王楊盧駱體、張曲江體、少陵體、太白體、高達夫體、孟浩然體、岑嘉州體、王右丞體、韋蘇州體、韓昌黎體、柳子厚體、韋柳體、李長吉體、李商隱體、盧仝體、白樂天體、元白體、杜牧之體、張籍王建體、賈浪仙體、孟東野體、杜荀鶴體、東坡體、山谷體、後山體、王荊公體、邵康節體、陳簡齋體、楊誠齋體。」

第三章　唐宋文學思想形成之內在因素

第一節　文士的心理結構

　　中國文人、士大夫的心理結構，同整個民族傳統的文化心態及其人的思維形式有密切的關係。從先秦士人在文化上為後世的文化價值提供了豐富的思想資料與邏輯開始，歷代士人的文化活動，幾乎都是對這些思想資料的選擇、承繼、弘揚與闡發。換言之，先秦士人的文化創造已為中國二千多年的文化發展定下了基調，配合著當時的社會思潮變化，各時代的文人也就展示著相近、相通或相異的文化心態。對唐、宋文士而言，其心理結構所以相近，蓋均為儒、釋、道思想合流後，反射在中國智慧中的歷史結果；之所以同中有異，乃是因政治現實、學術空氣、個人文化修養有別所致。從整體的文化視野對中國文士進行考察，可以看到士人心態的內涵與發展脈絡，也就可以聯繫到其文學思想的主張，掌握其美學動向。

一、進取與隱逸

　　在中國傳統文士的自我意識中，對自身價值一直有很高的估量，不時以出仕為自我天職。這種觀念的形成，誠與儒家思想的傳揚有很大的關係。《論語》中記載孔子答子貢「何如斯可謂之士矣」的問題

時說過：「行己有恥，使於四方不辱使命，可謂士矣」（〈子路〉）。可見夫子對「士」的存在，賦予很高的期許，也曾進而明白表示自己不願做個「繫而不食」的匏瓜（〈陽貨〉），而是待賈而沽的美玉，並指出：「士而懷居，不足以為士矣。」（〈憲問〉）另外，稍後的孟子，增蹠其說，特別強調：「士人失位也，猶諸侯之失國家也」、「士之仕也，猶農夫之耕也」（〈滕文公〉）。似乎士人的存在意義，在儒家看法中，必須經由出仕一途始能充分顯現。

不過，這種入世觀點，僅是儒家思想的一端，後世會有如此以偏概全的看法，主要導因於儒家思想予人的感覺總是積極、進取、昂揚的。而事實上，孔子也多次提到個人「獨善」的部分，如：「邦有道，則仕；邦無道，則可卷而懷之。」（〈衛靈公〉）孟子也進一步概括「士」的個人遭遇與態度為：「窮則獨善其身，達則兼濟天下。」（〈盡心〉上）所謂「邦有道，則仕」（〈衛靈公〉），著重點在於「人能弘道」，出仕參政，便是對道的一種實踐與弘揚；但是，一旦「邦無道」時，如果「枉道而事人」（〈微子〉），甚至到「富且貴」的地步，則是一件相當可恥之事。因此，儒家認為士人立身處世的準則，是「篤信好學，守死善道。危邦不入，亂邦不居」（〈泰伯〉）。倘遇「無道」之時，為了「不降其志，不辱其身」（〈微子〉），「隱」便成為人生的另一個跑道，所謂「無道則隱」、「隱居以求其志」（〈季氏〉）。而在聖人「尚志」的思想中，不僅認為「出仕」乃是對「道」的實踐，即使不得已的「隱逸」，也是對「道」的維護。正因如此，孔子的政治主張不為時局所接受時，他也不免發抒了「乘桴浮於海，從我者，其由與」（〈公冶長〉）的感嘆；更甚者，還動過避居「九夷」的念頭，當弟子持反對意見時，孔子猶云：「君子居之，何陋之有。」（〈子罕〉）這種可能是「潛在隱士」的身份，世人多所忽略，以為儒家只主張「博施於民而能濟眾」（〈雍也〉），僅強化其積極進取的一面，反而導致對其中「隱逸」、「適意」層次的疏忽。

其實這種看似相反，卻是相成的心態，也就是所謂的二重人格

結構。這種人格定向，既是進取與隱逸，也是救世與自救的心態呈現。對個體士人而言，其內心無不交織著以上兩種特質的矛盾。而任何一種特質的產生，也並非是一家思想影響下的專有結果，而是中國傳統文化中多元哲學思想的相互滲透，綜合作用的呈現。雖然這二重特質的展示，無法將其形成過程盡歸何種思想，但是，主導的依據，卻是可以做出判別的。一般而言，受儒家思想浸郁深多者，其心靈深處，積極進取往往居於上風；至於偏愛於道家的士人，其嚮往的人格理想多是隱逸於林泉，復歸於自然逍遙的「真人」、「至人」，所以其人生選擇也就多傾向於「隱逸」境界。惟士人因其身世、個性、經歷等因素的差異甚大，所以人生選擇也不一，甚至可以發現，即使在個體的身上，不同的階段也有不同的選擇，不論進取或隱逸，都是一種價值取向對另一種價值取向的壓倒，是一種困境、追求不成的突破。雖然，一個浮顯，一個潛隱，卻從而構成了人格結構的張力平衡，避免了衝突所造成的失調。所以，傾向於儒家思想的士人，只是將「隱逸」放在深層心理之中，而去張揚「進取」意識；與道家思想氣味相投的士人，則是將進取思想擠進心靈深處，而去強化「隱逸」行為。所以，進取的倡行者，亦不排斥自救的努力；隱逸的實踐者，往往也有不放棄救世的可能。儒、道在士人的心理結構中，適時的產生了互補作用。這種看似矛盾的二重人格結構，一直到魏、晉，才有清晰的輪廓可尋，而至唐、宋，因為禪意識的參與、滲入，而有了進一步的深化與調和，成為當時士人的普遍心理定勢，甚至是兩個王朝間共同的特殊文化心態。

唐、宋時代，因科舉制度持續擴大的實施，大量出身於中下階層的知識份子得以登上政治舞台，參與政權管理，從而助成文人的士大夫化。這些文人隨著時代出現的新契機，產生了遠大的政治抱負，興發了建立功業的強烈慾望。但是，隨著王朝氣象的衰颯，政治鬥爭的迭起，仕途的艱險，進取的挫折，使文人們的心態開始呈現上述的二重背反矛盾。一方面對自我價值有著極大肯定，對賢明君主有著誇張

的期許、幻想;一方面又傲岸於俗世,表明立意清高,依戀自然山水,乃至追求性情陶冶。他們徘徊於儒、道之間,有時左右逢源,有時如處夾縫。雖對仕宦進取有著強烈留戀,卻又對政壇風雨感到十分失望。進取的情感熱度,逐漸降溫,愈變愈冷峻,為求自處,不得不學習冷眼旁觀權力的爭奪,放棄進取的雄心,從政爭中抽身而出,從宦海浮沈中,急流勇退,轉而走上「獨善其身」的道路。在思想上,自然體現著道家的「知足不辱」,也學會了儒家的「孔顏樂處」〔註1〕。

比較上來說,宋代文士的積極進取精神是遠不及唐人的,這種現象自然是與整個時代的世風有著密切的聯繫。雖然當政者所推行的文治政策有鼓舞文人積極從政的意味,但宋人進取的心理背景和態度,已有明顯的變化。簡言之,宋人在儒家思想的濡染下,個體仍有積極入世的意願,對政治有強烈的參與傾向,然這種意願的產生,其實是伴隨著深刻的憂患意識而來。翻開中國歷史,可以清楚看到,終趙宋王朝三百二十年期間,一直是處於國破家亡的危機窘境中。從北宋澶淵盟約的訂立開始,就已為整個王朝埋下了屈服求臣的種子;接下來的靖康之恥,更導致半壁江山拱手予人,不得不偏安江左的命運。先秦儒家的積極淑世精神,在宋人身上的確曾經發酵。就在北宋王朝建立半世紀時,當政者意欲恢復漢、唐舊疆的願望不僅未能實現,反而換得屈己納幣的澶淵之盟的恥辱,這時,知識份子面對國難,義憤填膺,根本不願坐守書齋。在「差辱中國堪傷悲」下,文人對投筆從戎是特為嚮往的:

> 予生雖儒家,氣欲吞逆羯。斯時不見用,感嘆腸胃熱。晝臥書冊中,夢過玉關北。(蘇舜欽〈慶州敗〉)

不只蘇舜欽如此,當時石介也表達了同樣的激憤,悲痛之情躍然紙上:

〔註1〕 「孔顏樂處」雖是宋人所提出,特別標榜的精神境界,不過,早在宋人之前,中國文士即以此為準的,做為自己人生態度的追求目標。仲尼與顏淵所樂者,從《論語》一書來看,前者應在於其令弟子言志,並述明自己以「風乎舞雩」為樂的一段話(〈先進〉);後者則在於其居陋巷,簞食瓢飲,而「不改其樂」的部分(〈雍也〉)。

吾嘗觀天下，西北險固形。四夷皆臣順，二酈獨不庭。……
堂上守章句，將軍弄娉婷。不知思此否，使人堪涕零。（〈西
北〉）

這種由民族憂患意識所激發的進取心，不僅僅體現在以儒臣領武職的
范仲淹、尹洙、余靖、韓琦等人身上，連關學代表人物張載，當時都
有獻身疆場的衝動。據《宋史》所記載，張載年少即喜談兵事，甚至
「欲結客取洮西之地」（《宋史・張載傳》），並曾將想法告知當時擔任
陝西經略安撫副使的范仲淹，范氏則勉勵他：「儒者自有名教可樂，
何事於兵。」勸其專讀《中庸》，這才做罷。

一般而言，宋代知識份子表達對國事的關心，其中參與的方法多
是訴諸於「議論」，所以也造成宋人獨擅議論，盛況遠過漢、唐。《宋
史・食貨志》甚至認為，這些儒者「議論多於事功」，這既是宋人學
問精神的特質所在，也是後人檢討士大夫「空談誤國」的根本原因〔註
2〕。對宋人而言，「議論」所要傳達的內容，即是對經世濟民的關心，
對兼濟天下的努力，是「先天下之憂而憂，後天下之樂而樂」（范仲
淹〈岳陽樓記〉）的具體呈現。如范仲淹有「寧鳴而死，不默而生」
（〈靈烏賦〉）的豪言，歐陽脩有「開口攬時事，議論爭煌煌」（〈鎮陽
讀書〉）的壯語，程頤有「以天下自任，議論褒貶，無所迴避」（朱熹
《伊川先生年譜》）的勇氣。其中無不呈顯出文士好議論政治，積極
干預現實，敢於批評時事的特徵，即所謂「奮厲有當世志」（蘇轍〈東
坡先生墓誌銘〉）的進取心。所以連表現在學術研究和文學創作上，

〔註 2〕「議論」乃是宋學的基本精神之一，它點明了宋代知識分子治國和
　　　從政的基本特徵。喜歡議論，從政治上來看，是知識分子參與意識
　　　的踴躍表現，如本文所述，范仲淹作〈靈烏賦〉有「寧鳴而死，不
　　　默而生」的豪言，歐陽脩〈鎮陽讀書〉亦發出「開口攬時事，議論
　　　爭煌煌」的壯語。但也有人認為此風日熾，造成一部分士大夫空談
　　　誤國，使得後人難免有「宋人議論未定，金兵已渡河」的聯想。如
　　　《宋史紀事本末》卷五十六即載：「故金人嘗語宋使曰：待汝家議論
　　　定時，我已渡河矣！……戰者不決於戰，和者不一於和。至於城已
　　　破，禍已至，而議猶不一，心猶不決，終始一歲之中，多變若此。」

都不免要求「言必中當世之過」（東坡〈鳧繹先生文集敍〉）。而這種好議風氣，其實接續的正是范滂之類名士「登車攬轡，慨然有澄清天下之志」（《後漢書‧范滂傳》）的「清議」精神。而在宋初求治圖強的大勢之下，主政者大開言路，鼓勵直諫的號召中，這種強烈批評和參與意識，開始由政治生活進而貫徹到社會文化層面，文士們無不是以「感激論天下事，奮不顧身」的姿態從政，以「言必中當世之過」的宗旨爲文，兩重形象和諧地統一在北宋知識份子身上，不論議論政事或講論學問，均帶有強烈的時代使命感，「議論」兩字，的確道出宋代爲學治國和從政的積極精神所在。

不過，文士這種進取的雄心，畢竟是會隨著國運的長期不振，而產生變調的。內政疲弊，外戰又屢敗，政治改革一再受挫，加以朋黨相爭日劇，造成士人必須面對：議論未定，而金兵已渡河的不堪事實，心中的的挫折與沈痛，不難想見。這也促成宋人自此在議論國事時，少了一份自信熱情和鍥而不舍的堅韌，或流露出一種可望而不可及的惆悵心情，和知其不可而爲之的悲劇精神，遠不及唐人氣度的恢宏，馬上論英雄般的意氣風發！沒有了鋒芒，沒有了魄力，剩下的是多了幾分的「老成」和「持重」！這一種轉變，無疑會對時人的政治活動投下陰影的一面。因此，即使有許多士大夫仍把經世致用視爲正途，一心想積極救世，但是在「天意從來高難問」（張元幹〈賀新郎〉）的客觀情勢下，也只能徒呼無奈，另做打算了。這種抑鬱難平的心情，一旦表現在作品中，自然是「長恨復長恨，裁作短歌行。何人爲我楚狂舞，聽我楚狂聲」（辛棄疾〈水調歌頭‧壬子三山被召，陳端仁給事飲餞席上作〉）的沈痛，或是「仰天長嘯，壯懷激烈」（岳飛〈滿江紅〉）的悲憤！雖然從政之士大多能夠砥礪名節，關心民生疾苦，憂以天下，樂以天下，但也相對產生了「居官者恥言政事書判，而曰學道愛人，相蒙相欺，以盡廢天下之實，則亦終於百事不理而已」（陳亮〈送吳允成運幹序〉）的苟且偷生者。

大環境的不堪，讓許多有理想抱負的知識份子失去了伸展的舞

台，這是因爲從來中國知識份子一直缺乏擁有獨立的政治力量，他們往往必須依恃在君主的周圍，才有一展政治長才的可能；換言之，許多知識份子雖然有著強烈的進取意願，嚮往從政，但在集權體制下的參政，是必須以君主意念爲轉移的。在主控權喪失的情形下，文人極容易失去自我的原創精神，游離在「君子」與「小人」的邊緣，形成自身存在價值架空的危險，這情形尤其發生在「君」與「民」的利益對立衝突時最爲明顯。這也就是爲什麼中國知識份子在心理結構上，常常會有背反、矛盾的原因所在。

　　值得注意的是，這種矛盾遠在先秦時代諸子便有深刻的體驗，所以，在建構「理想之士」的行爲模式時，他們才會提出「仕」與「隱」的變通法則。進、退雖然有了憑據，不過，對大部分的知識份子而言，因受個別條件的限制，並非人人都可進退自如，只有少數人能將兼濟天下，功成身退做爲人生最高理想。如功成身退，泛舟而去的范蠡；權重一時，而「東山之志始末不渝」(《晉書‧謝安傳》) 的謝安。也正是因爲有了這類士大夫的代表，所以在唐、宋文人詩中，我們不時聽到「功成拂衣去，歸入武陵源」(李白〈登金陵冶城西北謝安墩〉)、「事君之道成，榮親之義畢，然後與陶朱、留侯，浮五湖，戲滄洲，不足爲難矣」(同上〈代壽山答孟少府移文書〉)、「何日五湖從范蠡，種魚萬尾桔千頭」(蘇軾〈次韻送張山人歸彭城〉)、「寒燈相對記疇昔，夜雨何時聽蕭瑟。君知此意不可忘，愼勿苦愛高官職」(同上〈辛丑十一月十九日，既與子由別於鄭州西門之外，馬上賦詩一篇寄之〉)、「我心雖有羨，未遂平生欲。更期畢婚嫁，方可事岩麓。買山須買泉，種樹須種竹。泉可濯吾纓，竹可慕賢躅。此志應不忘，他日同隱錄」(梅堯臣〈寄光化退居李晉卿〉) 的聲音，這種追慕古人功成歸隱，嚮往早退爲閑居之樂的想法，是唐、宋文人共同的人生理想。不過，要順遂心願，實現政治抱負而後身退，誠非易事，否則孔子不會提出「邦有道則仕，邦無道則可卷而懷之」(《論語‧衛靈公》) 的論見。所以，詩人在空有理想，四處碰壁下，也不免要大聲吶喊出「大道如

青天，我獨不得出」（李白〈行路難〉）、「不才明主棄，多病故人疏」
（孟浩然〈歲暮歸南山〉）、「天意從來高難問，況人情老易悲難訴」
（張元幹〈賀新郎〉）的激憤不平。

現實情勢讓文人更清楚看到自己的處境，他們開始有了另一種覺
悟：「若待功成拂衣去，武陵桃花笑殺人」（李白〈當塗趙炎少府粉圖
山水歌〉）、「決計不宜晚，歸耕潁尾田」（歐陽脩〈偶書〉）、「歸去來
兮，待有良田是幾時」（蘇軾〈減字木蘭花・送東武令趙昶失官歸海
州〉）、「看來畢竟歸田好」（劉過〈水龍吟〉）。這種覺悟，使得唐、宋
文人在探索前人出處時，不免傾心於陶淵明的人品與詩品，因為陶公
正是以自己的人生經歷和心路歷程，為後人展示了一個遺落名利，自
然純樸的境界；以「甘貧賤以辭榮」（〈感士不遇賦〉）的行動，來表
示自己對現實的反抗；以躬耕自資的實踐，來傳達自己對「道」的價
值的堅持。他也有過用世之心，不甘於終老田園，擔心「四十無聞」
（〈榮木〉），不遠千里尋求建功立業機會。然而，在時不我予、「性剛
才拙，與物多忤」（〈與子儼等疏〉）下，黑暗的官場文化，實在教人
「志意多所恥」（〈飲酒〉其十九）。所以，他選擇了「擊壤以自歡」
（〈感士不遇賦〉）的生活道路，生動地再現了儒家「邦有道則仕，邦
無道則可卷而懷之」（《論語・衛靈公》）的人生信條。「兼濟」不成，
則行「獨善」之道，而且獨善的過程，沒有哀鳴，沒有悲情，沒有不
捨，是一種高雅而平實的人生道路展現。這樣的人生典範，自然要扣
住歷代文人的心絃，使他們流連顧盼，一心嚮往之。只要自己受挫於
功名道途時，也都不免會有追慕陶淵明的衝動，想像自己是一個「悠
然見南山」、投身於林泉的隱士君子。也就是這樣的人生開示，讓許
多文人表面上看似仍然執意於政治的理想，而內心中卻早已對「身退」
有著強烈的嚮往之情。所以，他們在覬欲從政時，可以發抒「願一佐
明主，功成還舊林」（李白〈留別王司馬嵩〉）的熱切渴望；或是「欲
濟無舟楫，端居恥聖明」（孟浩然〈望洞庭湖贈張丞相〉）的深情期待；
甚至「丈夫重出處，不退要當前」（蘇軾〈和子由苦寒見寄〉）的當仁

不讓。而當其失意時，又可以唱出「人生在世不稱意，明朝散髮弄扁舟」（李白〈宣州謝朓樓餞別校書叔雲〉）的曠達；或是「數間茅屋閒臨水，窄衫短帽垂楊裏」（王安石〈菩薩蠻〉）的閑情。可仕則仕，不可仕則處，成爲文人通變的人生模式。

　　以代表性來說，唐人中的王維、孟浩然、白居易，宋人中的王安石、蘇軾都經歷過這種人生背反心態的掙扎。

　　王維年輕時，也有過一腔熱血，同當時李白高唱「東山高臥時起來，欲濟蒼生未應晚」（〈梁園吟〉）的濟世宣言一樣，也表達過「忘身辭鳳闕，報國取龍庭」（〈送趙都督赴代州得青字〉）一類的壯志，流露出「回看射雕處，千里暮雲平」（〈觀獵〉）的男兒豪情。這種「關西俠少」（〈燕支行〉）的肝膽義氣，在其詩中是屢屢可見的。即使他早年不遇，棄官而隱時，也無意放棄自己的救世抱負，〈不遇詠〉一詩中，就寫盡了他不見用的不平：「今人作人多自私，我心不說君應知；濟人然後拂衣去，肯作徒爾一男兒。」積極進取之心，躍然紙上。但中年奉佛之後，尤其是「安史之亂」被迫任給事中，目睹世事的幻化無常，兩京收復之後，雖得寬宥，並授爲太子中允，後遷中書舍人，給事中，終尚書右丞，然而卻對仕宦生活卻漸漸感到「既寡遂性歡，恐遭負時累」（〈贈從弟司庫員外絿〉）。於是看淡一切，沈湎佛事，傾心山林，留意澤畔：「漠漠水田飛白鷺，陰陰夏木囀黃鸝。」（〈積雨輞川莊作〉）清淡素淨，已不復往日之高昂。

　　孟浩然入世之心，早年極盛，先前的隱居，也只是「蓄時而發」，期盼有朝一日能將鴻鵠之志付諸實現。換言之，求取功名才是他的本心。然而，就在「鄉曲無知己，朝端乏親故」（〈田家作〉）、「嗟吁命不通」（〈書懷貽京邑同好〉）的感嘆中，他的銳志逐一消磨，沮喪之情一再湧現：「寂寂竟何待，朝朝空自歸。」（〈留別王侍御維〉）在他人舉薦不成下，只得「養望待時」，進而「養高忘機」，最後也只有發出「扁舟泛湖海，長揖謝公卿，且樂杯中酒，誰論世上名」（〈自洛之越〉）的無奈。

　　至於白居易，在進取與隱逸的心理結構上，受到宗教信仰的深刻濡染，一方面在仕途上積極進取，屢仆屢起，一方面又嚮往山水，吟賞煙霞。顯然在仕途通達時，是一位社會價值的積極建構者；而在仕途偃蹇時，又是一位入世的旁觀者。在〈與元九書〉中，他就寫到：「僕志在兼濟，行在獨善，奉而始終，則爲道；言而發明之，則爲詩。」另外，在〈讀謝靈運詩〉中，也自詠著：「吾聞達士道，窮通順冥數。通乃朝廷來，窮即江湖去。」可見他在人生兩種價值選擇上的自覺表現，一心想要營建個體心靈的完滿自足。這種自處方式，無形中消弭了二重性格可能產生的對立，也擺脫了形勢環境對內在心靈的可能干擾。所以，在人生道路上，他採取折衷的方式，就是爲自己安排一條「吏隱」的道路，因爲在「丘樊太冷落，朝市太囂喧」（〈中隱〉）下，小隱與大隱都不如人意，所以「不如作中隱，隱在留司官」（同上）。如此一來，他就可以化解積極進取中，對逍遙幽遠的嚮往；或是閒淡雅趣中，對「聖君常臨朝」的巴望。這種亦官亦隱，半官半隱的生活方式和審美情趣，對後來文人生活有著重大的影響，連宋代蘇軾，亦深表同感〔註3〕。

　　蘇軾，也是一個具有兩重性格矛盾的文藝家，時而認爲「丈夫重出處，不退要當前」（〈和子由苦寒見寄〉），時而又感到「身世兩鑿牙」（〈南歌子〉），不免發出「須信人生如寄」（〈西江月‧送錢待制穆父〉）的感嘆；既傾慕屈原、諸葛亮、陸贄等經世濟時的風雲人物，又酷愛陶潛、謝靈運、王維等具有閑情雅致的避世高人。在思想上，他雖然兼取儒、釋、道，但一生行事，實以儒家濟世精神爲基本處世原則。在黨爭傾軋中，他絕不隨聲附和，竟爲兩方所不喜。不過即使在性命

〔註3〕白居易在〈中隱〉詩中有言：「人生處一世，其道難兩全，賤即苦凍餒，貴則多憂患。惟此中隱士，致身吉且安。窮通與豐約，正在四者間。」這種思想得到許多宋人的呼應，蘇軾也有同感，曾寫下「未成小隱成中隱」的詩句。所謂「中隱」，即士大夫身置進退之間的應變之法。這種應變多屬聊以自慰的心理平衡，其作用恰恰在於調和進取與隱逸間的矛盾。

交關之際，他終能保持強烈的社會責任感，勤於政事，致力文化普及工作，得意如此，失意亦如此，頗近於范仲淹的「進亦憂，退亦憂」的憂患胸懷。不同的是，在可能情況下，他都不失進取精神，做到憂中有樂，順遂也好，困頓也好，內心的寧靜始終維持著心理結構的平衡。他的表現，許多時候是超然於窮達之上，存無為而行有為，誠如其所自言：「人生如朝露，意所樂則為之，何暇計窮達。」（〈答陳師仲書〉）也因此，他留給後來文人名士的典範是，能夠努力於社會現實中，實踐自身價值，又時時刻刻保持精神人格的完滿自足。雖然終其一生，未能如願的在常州買田，過起真正的隱居生活。不過，就隱士的精神境界來說，蘇軾雖無其名，卻有其實，仕與隱，救世與自救，二重人格結構在他身上可以說是以矛盾開始，而以突破做為結束。他個人所開示的人生，可說是傳統士人階層所能達到的最佳人格境界。

　　一代名相王安石，本性強忮不屈，與神宗議事有所不合，必反復力陳，至神宗了悟妥協為止，其積極用世，可見一斑。針對這種經世的進取，荊公晚年在〈憶昨詩〉中嘗表述，當時可謂是「材疏命賤不自揣，欲與稷契遐相希」，青年時期氣魄之大，由是可知。不過，王安石的一生，和許多文人一樣，也曾在入世與出世間，猶疑擺盪，既有詩曰：「天下蒼生待霖雨，不知龍向此中蟠。」又有詩云：「誰知浮雲知進退，才成霖雨便歸山。」這種進取與隱逸心理的衝突、背反，甚至在其拜相之日，便已萌生。魏泰《臨漢隱居詩話》即載：

> 熙寧庚戌冬，公拜相，百官皆賀，公以未謝，皆不見之。獨與余坐西廡之閤，忽顰蹙久之，取筆書窗曰：「霜筠雪竹鍾山寺，投老歸歟寄此生。」放筆揖余入。後再罷相，歸金陵，築第於白門外。元豐癸丑春，余謁公於第，公遽邀余同遊鍾山，憩法雲寺，偶生於僧房。余因為公道平昔之事，及誦書窗之詩，公憮然曰：「有是乎？」微笑而已。

這種以出世精神做入世事業，不惟東坡，在荊公身上也可窺見。雖然位為宰輔大臣，卻未稍忘山林之思，反之亦然，即使暮年，退居金陵，

仍然縈懷國事，所謂「堯桀是非猶入夢，故知餘習未全忘」（〈杖藜〉）。

　　仕、隱之間的徘徊、游移，一直以來就是知識份子的兩難，所以陸游一面發出「行遍天涯千萬里，卻從鄰父學春耕」（〈小園〉其三）的喟嘆，相信「素衣莫起風塵嘆，猶及清明可到家」（〈臨安春雨初霽〉），一面又心繫神州的恢復大業，臨終不忘提示子孫：「王師北定中原日，家祭毋忘告乃翁」（〈示兒〉）。這種退閑隱逸之後仍然憂生念亂的情懷，在宋末遺民的身上，尤其明顯，劉辰翁的詞：「那堪獨坐青燈，想故國高台月明，輦下風光，山中歲月，海上心情。」（〈柳梢青〉）詞意曲折，多少眼淚。這種隱逸是很難有昇平隱士：「天下太平日，人生安樂時。更逢花爛漫，爭忍不開眉」（邵雍〈太平吟〉）的逍遙自在。看來，兩種人生價值的選擇是痛苦不安的，個人出處的安排，主要是由時勢和政局的變化來決定，一旦立定，又難免搖擺。唐、宋士人一生之中，就這樣重覆兩難的抉擇，也因爲儒、道之間的互補關係，讓這種兩難可以達到統合的境地。在士人普遍出入孔、孟、道、釋的情形下，他們一方面既可承負著儒家的大濟蒼生、宗法秩序，一方面又可以藉莊禪的變通、圓融，擺脫身心負荷的困頓，化解外在的壓力，尋求內心的寧靜。如此一來，獨善其身與兼善天下，就成爲文人理想人生的互補，以及心理結構中矛盾、統一的兩個面。似乎如不「獨善」，就談不上「兼濟」；而無「兼濟」，則「獨善」也就不能沈著痛快（註4）。這種人格的衝突與調和，實際上對中國古代文學創作的發展，影響甚鉅。所以，唐、宋的文學思想史，正可說是士人二重心理結構相衝突、相調和的一種形式內涵的展現。

二、狂放與適意

　　達則兼濟天下，窮則獨善其身，長久以來一直是中國士大夫的基本精神準則，所以，知識份子在雄心勃勃時，可以高唱：「黃沙百戰

〔註4〕本段文字多依據金丹元先生的《禪意與化境》第一章〈禪意與中國士大夫的文化心態〉頁35，補充改寫。

穿金甲，不破樓蘭終不還。」（王昌齡〈從軍行〉）在意氣低迷時，也可紆徐道出：「本來清靜所，竹樹引幽隱。簷外含山翠，人間出世心。」（同上〈同詠〉）在許多文士的身上，我們都可以看到儒、釋、道三教的交融作用。本來，在士人心中就沒有儒、釋、道相妨的障礙，誠如孟浩然所體驗的：「儒道雖異門，雲林頗同調。」（〈宿終南翠微寺〉）（此「道」指佛教）「達」時，是儒家，「窮」時，是佛家或道家，「拂衣爲放」、「束帶而朝」（王維〈洛陽鄭少府與兩省遺補宴韋司戶南亭序〉），出入自然而無妨。不論「修身以儒」或「治心以釋」（智圓《中庸子傳》上），他們都能根據個人存在的需要，找到依傍所在，調整自我認知，做重點的轉移，而非全盤的取捨，自然而然，非矯強的完成心態移轉，保持人格結構的張力平衡，甚至是道德上的自我完善。有關這種「儒道互補」的精神特質，近人李澤厚先生的分析，就十分精闢：

> 特別在「道不行」、「邦無道」或家國衰亡、故土淪喪之際，常常使許多士大夫、知識份子追隨漆園高風，在莊、老道家中取得安身，在山水花鳥的大自然中獲得撫慰，高舉遠慕，去實現那種所謂「與道冥同」的「天地境界」。這種人生態度和生命存在，應該說，便也不是一般感性的此際存在或混世的人生態度，而是具有形上超越和理性積澱的存在和態度，從而，「它可以替代宗教來作爲心靈創傷，生活苦難的某種安息和撫慰。這也就是中國歷代士大夫知識份子在巨大失敗或不幸之後，並不眞正毀滅自己或走進宗教，而更多是保全性命，堅持節操，隱逸遁世，而以山水自娛，潔身自好的道理」。（《華夏美學——儒道互補》）

在文中，李先生還特別指出，許多知識份子在走入山林，「高尙其事」後，並沒有眞正忘記「不事王侯」。所以，在中國知識階層中，「莊子道家的這一套始終只能處在一種補充、從屬的地位，只能做爲他們的精神慰安和清熱解毒，而不能成爲獨立的主體」。畢竟儒家入世建立功業的思想在歷史的積層中，早已根深柢固，所以，佛、道僅能稀釋

個人在不遇當時的苦痛，做爲一種精神的寄託，鮮少能夠成爲知識份子人生起步的主導。這一點，是不難理解的。

一般而言，唐、宋文士對「進取」、「隱逸」的理想追求，都是自覺性的。不過，心理又有著難以消解的矛盾，特別是在政治糾葛無法解脫或個人理想不能實現時，這類人生矛盾更爲突出。當然，這種矛盾最後也在儒道互補和禪宗思想的滲入下，得到了調和。不過，對中國知識份子來說，他們的心理結構並不止於單純的「進」與「退」，如果說，進取與隱逸是他們矛盾自處的一個面的話，那麼狂放與適意，則可以解釋爲是由進取與隱逸不斷發酵下，更深層的心理結構的對立與統一。

狂放與適意，從現象上看，似乎是對立，然其體現在儒與道對峙勢態的同時，又呈現出並濟和互補的豐滿和複雜，所以，本質上，兩者又是統一的，均是一種自得的呈現。不同的是，自得的心境與情緒。彼此之間就如「進取」與「隱逸」一樣，不可分離，既是相悖，又難以割裂。

以狂放而論，自然會想起儒家學說中有關「狂狷」的看法：「子曰：不得中行而與之，必也狂狷乎？狂者進取，狷者有所不爲也。」（《論語・子路》）孔子本身是非常渴望用世的，所以，在他的學說中，我們處處可以找到「君子上達」（〈憲問〉），這種積極入世的用心。而做爲一個挽救世態人心的志士仁人，便是他人格力量的本質所在。這種本質其實也就是他反復一再標舉的人格之美——「正」，強調「不能正其身，如正人何」（〈憲問〉）。而這種「正」，正是以「中行」爲基礎，所以，不論是「中行」或「中庸」，都是傳統儒家至高的德行。不過，誠如孔子所嘆的「知其不可而爲之」，「不可」之處，往往不是個體力量所能改變的，因此，孔子也爲「不可」的變數，留下行爲融通的餘地，於是乎由「中行」而傾轉爲狂狷，便成爲自然的流向，在交不到品格中庸之友的情形下，就寧可與狂狷者爲伍，因爲「狂者進取，狷者有所不爲」。看來，狂者的本質應該是道德進取心非常強烈，

亟於為世所用者，不僅能夠仗義執言，甚至會有行為上不顧一切的投入的特點，即使在「道之不行，已知之矣」（〈微子〉）的情形下，也不免要求自己仍然必須「行其義」（同上）。這種「知其不可而為之」的精神品格，是顯然可見的。所以，在〈陽貨〉篇中，才會有「古之狂也肆」的說法。比起「中行」來說，狂者確有所偏，但以強烈的進取心這一點心態來看，它還是與孔子的理想行為有所相通的，所以，會得到聖人的讚許是不足為奇的。

　　事實上，孔子的思想也是很複雜的，「中行」是其人格的主導，他堅持中道，卻也仍不免抉擇於狂、逸之間。蓋「逸」所追求的即是「適意」的表現，孔子並非逸士，但他的人生態度卻顯得有幾分逸士風度，這種傾向可由曾點言志的一段文字窺見蛛絲：

　　暮春者，春服既成，冠者五、六人，童子六、七人，浴乎
　　沂，風乎舞雩，詠而歸。（《論語‧先進》）

孔子的一句「吾與點也」，就透露出他審美人生的另一個層次。此外，諸如「智者樂水，仁者樂山」（〈雍也〉）、「道不行，乘桴浮於海」（〈公冶長〉），也都可以看到孔子人格中潛藏著的逸士因子，一種追求適意生活的自覺。

　　其實，在「中行」不易達到的情境下，由孔子的人生時而要「博施於民而能濟眾」（〈雍也〉），時而又「道不行，乘桴浮於海」所投射的暗示，可以理解到孔門所欣賞的人物可以說是既狂放又適意，既不太狂又不全閒者，如《論語》中所舉的逸民：伯夷、叔齊、虞仲、夷逸、朱張、柳下惠等等。這是因為「狂」與「逸」都是審美人格中的兩極，太過與不及，都偏離「中行」太遠，不能符合孔子的最高德行要求，所以，如果能夠叩其兩端而得其中，自能具備審美的最高範疇——「中和」之美。因此，在「狂放」與「適意」間，真正能起協調作用的，還是這種「中和」觀念。所謂的「中和」，當然不是簡單的取其中間值，而是對人的道德行為及其價值的正反兩極端反覆存疑、比較和權衡以後，做出積極的判斷和決定。

　　不惟儒家，即使身為道家的莊子，其人生也帶有幾分的狂放與適意，例如：「判天地之美，析萬物之理，察古人之全，寡能備於天地之美，稱神明之容」（〈天下〉）、「不以物挫志」（〈天地〉）、「不以物害己」（〈秋水〉）等，都是狂態可掬，放歌抒懷的範例。至於「適意」方面，莊子的呈現可能比起孔子，更富典型性。〈大宗師〉中的一段話，就為後人描繪出「真人」的基本品格：

> 古之真人，不知說生，不知惡死。其出不訢，其入不距；
> 翛然而往，翛然而來而已矣。不忘其所始，不求其所終。
> 受而喜之，忘而復之。是之謂不以心捐道，不以人助天。
> 是之謂真人。

這等的閒適，自有一種「淡然無極而眾美從之」的境界，心態之從容，不難想見。這就是道家的「適意」，莊子的風度。難怪宋人看到「曾點言志」，覺其氣象有逸士風範時，自然將其指向老、莊，直言：「只怕曾點有老、莊意思。」（《朱子語類》卷四十）

　　這種「狂放」與「適意」背反卻又合轍的心態，在魏晉許多知識份子的身上，都可以找到根據，其中最具代表性的有竹林七賢、左思、王羲之與陶淵明等人，他們都曾胸懷大志，但因人生際遇乖忤，又不得不耽醉於恬淡的生活，最後只好將所有的狂放和適意，盡化為筆墨渲洩，達到「因寄所託」、「取諸懷抱」（王羲之〈蘭亭集序〉）的目的。如《晉書‧隱逸傳》中，即曾提及淵明：

> 性不解音，而蓄素琴一張，弦徽不具。每朋酒之會，則撫
> 而和之，曰：但識琴中趣，何勞弦上聲。

適意之中，深藏著狂放意緒的心態，是極其明顯的。而這種既狂放又適意的人生態度，使得家境清貧的詩人，自始至終從不以經營衣食為恥，誠如東坡所言：

> 陶淵明欲仕則仕，不以求之為嫌；欲隱則隱，不以去之為
> 高。飢則扣門而乞食，飽則雞黍以延客，古今賢之，貴其
> 真也。（〈書李簡夫詩集後〉）

衣食固然重要，但和一生志節、理想相較，仍屬其次，所以他窮到飢

寒徹骨時，可以敲門乞食，感激對方，幾乎到「冥報以相貽」；但在江州刺史檀道濟送來粱肉時，儘管自己已「偃臥瘠餒有日矣」（蕭統〈陶淵明傳〉），卻揮而去之，拒不接受。道不同，不僅不相為謀，即使是吃一頓飯也是不屑的。足見詩人對「道」、對人生的堅持，就算是在貧病交迫下，他也始終沒有鬆動。

狷介不屑的個性，讓他在追求適意的過程中，也不免出之以狂放。「少時壯且厲，撫劍獨行遊。誰言行遊近，張掖至幽州」（〈擬古〉其八），年少的激情，大濟蒼生的理想，生動地刻畫了詩人狂放不羈、意氣風發的英雄氣質，難怪顧炎武曾就豪邁壯志的角度，高度讚許詩人：

> 非直狷介，實有志天下者。陶詩「惜哉劍術疏，奇功遂不成」，何等感慨！何等豪宕！（《菰中隨筆》）

突出了陶公耿介剛毅的精神懷抱，看來所謂「陶潛酷似臥龍豪」（龔自珍〈舟中讀陶詩〉），又豈是虛妄之語。不論是「猛志逸四海，騫翮思遠翥」（〈雜詩〉其五）的狂放進取，抑是「采菊東籬下，悠然見南山」（〈飲酒〉其五）的翕然適意，完全是詩人真情的流露，既不矯飾，也不做作，這一點也正是他高於一般士大夫的地方。

至於唐、宋時代，隨著禪風的大興，文士追求適意與狂放的心態有了更進一步的呈現。南宗禪開「頓悟」之說，即境示人。有關這一點，如以傳統佛教教義來看，其本身即是狂放之舉；至於罵佛呵祖、當頭棒喝，更讓許多人覺察到其中的狂放不羈。這種狂禪之風的吹起，對知識份子的影響，是極其深刻的。另外，像禪宗慧能所提出的「無念」法門：「我此法門，從上以來，先立無念為宗，無相為體，無住為本。」（《壇經・定慧品》）強調不把心定住於某一點上，肯定或否定某一事物的「無所住心」，則又令人嗅覺出狂放之外的逍遙澹泊與閒適。

由上可知，三教中都有狂與逸的思想傾向，而且兩者之間也一直存在著微妙的聯繫關係，不即不離。原本看似悖離的心理特徵，在「中

和」的作用下，便會產生弭縫的效應。狂在適意中，逸在狂放裏，是既狂放又適意，也是既不太狂又不太閒的一種情境。這種有趣的心理特質，可說是唐、宋文人普遍的心理定勢。

從孟浩然喊出「執鞭慕夫子，捧檄懷毛公。感激遂彈冠，安能守固窮」（〈書懷貽京邑同好〉）時，我們就看到盛唐人狂熱地追求著個性的自由，向外在的世界大膽地開放自己。「仰天大笑出門去，吾輩豈是蓬蒿人」（〈南陵別幾童入京〉），這是李白的高傲；「漢家煙塵在東北，漢將辭家破殘賊。男兒本自重橫行，天子非常賜顏色」（〈燕歌行〉），這是岑參的狂兀。這種躊躇滿志，深具個性的時代風尚一旦打開，鮮少有人能夠置身事外，就連向來被視為醇儒的杜甫，也會有這種狂放不羈、自我寫生的真實裸露：「咸陽客舍一事無，相與博塞為歡娛。馮陵大叫呼五白，袒跣不肯成梟盧。」（〈今夕行〉）甚至田園山水派詩人在狂放時，也能唱出「縱死猶聞俠骨香」（王維〈少年行〉）的一派豪情。

宋人亦然。號為「放翁」的陸游，一生嚮往的正是「平生萬里心，執戈王前驅。戰死士所有，恥復守妻孥」（〈夜讀兵書〉），勁直激切，忠義之色使人起敬。而陸氏這種狂放還不只表現在「酒酣耳熱」之際，即使是在「漁舟樵徑，茶碗爐薰」（《唐宋詩醇》）時，他也會抒發同樣的激情：「夜聽簌簌窗紙鳴，恰似鐵馬相磨聲，起傾斗酒歌出塞，彈壓胸中十萬兵」（〈弋陽道中遇大雪〉）。又如劉過，一個豪放詞派的大將：「記當年，酒酣箕踞。腰下光鋩三尺劍，時解挑燈夜雨。」（〈賀新郎〉）出語豪縱，狂逸之中，自饒俊致。甚至連在宋諸媛中，自卓然一家的李清照，誰又能料想其狂放時，也會有「生當作人傑，死亦為鬼雄」（〈夏日絕句〉）、「九萬里風鵬正舉。風休住，蓬舟吹取三山去」（〈漁家傲〉）之句，氣勢之大，不徒俯視巾幗，而且直欲壓倒鬚眉。

在這些酣暢淋漓的筆觸中，我們甚至看到有些文人在狂放中，猶帶有幾分任俠使氣的味道，是一種「重然諾，輕生死」的英雄氣質的煥發：「結髮未識事，所交盡豪雄。……托身白刃裏，殺人紅塵中」

（李白〈贈從兄襄陽少府皓〉）、「白刃仇不義，黃金傾有無。殺人紅塵裏，報答在斯須」（杜甫〈遣懷〉）。他們不僅與狂放的游俠往來，也融化游俠精神於其中，懷抱強烈的企圖心：「男兒一片氣，何必五車書」（岑參〈送告八從軍〉）、「功名只向馬上取，眞是英雄一丈夫」（同上〈送李使赴磧西官軍〉）、「猶當出作李西平，手梟逆賊清舊京」（陸游〈長歌行〉）、「朱顏青鬢，擁雕戈西戍。笑儒冠自來多誤」（同上〈謝池春〉）、「長庚光怒，群盜縱橫，逆胡猖獗。欲挽天河，一洗中原膏血」（張元幹〈石州慢〉）、「正好長驅，不須反顧，尋取中流誓。小兒破賊，勢成寧問強對」（陳亮〈念奴嬌〉）。也是這種狂放氣度，助成了這些知識份子在隱退之際，閒適之餘，猶能保持著「不屈己，不由人」的兀傲不平氣概，以追求自我的實在性，也就是「適意」，爲其主要目的。像姜夔，一介書生，既不能在兼濟事業上有所作爲，欲求隱居，又難以自足，一生但以布衣終老，然在自我人生價值失落之際，亦能保住人品如魏晉雅士的韻度，天放任眞，而且蕭散簡遠，不似時人以詩爲游走乞索之具、爲諂諛之用。又如葉夢得，狂放高亢時：「想烏衣年少，芝蘭秀髮，戈戟雲橫。坐看驕兵南渡，沸浪駭奔鯨。轉盼東流水，一顧功成。」（〈八聲甘州〉）退閒之時，塵外之音又隱隱響起：「念平昔，空飄蕩，遍天涯。歸來三徑重掃，松竹本吾家。」（〈水調歌頭〉）

　　不惟宋人有如此的反轉心理，唐人亦是。如邊塞詩人狂放時，可以是「不破樓蘭終不還」（王昌齡〈從軍行〉），羨慕「梁生倜儻心不羈，途窮氣蓋長安兒」（李頎〈別梁煌〉）。一旦看破紅塵時，也一樣會道出「人生須達命，有酒且長歌」（〈王昌齡〈長歌行〉）的自覺；而田園詩人孟浩然在熱切求官時，是「沖天羨鴻鵠」（〈田家作〉），然在事與願違下，卻也「爭食羞雞鶩」（同上），不肯違背自我。所以，退隱後，猶能眞摯地發出「予意在耕鑿，因君問土宜」（〈東陂遇雨率爾貽謝南池〉）追求閒適的深情。他這等慷慨磊落、自由放達又不失閒適的精神風度，就教李白特爲心折，不禁詠嘆：

> 吾愛孟夫子，風流天下聞。紅顏棄軒冕，白首臥松雲。醉
> 月頻中聖，迷花不事君。高山安可仰，徒此揖清芬。(〈贈孟
> 浩然〉)

所謂「醉月頻中聖，迷花不事君」，正是他們二人意氣相投之處。如
果我們再聯繫傳說中韓朝宗薦舉孟浩然進京，但因其飲酒過度，未能
赴約事，以及他死於王昌齡「浪情宴謔」一說〔註5〕，就愈能見出孟
浩然這種狂放、適意的特質了！

　　至於李白，可謂唐代狂士之最，一首「我本楚狂人，鳳歌笑孔丘」
(〈盧山謠寄盧侍御虛舟〉)，就淋漓道盡其中之狂放。杜甫在〈贈李
白〉詩中也說：「痛飲狂歌空度日，飛揚跋扈爲誰雄。」生動地刻畫
出他的狂態。他攜妓嗜酒，旁若無人，我行我素，魏顥就形容說：

> 間攜昭陽、金陵之妓，跡類謝康樂，世號爲李東山。駿馬
> 美妾，所適二千石郊迎。飲數斗，醉則奴丹砂、撫青海波，
> 滿堂不樂，白宰酒則樂。(〈李翰林集序〉)

如此倨傲的態度，即使在「待詔翰林」或「天子呼見」時，也絲毫未
減〔註6〕。這樣一位「曩昔東游維揚，不逾一年，散金三十餘萬」(李
白〈上安州裴長史書〉)，卻相信「千金散盡還復來」(同上〈將進酒〉)
的詩人，其狂豪氣魄，確實令後人有難以望其項背之感。在這種狂放
的背後，追求的正是自我意識的滿足和個性自由的表現。因此，當其
建功理想落空之際，我們仍然可以看到一種「達亦不足貴，窮亦不足

〔註5〕 此二事均見於王士源《孟浩然集序》：「山南采訪使本郡守昌黎韓朝
　　　　宗，請浩然間代清律，置諸周行，必詠穆如之頌。因入奏與偕行，
　　　　揚於朝。與期，約日引謁。及期，浩然會僚友，文酒講好甚適。或
　　　　曰：『子約韓公預約而怠之，無乃不不可乎！』浩然叱曰：『僕已飲
　　　　矣，身行樂耳，遑恤其它！』遂畢席不赴。由是閒罷。既而浩然亦
　　　　不知悔也。其好樂忘名如此。」第二則亦見同書：「開元二十八年，
　　　　王昌齡游襄陽。時浩然疾疹發背，且愈，相得歡甚，浪情宴謔，食
　　　　鮮疾動，終於冶城南園。年五十有二。」
〔註6〕 此事見於段成式《酉陽雜俎》前集卷十二：「李白名播海內，玄宗於
　　　　便殿召見。神氣高朗，軒軒然若霞舉。上不覺亡萬乘之尊，因命納
　　　　履。白遂展足與高力士，曰：『脫靴。』力士失勢，遽爲脫之。」

悲」(李白〈答王十二寒夜獨酌有懷〉)堅毅不屈的理想人格之美。持續這種「自我的實在性」,即使挫折了,詩人也能在莊子的世界中,找到解脫之道,找到可以讓個體生命自由舒展的空間:

> 草不謝榮於春風,木不怨落於秋天,誰揮鞭策驅四運?萬物興歇皆自然。……吾將囊括大塊,浩然與溟涬同科。(〈日出入行〉)

這種自我意識的激烈騷動,讓詩人在不平憤懣的當時,猶能以道家思想自遣;而追求適意之際,又不會完全銷蝕狂放進取的雄心。所以,在詩人的身上,我們既看不到顧影自憐的悲情,也沒有萬念俱空的寂滅。他既是以儒家思想做為追求政治上自我意識滿足的憑藉,同時又以道門做為退避的場所,以便尋求新的契機,嫻熟和巧妙地將狂放與適意有機地結合在一起,完成了自我滿足的過程,這正是李白,一位中國知識份子的人生魅力所在。

到了中唐士人的身上,一樣可以找到狂與逸的心理特徵。狂放時,韓愈也會感激暢言:「燕趙古稱多感慨悲歌之士。」(〈送董邵南序〉)閒適時,則又道出:「人生如此自可樂,豈必局束為人鞿。」(〈山石〉)劉禹錫亦然,他的狂放,多表現在愈挫愈勇的奮鬥精神上:「百勝難慮敵,三折乃良醫。人生不失意,焉能暴己知。」(〈學阮公體三首之一〉)一朝仕途無望,世事不可為時,他也能夠自求舒適,善體世情:「山明水淨夜來霜,數樹深紅出淺黃。試上高樓清入骨,豈如春色嗾人狂。」(〈秋詞〉)當然,在當時政治氣魄壓縮情境下,文士的狂放多少有了質變,似乎在狂放之中,有幾許的奇詭、苦澀和矯激,甚至是淫靡。時代精神的差異,讓元和時代的文士詩歌比起他們的實際人生,更具狂放的本質。且看孟郊的〈戲贈無本〉:「詩骨聳東野,詩濤湧退之。……可惜李杜死,不見此狂癡。」這是元和式的狂妄,是「橫空盤硬語,妥貼力排奡。敷柔肆紆餘,奮猛捲海潦」(韓愈〈薦士〉)的文字,讓這些詩人的身上煥發出狂放又奇詭雄鷙的色彩。

以整體傾向來看,中晚唐人士的狂放與適意,更多是築構在所謂

「林下風流」的基礎上，是縱慾時的外化呈現。這時期正逢禪宗大盛，狂禪之風一波又一波的湧向文士身上。許多人對禪的理解，逐漸由淡泊寧靜，而變爲縱慾無度，所謂：

> 若心常清淨，離諸取著，於有差別境中能常入無差別定，則酒肆淫房，遍歷道場，鼓樂音聲，皆談般若。(《居士傳》卷三十一)

若以元稹的詩來回顧當日文人的生活情境，便可以發現，這種狂禪之風的確深入改變了當時士子的精神狀態：

> 還醇憑酘酒，運智托圍棋。情會招車胤，閑行覓戴逵。僧餐月燈閣，醵宴劫灰池。勝概爭先到，篇章競出奇。……密攜長上樂，偷宿靜坊姬。僻性傭朝起，新晴助晚嬉。相歡常滿目，別處鮮開眉。翰林題名盡，光陰聽話移。……逃席沖門出，歸倡借馬騎。狂歌繁節亂，醉舞半衫垂。(〈酬翰林白學士代書一百韻〉)

文士們宴會、圍棋、閑遊、賦詩、攜妓、宿妓、題壁、聽書、賞樂、觀舞等，是當時都會的普遍生活寫照。人的原始生命力及其慾望的衝動，就在這樣的潮流中借「狂放與適意」的方式來宣洩，甚者，其中還交織著頹廢和淫靡，情詩、豔曲應運而生。文人中如元稹、白居易、李商隱、溫庭筠，都曾流連於舞榭歌台，周旋於煙花酒肆，狎妓出遊，誠所謂「風流恣綺靡」(杜牧〈感懷〉)，而「尚侈」的表現，也自然成爲當時的風尚。《獨異記》卷下曾載：

> 武宗朝宰相李德裕奢侈極，每食一杯羹，費錢約三萬。雜寶貝、珠玉、雄黃、朱礦煎汁爲之，至三煎即棄其滓於溝中。

這種奢靡和苟且的時風，文人當然也沒有跳脫。孫棨〈北里志序〉亦有言：

> 自大中皇帝好儒術，特重科第。……故進士自此尤盛。……僕馬豪華，宴遊崇侈，以同年俊少者爲兩街探花使，鼓扇輕浮，仍歲滋甚。

千金一擲，一杯羹即值三萬，相對於李白的一年揮金三十萬來說，唐

代中晚期人士爲求適意而表現出來的狂放，就顯得流盪太過，離孔子的「中行」眞是愈行愈遠了！

唐人混跡於歌酣舞醉，弄情於香軟青樓的一面，在宋人的身上，同樣可以找到。最具代表性的莫如柳永。羅燁的《醉翁談錄》丙集卷二載：

> 耆卿居京華，暇日遍游妓館，所至，妓者愛其有詞名，能移宮換羽，一經品題，聲價十倍，妓者多以金物資給之。

柳永正是這樣以其「風流」和「才情」來贏得青樓歌妓無數的青睞。前人稱他「爲舉子時，多游狹邪」（葉夢得《避暑錄話》），這種放浪的生活方式和他那「骫骳從俗，天下詠之」（陳師道《後山詩話》）的詞名，卻醞造了他仕途上的悲劇。傳說宋仁宗因見其〈鶴沖天〉詞中有「忍把浮名，換了淺斟低唱」句，所以特落之，曰：「此人風前月下，好去淺斟低唱，何要浮名？且塡詞去。」（吳曾《能改齋漫錄》卷十六）此說如果屬實，那麼柳永的狂放，除了是先天氣質的外放外，也是後天環境的助成。一方面，他熱衷於封建的功名富貴；一方面，在他失意時，又不免發出否定功名的牢騷語，進而朝世俗男歡女愛的生活靠攏。所以，他的人生也就充斥著這種矛盾的苦痛、掙扎。狂放時，「平生自負，風流才調」（〈傳花枝〉），可以視「富貴如浮雲」，放言道：「黃金榜上偶失龍頭望，明代暫遺賢，如何向？」又說：「才子詞人，自是白衣卿相。」（以上見〈鶴沖天〉）把功名利祿視爲「名韁利鎖」，反去追求「鎭相隨，莫拋躲，針線閑拈伴伊坐」（〈定風波〉）的兒女情長；企羨功名時，卻又盼能「異日圖將好景，歸去鳳池誇」（〈望海潮〉）。就在這般進、退的迴流中，迫使他了悟人生：「念利名憔悴長縈絆，追往事，空慘愁顏。漏箭移，稍覺輕寒。漸嗚咽畫角數聲殘。對閑窗畔，停燈向曉，抱影無眠。」（〈戚氏〉）而這種「無復檢率」的「狂心」，在後來秦樓楚館的歌妓們中，轉爲「適意」，也就成爲他人生的必然趨勢。

如果說柳永這種狂放與適意的表現方式，在士人中的評價是傾向

於負面的話（註7），那麼後來東坡的表現，就是大家心目中理想人格的外化。

東坡的狂放，主要是表現在個人行事上的直抒胸臆與無所顧忌。他曾自言：「言發於心而衝於口，吐之則逆人，茹之則逆予，以為寧逆人也，故逆吐之。」（〈錄陶淵明詩〉）這種主體自覺意識的突出、強化，基本上是接續盛唐的精神。所以，當興之所到時，他可以「聊發少年狂」，並在「酒酣胸膽尚開張」下，放言「鬢微霜，又何妨」（以上見〈江城子・密州出獵〉）；也可以在一片狼狽風雨中體識世情的不容：「嗟我本狂直，早為世所捐。」（〈懷西湖寄晁美叔同年〉）唱出「莫聽穿林打葉聲，何妨吟嘯且徐行」（〈定風波・三月三日沙湖道中遇雨……〉）的坦蕩。這種任天而動、無所滯礙的情操，的確讓東坡在仕途偃蹇之際，也能放達的道出內心的適意：「白頭蕭散滿霜風，小閣藤床寄病容。報道先生春睡美，道人輕打五更鐘。」（〈縱筆〉）被貶而不以為懷，遠謫而益發樂觀，這正是東坡迷人的獨詣所在，也是宋人在「狂」與「逸」的二重心理結構間，做出中和之美的最佳代表。

宋人之中，同樣時而豪放抒懷，蕩氣回腸中「搵英雄淚」（〈水龍吟・登建康賞心亭〉）；時而又慕山林清新，「且喜青山依舊住」（〈玉樓春・戲賦雲山〉）的代表人物是辛棄疾。辛氏為人豪爽，尚氣節，朱熹推許他「股肱王室，經綸天下」（謝枋得〈祭辛稼軒先生墓記〉）；陳亮也讚賞他「背胛有負，足以荷載四國之重」（〈辛稼軒畫像贊〉），足見其才幹氣象之高。詞史上與東坡並稱，王國維就曾指出，蘇、辛兩人，乃「詞中之狂」（《人間詞話》）。在〈賀新郎・邑中園亭，僕皆為賦此詞……〉一詞中，他就狂放的道出：「不恨古人吾不見，恨古人、不見吾狂耳！知我者，二三子。」這種自我寫生，與唐人李白幾

〔註7〕張舜民《畫墁錄》記載：「柳三變既以詞忤仁廟，吏部不放改官。三變不能堪，詣政府。晏公曰：『賢俊作曲子麼？』三變曰：『祇如相公亦作曲子。』公曰：『殊雖作曲子，不曾道：綵線慵拈伴伊坐。』」足見時人對其印象之草草。

若彷彿。據岳珂《桯史》卷三記載，稼軒生平就特為喜愛以上幾句，每於酒席上自誦之，並「輒拊髀自笑，顧問座客如何？（眾）皆嘆譽如出一口」，一副自得之狀。可見此「狂」字，乃稼軒一生得意自負處。如果再結合他一生際遇，三次落職閑居來看，他的狂放，許多時候是一種「傲世」的自然表現。從李白的「我本楚狂人，鳳歌笑孔丘」（〈廬山謠寄盧侍御虛舟〉），到東坡「嗟我本狂直，早為世所捐」（〈懷西湖寄晁美叔同年〉），辛棄疾的狂放，不僅上承前人，甚且變本加厲。但觀其〈水調歌頭・趙昌父七月望日用東坡韻敘太白、東坡事見寄……〉一詞寫道：

> 我志在寥闊，疇昔夢登天。摩娑素月，人世俯仰已千年。
> 有客驂鸞並鳳，云遇青山、赤壁（按：此指李白、蘇軾），相
> 約上高寒。酌酒援北斗，我亦虱其間。

這種升天摩月、睥傲人世的狂放，隱然存有「傍素波」、「干青雲」的氣概。即使失意之時，這種兀傲之氣猶存，一首〈西江月・遣興〉，就讓我們看到詩人遣興時的疏狂：「昨夜松邊醉倒，問松我醉何如？只疑松動要來扶，以手推松曰去。」然而，對許多遭時不遇的人來說，一旦過起隱逸生活時，為求心理平衡，這種狂放精神和豪氣，則必須暫時「隱匿」起來，轉為平靜。也許這種風浪平靜的底下仍是波濤洶湧，不過總的來說，它們還是偏於恬淡、寧靜、閒適的，如〈西江月・夜行黃沙道中〉：

> 明月別枝驚鵲，清風半夜鳴蟬。稻花香裏說豐年，聽取蛙
> 聲一片。七八箇星天外，兩三點雨山前，舊時茅店社林邊，
> 路轉溪橋忽見。

即使是一個「金戈鐵馬，氣吞萬里如虎」（〈永遇樂・京口北固亭懷古〉）的英雄，一旦失勢退息林泉，他的人生情味也會有一些改變：「書咄咄，且休休，一丘一壑也風流。」（〈鷓鴣天・鵝湖歸，病起作〉）不得不面對現實，換個方式調適自己了。

看來，由狂放進取轉向淡泊自處的人生，似乎已經成為文士的人

生哲學模式，誠如皎然詩中所稱：「狂髮從覓歌，情來任閒步。」(〈五言出游〉) 唐、宋文士在狂放時，可以是傲世進取，或感時悲涼，或風流放浪；一旦理想與現實不容，為了滿足自我自得，也不能不稍作調整，完成不違己志的逆勢操作，追求另一種適意人生。而這種狂放時，追求自得，適意時，仍不失放逸的表現，可說是儒、釋、道三家思想交融反映下，文人普遍具有的心理結構。

三、曠達與忍讓

　　唐、宋士大夫心理結構的第三個層面為曠達與忍讓的統一，它實際是由前述兩個背反心態的層面延伸、發展而來。

　　雖然，孔門所標舉的最高行為準則是「中庸」，強調不偏不倚，行而中節，認為「過猶不及」都是違背中庸的行為偏差，可是，在現實生活中，「中庸」這項美德畢竟是「其至矣乎」，而且「民鮮能久矣乎」(《中庸》第三章)。所以，對廣大知識份子來說，在為了成全中庸的行徑下，「忍讓」可能就成為必要的手段，這也就是前人一直將忍讓一事看得很重、很高的原因。他們對生活中種種逆境橫阻，採用過各式解決方法，其中也包括了忍耐和退讓。在傳統社會的環境裡，大部分知識份子發現了忍耐、退讓是最好的求生辦法，這種想法的形成，自然有著深刻的文化思想積澱。早在先秦典籍中，就有文字告誡世人：「君子以懲忿窒欲。」(《周易·損卦》) 要人忍住憤怒與情欲。《尚書》也記述了周公勸戒成王：「小人怨汝詈汝，則皇自敬德。」被人怨懟，當以忍耐迎挺，深自省會。甚至在《左傳》中，可以看到作者形容魯人「以相忍為國」，顯然將「忍讓」視為美德，而且並提到事關國脈斷續的地位。以此發展線索來看孔子「小不忍則亂大謀」(《論語·衛靈公》) 的說法，其所倡言的「吾道一以貫之」(〈里仁〉)，其實就是「仁」、「恕」之道。所謂「仁者愛人」、「仁遠乎哉？我欲仁，斯仁至矣」(〈述而〉)。仁的本身即帶有忍讓包容的傾向，因為能「忍」，所以才能成「仁」。因此，「己所不欲，勿施於人」(〈顏淵〉)，「求仁

而得仁，又何怨」（〈述而〉），「克己復禮爲仁」（〈顏淵〉），就成爲中國人歷來所共同信守的金科玉律。

至於道家對忍讓意義的抉發，用力處不下於儒家。《老子》一書中，處處可見「忍」的影子：如「守其雌」、「守其辱」（二十八章）、「天下莫柔弱於水，而攻堅強者莫之能勝」（七十八章）、「夫唯不爭，故天下莫能與之爭」（二十二章）、「天下之至柔，馳騁於天下之至堅」、「堅強者死之徒，柔弱者生之徒」（七十六章）。柔弱、忍辱，都是避免逞一時之快，而求得「保身」、「全生」之目的。在道家看來，表面上忍辱似乎是一種退讓，實質上則是一種實力的保存，一種以退爲進的手段。然而必須承認的是，有時候忍讓也是一種強烈的自我壓抑過程，是一種被動的、外在力量壓抑下的「形就心和」的順從；嚴重者，還會造成心理的扭曲，甚至可能變成一種無可奈何的自我否定，如此一來，過分忍讓就成了對生命張力的反動。因此，爲使心理保持平衡，中國士大夫在忍讓的同時，又發明了消解心理壓力的「曠達」，沒有忍讓，何須曠達；少了曠達，忍讓則難以持久，唯有「曠達」的心量，才能眞正釋放「忍讓」累積的壓抑。而最早引燃這種曠達的心理情境者，首推莊子。

在莊子的思想中，屢屢提及的「安時而處順」，其實就是曠達心理的呈現，這是在老子「忍讓」哲學基礎上的進一步人生哲理的體現。莊子認爲理想的人格是「其寢不夢，其覺不憂，其實不廿」（〈大宗師〉）的無情無欲的精神境界，是一種「喜怒哀樂不入胸次」（〈田子方〉）〔註8〕的安寧、恬靜的心理環境。這種心理的形成，就在於「安時而

〔註8〕　莊子所謂「喜怒哀樂不入胸次」並非意味著人們完全不應該有喜怒哀樂之情。〈大宗師〉云：「眞人……凄然似秋，煖然似春，喜怒通四時，與物有宜而莫知其極。」可見莊子是主張人的喜怒哀樂之情應該因應自然，相通於大道。配合〈德充符〉篇來看這個問題，則更爲清楚：「吾所謂無情者，言人之不以好惡內傷其身，常因自然而不益生也。」如果對於一切事物、事件皆能因任自然，擯除人爲刻意不動心的精神狀態，則可以進入「坐忘」之境。所以，清代學者

處順」、「吾以爲得失之非我也，而無憂色而已矣」（〈田子方〉）。既然「命」是一種外在的必然性，所以，「安命」即是「達命」，是一種「忍讓」精神的極度發揮。蓋能「忍」，所以才能求其「安」，能「安」，才能得其「曠」，才能「不與人物利害相攖」（〈庚桑楚〉），達到「儵然而往，侗然而來」的「至人」境地（〈庚桑楚〉）；甚至是「與世違而心不屑與之俱，是陸沈者也」（〈則陽〉）的聖人之境。

換言之，莊子以爲，只要「謹修而身，慎守其眞，還以物與人，則無所累矣」（〈漁父〉）。無所累，則能「忘物」與「忘己」，「忘物」是化「有待」爲「無待」，擺脫對物的依賴及向外馳求，而能自在而行；「忘己」則是掙脫形骸，摒棄成見，使眞我自現。所以說，能夠安於命、化於時、順於人，或「忘物」、「忘己」者，就能化解社會生活中的種種客觀外在力量的對立、衝突。既能虛己以待，消解對立，又無所累，則「其孰能害之」（〈山木〉）。也正因爲從功用角度來看，和順於人，虛己游世，是可免害保身。所以在莊子眼中，這種「安命守分」的曠達，即是無須爲不可避免的、無法改變的遭遇而哀樂動心，是一種極高的道德修養的展現，誠所謂「哀樂不易施乎前，知其不可奈何而安之若命，德之至也」（〈人間世〉）。可見，由「忍讓」發酵出來的「曠達」人生境界，是極其高妙的，非有極高精神修養者，是無法達到的。

另外，慧能禪所謂的「三無」思想，「無念爲宗，無相爲體，無住爲本。」（《壇經‧定慧品第四》）從某種角度看，也是一種「忍讓」、「曠達」的人生哲學，反映的莫非任心自在與來去自由的精神境界。基本上，這「三無」是統一不分的整體思想。蓋「無相」者，乃是離除一切妄相而顯成一切眞相；「無念」即是離邪顯眞的一種方法；而「無住」則是對「無念」的進一步申論，所謂：

　　無住者，爲人本性。念念不住，前念今念後念，念念相續，

　　宣穎才會認爲：「莊子無情之說，不是寂滅之謂也。只是任吾天然不增一毫而已。可見莊子與佛氏之學不同。」（《南華經解‧德充符》）

> 無有斷絕，若一念斷絕，法身即是離色身。念念時中，於
> 一切法上無住，一念若住，念念即住，名繫縛。於一切上，
> 念念不住，即無縛也，此是以無住爲本。（《敦煌本壇經》第
> 十七節）

慧能所以強調「念念相續」，因爲一念若斷，即表明要住於某處而不動，「一念若住，念念即住」，又如何能離邪顯眞、逍遙而自在？所以「三無」說所欲揭示的最終本旨，還是根植在「心」的不可住與不可拘執，唯有念念相續，無使斷絕，於相離相，不離不染，才能達到眞正的一無所住，一無所滯，才能來去自由，逍遙自在。

正是這種「心」上的工夫，讓慧能特別重視「自識本心，自見本性」的所謂「明心見性」思想，認爲「悟即元無差別，不悟即長劫輪回」（《敦煌本壇經》第十六節）、「一念若悟，即眾生是佛，故知一切萬法，盡在自身中，何不從於自心頓現眞如本性」（同上第三十節）。「悟」既在於「念」，「念」又在於「心」，顯然禪宗的思想中，「境」既是不可住，也是無法圈籠「心」的。所以，對於有些人以爲「解脫」之道是需要離開此岸和超然物外，或龜縮方寸才能求得成佛成道的說法，禪宗是頗不以爲然的。因爲此岸即有佛，現實即道場，煩惱即菩提，眾生、萬法、佛，本自一體無分，這才是慧能禪學思想亟欲揭示和實現的最後本質和最終目的。也是這種思想的傳播，讓中國知識分子在安身立命之際，找到根源關鍵所在，即使在逆境中，也能跳脫環境束縛，「於六塵中，不離不雜，來去自由」（《莊子·山木》）。雖是「忍讓」，卻出之以「曠達」，凡事內求諸心，只要心中無執，就能超越一切分別、取捨，達到一如之境。「心量廣大」，自然可以「遍周法界」，自在解脫，平衡青雲之志與放逸之情，得到大自在。

在傳統社會中，敏慧的知識份子都有一種時代使命的自覺意識，這種意識在科舉制度實施後，文人與政治關係更爲密切的情形下，有了強化的傾向。自然，他們的人生也發生了更多不可控制的變因，在「江湖未識風波惡，別有人間行路難」（辛棄疾〈鷓鴣天·送人〉）下，

坎坷的仕途，令他們感受到人生的苦痛、世事的無常。他們力圖找到
自己的存在方式，走出生存的困境，就在進取與隱退，狂放與適意的
兩難中，有時不得不採取忍讓和委屈的姿態，以求生存；又爲了消解
忍讓的壓抑，他們試圖建立一個曠達的人生，或陶醉於自得其樂的適
意中，或沈涵於我行我素的狂放中。

　　以陶淵明爲例，他對於人生、世事，也曾經有過執著：「前途當
幾許，未知止泊處。古人惜寸陰，念此使人懼。」（〈雜詩〉其五）因
而自然也會衍生失望與不平。所以，清人才會許以「豪宕」（顧炎武
〈菽中隨筆〉），或發出「莫信詩人竟平淡，二分〈梁甫〉一分〈騷〉」
（龔自珍〈舟中讀陶詩〉）之語。不過，大家印象中最深刻、動容的，
還是詩人平淡從容和灑脫曠達的人生態度。從執著到通達，淵明也經
過掙扎、矛盾等痛苦，一朝開悟了，「達人解其會，逝將不復疑」（〈飲
酒〉其一），也就不會執著於窮通、榮辱與壽夭，凡事可以「委運任
化」，衝突可以被化解，心境也就能「不喜亦不懼」（〈形影神・神釋〉）。
這種超然於物累之外的人生觀，使得詩人得以擺脫苦難對其人格的壓
縮，不輕易做出牢騷愁苦語；或以瀟灑之姿，面對草廬遇火，棲無定
所；或以通達之態，正視壽命將屆，自擬祭文，這是很難達到的境界。
所謂：「形跡憑化往，靈府長獨閑。」（〈戊申歲六月中遇火〉）一旦心
無塵念有常閑，人生顯然已由執著、忍讓，開始轉向曠達。

　　相較於淵明的曠放來說，大部分唐、宋文士的表現，就顯得失色
許多，這也正是唐、宋文士對淵明人格特別崇仰、企羨的原因所在，
並希望能「師範其萬一」（東坡〈與蘇轍書〉）。基本上，唐、宋文士
的曠達，主要是體現在吟詩作文，對酒當歌，或飄然遠游，尋仙問禪，
與高人共趣，悟解妙語、機鋒應對上。這種看似曠放、通達的心態，
也許是出之於無可奈何，或無盡憂憤的藉以發洩，不是眞正的開悟。
不過，它畢竟是人生不遇的一種渲洩、調整，對人格的重整還是有著
極其重大意義的。

　　唐、宋文士理想的自我，在現實面前碰壁後，稜角與意氣被消磨

殆盡，不免發出失望的嗟嘆。但在嚴酷的現實改變的情況下，只有轉向自我內心的調和、安慰。即以高適來說，雖是「有唐已來，詩人之達者」（《舊唐書・高適傳》），不過，他早年也歷經坎坷，謀事不成而困守宋中（河南商丘），後來經睢陽太守張九皋推舉中第，授封丘尉，但側身下僚，又因不忍「鞭撻黎庶」、不甘「拜迎官長」（〈封丘作〉）而辭官。固然詩人是「弱冠負高節，十年思自強」，然在世情衝擊下，一旦覺悟到人生「終年不得意」，也只有「去去任行藏」了（以上見〈魯郡途中遇徐十八錄事〉），在曠達之中多了幾許的無奈與悲涼。

　　類似的情形在常建的身上也可發現。常建一生沈淪失意，但耿介自守，不與名場通聲氣。當他決然從社會與人生的角逐場中退出後，就過起了隱居生活，一首〈鄂渚招王昌齡張償〉詩，很清晰地勾畫出他當時的生活心境：

　　翻復古其然，名宦安足云？貧士任枯槁，捕魚清江濱。有時荷鋤犁，曠野自耕耘。不然青山隱，溪澗花氳氳。山鹿自有場，賢達亦顧群。二賢歸去來，世工徒紛紛。

詩中表現了他對世事徹底的看破，最終還是選擇返回自然。這種曠達，其實都是在歷經掙扎退讓的煎熬後，從「有待」而提升至「無待」的心理情境。

　　「一悟寂為樂，此生閒有餘」（〈飯覆釜山僧〉）的王維，也有過以上彷彿的情境。他先因伶人舞黃獅子受牽累，安史之亂又因「陷賊官三等定罪」，所幸以「凝碧池詩」聞於行在〔註9〕，加上其弟縉「請削己刑部侍郎以贖兄罪」（《舊唐書・王維傳》），肅宗始宥之，並責授太子中允。從他詩寫：「花迎喜氣皆知笑，鳥識歡聲亦解歌。」（〈既

〔註9〕 這段史實，見於《資治通鑑》卷二百一十八：「祿山宴其群臣於凝碧池，盛奏眾樂，梨園弟子往往歔欷泣下，賊皆露刃睨之。樂工雷海清不勝悲憤，擲樂器於地，西向慟哭。祿山怒，縛於試馬殿前，支解之。」唐人鄭處海所撰的《明皇雜錄》其中還提到：「王維時為賊拘於菩提寺中，聞之賦詩曰：『萬戶傷心生野煙，百官何日更朝天。秋槐葉落空宮里，凝碧池頭奏管弦。』」

蒙有罪，旋復拜官，伏感之恩，竊書鄙意，兼奉簡新除使君諸公〉）可以想像當時的感激之情。不過，迫受偽職的事實，必有社會輿論的壓力，對此，詩人也只有自省與承受了：「朝容罪人食祿，必招屈法之嫌，臣得奉佛極思，自寬不死之痛。」（〈謝除太子中允表〉）在這樣長期的忍讓下，他的最佳出路也是選擇「浮舟往來，彈琴賦詩，嘯詠終日」（《舊唐書・王維傳》）式的徹底曠達，抱著與世無爭的態度走完自己的人生旅程：「野老與人爭席罷，海鷗何事更相疑。」（〈積雨輞川莊作〉）

再如顏真卿，史書稱他：「器質天資，公忠傑出，出入四朝，堅貞一志。」（《舊唐書・顏真卿傳》）非公言直道，則不萌於心。從天下不以姓名稱呼，而獨曰魯公，直可想知其人品與節操。這樣剛正不阿的人物，在政場上是鮮少能夠平步無阻的，他卻屢仆屢起，不以貶謫為意。其中的曠達隨緣，誠如他自己所形容的：「覆車墜馬皆不醒」（〈七言醉語聯句 —— 真卿、劉全白、晝、陸羽〉）。

相對於上述諸人，出身於「奉儒守官，未墜素業」（〈進雕賦表〉）的詩聖杜甫，他稀釋人生困蹇的時機與方法，就顯得較為特別。家道長期的沒落，使得詩人直到不惑之年仍然是一介貧士。在屈辱與饑餓交相煎迫下，可以清楚地看到他的窮愁潦倒：「騎驢十三載，旅食京華春。朝扣富兒門，暮隨肥馬塵。殘杯與冷炙，到處潛悲辛。」（〈奉贈韋左丞史〉）箇中艱難處，甚至教詩人「無聲淚垂血」（〈投簡咸華兩縣諸子〉）。就在這種沈重精神負擔和生活壓力下，幾度想掙脫束縛：「何當擺俗累？浩蕩乘滄溟」（〈橋陵詩三十韻因呈縣內諸官〉）、「從此具扁舟，彌年逐清景」（〈渼陂西南台〉）。但他畢竟沒有這麼做，他的獨特處，正在於他恪守了儒家思想的積極精神，堅持自己的政治理想和生活目標，樂觀進取的看待社會和人生。他沒有沈淪在現實壓力的矛盾中，反而將理性提升到足以衝破現實危境的高度，足以擺脫因個人情感的糾纏。越是艱危，他越能正面迎擊。反倒是坎坷流離，啼飢號寒退去後，在安適環境中，我們才看到詩人的曠達，看到儒家積

極進取思想的消退：「細推物理須行樂，何用浮名絆此身」（〈曲江二首之一〉）、「二月已破三月來，漸老逢春能幾回？莫思身外無窮事，且盡生前有限杯」（〈絕句漫興〉）。這時烽火、哀嚎、白骨、青塚，都淡薄了，彷彿遠離了理性的詩人。在狂歌痛飲中，盡道：「萬事盡付形骸外，百年未見歡娛華。神傾意豁眞佳士，久客多憂今愈疾。」（〈從事行贈嚴二別駕〉）甚至：「此身醉復醒，不擬哭途窮。」（〈陪章侍御宴南樓〉）不惟如此，在「漠漠世界黑，驅驅爭奪繁」（〈贈蜀僧閭丘師兄〉）之下，爲了平衡苦難的烙記，詩人也會有藉著宗教排解心事的舉措：「惟有摩尼殊，可照濁水源」（同上）、「若失貪佛日，隨意宿僧房」（〈和裴迪登新津市寄王侍郎〉）。看來，即使一個能夠義無反顧，堅挺地承受逆境的醇儒，也必須爲自己的苦痛找到一條釋放的道路，免除被冷酷現實所吞噬的命運。雖然，這種曠達的尋求，往往是在苦難之後，而不是當時，但它所發揮的平衡矛盾作用，卻是一樣深具轉化意義的！

　　同樣既曠達又忍讓的心態，亦見於柳宗元的身上。柳宗元是個進取心極強的革新派政治家，經國濟民的兼濟之志一直是他的人生理想，所以，即使在「永貞革新」失敗後，謫居在南荒的永州、柳州，他仍競競業業、盡心吏治。但在久斥不復，涉履蠻瘴中，他的身心都受到了嚴重的摧殘。在「孤臣淚已盡，虛作斷腸聲」（〈入黃溪聞猿〉）、「廢逐人所棄，遂爲鬼神欺」（〈哭連州凌員外司馬〉）的不堪情境下，早年對佛教的一般信仰，遂轉爲加深。從他的〈禪堂〉（見〈巽公院五詠〉之一）詩中，我們便可以看到他對心境一如的渴望：

　　　發地結菁茅，團團抱虛白。山花落幽户，中有忘機客。涉有本非取，照空不待析。萬籟俱緣生，宜然喧中寂。心境本同如，鳥飛無遺跡。

這種「瀟灑出人世」（〈芙蓉亭〉）的境界，是他在竄逐之後的人生追求。從內心的不平坦到不在意的調節過程中，禪宗思想適時發揮作用，詩人選擇了遁情山水，觀覽魚鳥之悠游，以「緩我愁腸繞」（〈與

崔策登西山〉)。山水清音儼然成為一帖心藥，讓「棄逐久枯槁」的詩人，終於開顏賞心，「蕭散任疏頑」(〈構法華寺西亭〉)。這種曠達心境，除了表現出「但願得美酒，朋友常共酌」的高歌自足外，也有著超然於世外、「看破紅塵」的味道，〈冉溪〉詩就說明了這種心境的嘗試轉變：

> 少年陳力希公侯，許國不復為身謀。風波一跌逝萬里，壯心瓦解空繹因。繹因終老無餘事，願卜湘西冉溪地。卻學壽張樊敬侯，種漆南園待成器。

宋人之中，這種曠達心態的呈現，自以東坡的表現為最，既徹底又痛快，真到曠達處，他可以是「一蓑煙雨任平生」(〈定風波〉)、「小舟從此逝，江海寄餘生」(〈臨江仙〉)，掙脫傳統的束縛，泯滅是非、生死界限，獲得根本的解脫與自由。至於他老師歐陽脩的〈醉翁亭記〉，也讓人嗅到其中的曠達與適意。再看同時的〈豐樂亭遊春〉詩，所謂「行到亭西逢太守，籃輿銘釘插花歸」，其中的輕鬆、曠達與諧趣，完全跳脫了「逐臣見棄」的悲苦形象。這樣的情調，在〈采桑子〉一詞中也可體會到：

> 群芳過後西湖好，狼籍殘紅。飛絮濛濛，垂柳闌干盡日風。
> 笙歌散盡遊人去，始覺春空。垂下簾櫳，雙燕歸來細雨中。

曠達的出處，本來就有「了悟」的境地，詩人在繁華過盡後，以超然心態、恬然心情品味人生。在「始覺春空」的徹悟之後，從容地「垂下簾櫳」，把先前對「萬紫千紅」、「急管繁絃」的激情，轉而向「雙燕歸來細雨中」的情味欣賞。這般心境，無不閃爍著曠達的理性智慧。而這種修養層次與風範，許多時候是特具於文士人生的「群芳過後」，在風雲際會已過，繁華落盡下的理性回歸，一代名相王安石，也是其中的例子。

基本上，曠達可以說是氣度、修養的一種展現，也是一種自我陶醉於當下的心理傾向，其中多少又含有「我行我素」、自在自得、超然於世的「狂放」成份。

　　從政場中全身而退的王荊公，其曠達處，輒令人想見其自在與自得。荊公回到金陵後，生活極其簡樸的，眞能做到「華堂玉食之念不存於胸中」（蘇轍形容其兄蘇軾語，見〈追和陶淵明詩引〉）。《續建康志》描述荊公日常行止是：「出，一皆乘一驢，從數僮，游諸寺；欲入城，則乘小舫，泛湖溝以行；蓋未嘗乘馬與肩輿。」正因如此，所以當神宗御賜名駒卻不幸「龍化而去」時，他反而有如釋重負之感，從容道出：「謾容小蹇載閑身。」（〈馬死〉）他晚年的人格樣貌，也就在這種曠達不以爲意中流露無遺。

　　至於「文章最忌隨人後」（〈贈謝敞王博喻〉）的黃庭堅，雖然創作個性偏於內斂，主要是以思致細密、風格瘦硬見長，與東坡的嬉笑怒罵皆成文章顯然不同，這固然可以避免因詩惹禍，但受黨爭劇烈，倉皇反覆的影響，一生竟也是風波不斷。從其一再倡言「丈夫存遠大，胸次要落落」、「今年貧到骨，豪氣似元龍」（〈次韻楊明叔見餞〉）來看，他一生自是承受了儒家深刻的影響。不過眞正令他「不以得喪休戚芥蒂其中」（〈豫章先生傳〉）的關鍵，乃是得力於禪學的濡染。其平生得意處，尚自栩爲「似僧有髮，似俗無塵」（〈自贊詩〉）。一生博覽佛典燈錄，廣交禪友，長年服膺禪宗，著名的〈訴衷情〉詞，就表達了他對人生兩相透脫、隨緣而化的悟證：

> 一波才動萬波隨，蓑笠一鉤絲。錦鱗正在深處，千尺也須垂。吞又吐，信還疑，上鉤遲。水寒江靜，滿目青山，載月明歸。

從禪宗的參習中，山谷獲得了思辨力量，了解到人生隨緣任運的曠達可貴。所以，在明月臨江，照徹水底，魚兒脫鉤而去，漁父載月而歸中，終於悟入了人生得失相忘之理。一旦隨緣而化，也就可以無所掛礙，不受塵網束縛，而仕隱、出處，也就得到齊一的看待。所以，詩人可以一面有儒家對現實人倫的關懷，一面又持淡泊自足的超然情調，兩者互不妨害，所謂「美玉藏頑石，蓮花出於泥，須知煩惱處，悟得即菩提」（《五燈會元》卷十六）。立足自己心性的曠達，才能眞正

的融冶忍讓後的壓抑，使得個人的主體意識變得更加鮮明，更為超拔。

　　另外，在宋代理學家中，最能具備通透胸襟，為忍讓與曠達做出合理協調者，非朱熹莫屬。朱熹一生關心現實，主張修明軍政，愛民養力。然從中進士至其最後歸建陽講學著述而終，五十多年間，仕於外者，僅有九年，其中立朝又才四十日。但他於任上都能革除弊端，安定民心，故史傳對其人格極為推崇。他家貧，「簞瓢屢空，晏如也。諸生之自遠而至者，豆飯藜羹，率與之共。往往稱貸於人以給用，而非其道義則一介不取也。」（《宋史·朱熹傳》）對理學家而言，「立德」是他們的首要目標，所以，他們把「克己」做為道德實踐的重要內容，要求以內心自覺來從事道德實踐，在「克己」過程中，獲得一種崇高的心理體驗和感情享受，唯有如此，道德的自律作用也才能充分地體現出來。而所謂「孔顏樂處」的境界，是最能體現這種過程的意義，所以，孔子和顏回那種不為名利所動，不被情欲所牽，居陋巷而能自得其樂，超然物我的形象，自然成為理學家理想化的道德人格。朱熹一生所追求的，也正是這種人生境地。在〈答楊廷秀〉書中，他對楊萬里就特加稱頌：「仰見放懷事外，不以塵垢秕糠累其胸次之超然者。」其實，這也是朱熹的自我寫照。想當時「士之繩趨尺步，稍以儒名者，無所容其身。從游之士，特立不顧者，屏伏丘壑；依阿巽懦者，更名他師，過門不入，甚至變易衣冠，狎遊市肆，以自別其非黨」（《宋史·朱熹傳》），對此，朱熹不以為意，仍一秉教育熱忱，與諸生講學不休，當旁人或勸其謝遣生徒時，他則笑而不答。

　　早年朱熹也曾留心佛學，自言「也理會得個昭昭靈靈底禪」（《朱子語類》卷一〇四），或由於此，其內心輒能虛靈靜明，分外洞徹。〈久雨齋居誦經〉一詩，就說明了他這種超然之悟：「端居獨無事，聊披釋氏書。暫釋塵累牽，超然與道俱。」能「捨」始能「得」，未能放下「塵累」，如何「超然」？因為詩人能靜觀自得，所以其心甚「活」，由己發之心來體會未發之性，自然鳶飛魚躍，心無不在，流行發用，皆為活頭源水：

半畝方塘一鑒開，天光雲影共徘徊。問渠那得清如許，爲
有源頭活水來。(〈觀書有感〉)
勝日尋芳泗水濱，無邊光景一時新。等閑識得東風面，萬
紫千紅總是春。(〈春日〉)

到處充滿勃然生機，人生逆境也就不以爲忤。既能曠達而自適，就能
絕處而逢生，人格胸襟自然也就會「不期於高遠而自高遠矣」(〈答鞏
仲至〉)。

　　許多理學家出入於釋老而後歸本於儒教，早已是不爭之事實。而
文士的曠達、開通，有時也很難指稱是何種思想的單一作用，畢竟唐、
宋時期三教的調和與互補，早已使得儒家的「孔顏樂處」和釋、老的
超然於塵俗，有了進一步的交融，共同爲知識份子築構一個「不以物
喜，不以己悲」、寵辱不驚，處險若夷的境地。從開始面對苦難現實
的忍讓，到曠達之後的淡然處之，文士的心理經過了漫長的矛盾掙
扎，最後歸於平靜、衡定，所謂「大其心體天下之物，宇宙在手，萬
化生身」(黃宗羲《明文海》卷三三八)。忍讓一旦可以轉化爲曠達，
生命也就得其安頓，如此一來，則安往而不樂？

第二節　文士的審美認知

　　中國文學思想中，「情」與「理」是一個非常重大的命題，它所
指的，即是文學創作中的感情和思想的關係。每個時代在不同的階段
對「情」或「理」往往各有偏重，從而形成了「緣情」與「言志」之
別。所謂的「志」，本是指人們內心的思想和感情，它本既有「情」
又有「理」。

　　不過，先秦早期所講的「言志」，主要是就思想方面而言，如《論
語‧公冶長》篇中，就記載孔子和弟子各言其「志」，這裡所講的「志」，
即是指儒家之道，儒家的政治理想和人生處世。但從荀子以後，所謂
的「言志」，就逐漸豐富起來，既有思想，也包含感情。至於「緣情」
說，則是強調文學中，特別是以表現感情爲主者，其淵源也可溯自《楚

辭》所提出的「發憤以抒情」（〈惜誦〉）。到了六朝以後，「緣情」的內涵也不只要求單純的情感抒發，有關思想的表現也受到同等的重視，如此一來，「情」「理」不但沒有對立，反而是結合重疊的。那麼，「緣情」與「言志」的畛域區別又在哪裏？其實兩派的區別，主要是在文學作品中有關「情」和「理」的表現認知上。傳統言志派，以爲文學作品中的感情是必須受儒家禮義的約束。這樣演變到後來，就不免走向功利主義的文學觀，使得文學成爲了儒家禮教的附庸，政教宣傳的工具，而這也就是「道統」說——「文以載道」、「文以明道」思想內容的主要依據；至於緣情派，實質就是要打破儒家思想對文藝創作所設的禮教枷鎖。而在擺脫儒教束縛後，六朝緣情派也有了積極與消極的情感表現走向。積極者，強調要表現出具有正面性社會內容的感情；消極者，是不對感情加諸任何限制，認爲只要能表現情感的作品就是好的。這種過分突出情感的結果，遂造成其末端流於「唯情論」，必須以「言志」來糾舉其失，始爲正道。而這個過程，也就形成了後來唐宋文人在「文」「道」觀念上的各種不同看法。

　　唐、宋的文學思想，不論是詩歌或散文，都經歷過一個迴環往復的歷程。唐代的詩歌思想是從反綺艷開始，之後有了雙軌發展。一條是從反綺艷走向風骨，最後復歸綺艷，始終未離緣情說；另一條是從反綺靡走向寫實，並發展到以諷諭爲表現的功利工具論，最後又復歸於綺艷清麗。兩條路線基本上在代宗大歷以後是交相錯接的；至於散文，就單純多了，它從反綺靡和駢儷文體開始，逐漸走向散體和以明道說爲表現的功利主義觀，最後又回歸到駢體的綺艷。當然，不論是詩或文，其最後所回歸的綺艷，已與先前內涵的條件有別，不能完全等同起來。

　　至於宋代文學思想，初期受到晚唐、五代文風綺艷的影響，較注重鋪錦列繡，刻羽引商，或內心的情感體驗，特別傾向於緣情特徵的審美創作思想。但在北宋中葉以後，則承接中唐古文運動的遺緒，將明道說與政治改革緊密結合，推出詩文革新運動，促成了功利和緣情

特徵的並行發展。這時期許多文學，既能評說客觀現實事物，又能展示作者的個性和內心世界。

　　唐、宋文人的文學思想也就在這種「功利」和「緣情」的內涵上，往來徘徊；「道統」與「文統」的審美認知爭議，就在這種主體自覺的意識中，逐漸滋生蔓衍。也因爲大時代格局讓胸懷大志的文士對儒家道統的要求是特別深刻，所以影響所及，他們也相當在意於藝術家的品德修養，強調主體的道德性，認爲藝術家高尚品德的養成，是藝術創造的先決條件。所謂「有德之文信，無德之文詐」（李華〈贈禮部尚書清何孝公崔沔集序〉）、「必先道德而後文學」（梁肅〈常州刺史獨孤及集後序〉）、「仁義之人其言藹如」（韓愈〈答李翊書〉）等等，這些說法在當時是具有代表性的；至於宋人，也發揮了揚雄「弸中彪外」（《法言・君子》）的看法，認爲「道純充於中者實，中充實則發爲文者輝光」（歐陽脩〈答祖擇之書〉）、「德盛則其言也旨必遠，理也」（胡詮〈答譚思順〉），陸九淵也提出：「行有德者必有言。誠有其實，必有其文」（〈與吳子嗣書〉）的觀點，更明確地將人格養成視爲文藝創作的根本條件。整個宋代，無論是古文家或理學家，對這方面的要求，竟難得的有了步伐的一致性，人格與風格的關係，自然也就成爲唐、宋文人審美認知的另一項中心議題。

一、道統與文統

　　「道」原爲中國古代哲學範疇，意指規律、原理、準則、宇宙本原、人生觀、政治理想等。而先秦時期所說的「道」，基本上是包含兩方面的含義：一是老子所說的自然天道，一是儒家所講的仁義道德的治道。及至荀子，一則承認「道」是自然事物存在的規律性，一則又把儒家聖人視爲自然規律的體現者。發展到漢代，一些儒者基於儒學定於一尊的局面下，甚至將所謂的自然現象加以儒學化、社會化，使得所謂「自然規律」的道家之道，只得讓位於「禮樂倫理」的儒家之道，成爲後來唐、宋古文家、理學家每每探討文藝美學時的內涵根據。

　　唐代古文理論和寫作的興起與發展，是針對六朝以來駢文的氾濫
而發的，以古文替代駢文，其性質既屬於語體改革，但又包含著文風
的革新，因此，對文學思想的發展，影響十分深遠。六朝時期駢文的
盛行，自有其必然背景。從漢末建安起，中國將近四百年間，大半處
於分裂狀態。民生凋弊，儒家思想衰落，玄學思想居於主導，文學既
擺脫了儒家經學附庸的地位，又受到釋、老重視文藝內部規律的影
響，一時之間，探討文學特徵和藝術形式美的論見相繼出現，駢文就
在這種背景下迅速崛起。其實，六朝文學也是中國古代文學發展中的
重要階段，它代表了自魏、晉以來文學藝術發展中的新成果和新經
驗，使文學的許多藝術表現技巧漸趨成熟。而其中有關藝術形式、表
現手法的細部探求，對後來文人來說，啓發良多，對唐代文學的繁榮，
自有推波助瀾之功。不過，它的不良傾向，也對文學的發展產生負面
的影響。過份的追求形式而不注重內容，導致作品思想貧乏，情調低
下，風格柔靡。而藝術表現上，對詞藻、典故、聲律等等具體技巧的
過分講究，更使得文學的整體發展不夠均衡。因此，唐初的文學思想，
可說是在充分繼承齊、梁文學的優秀成果，及批評齊、梁文學錯誤傾
向中發展起來，逐漸形成自己的新文學思想。

　　這種新文學思想開啓了散文的新生，唐代古文的興起，即是對六
朝駢文從內容到形式的革新。所謂的復古，其實是爲了自由流暢地表
達主體的思想感情，繼承和發揚先秦兩漢文章單行散體的簡潔、自然
的語言表達方式，進而創造出更符合時人思維特徵、習慣的一種文
體。所以說，它並不是從簡單模仿先秦、兩漢文章而來，甚至它的內
容革新是與唐代政治改革的要求是相適應的，是在政治革新的背景
下，所進行的文學改造運動。其中大聲疾呼的，不外是政治上頗有理
想抱負，關心社會現實和民生疾苦，具有不同程度改革思想的優秀文
士。這些傾向，我們都可以從它兆端於武后新政時期的陳子昂，醞釀
於安史之亂後的元結、蕭穎士、李華、獨孤及、梁肅、柳冕等人，成
熟於永貞改革前後、元和中興之際的韓愈、柳宗元，找到證據。而這

一場運動的掀起，也點燃了中國古典美學理想中，文統與道統孰重孰輕的意識論爭。

陳子昂的散文，比起他的詩歌更具有開明政治、改革現實弊端的思想。武后改制後，近嬖峻刑，窮兵佞佛，人不堪命〔註10〕。陳子昂便屢屢上書議政，切中時弊〔註11〕。這些政論文突破了駢文的束縛，採用駢散結合的方式寫作，用典不多，文風質樸，充分有力地闡述其改革觀點，一變淫靡文風爲平實古樸。所以，他的好友盧藏用在〈右拾遺陳子昂文集序〉中，就特別稱頌說：

> 宋齊之末，蓋憔悴矣。一迺迤陵頹，流靡忘返，至於徐、庚，天之將喪斯文也。後進之士，若上官儀者，繼踵而生。於是風雅之道掃地盡矣。……道喪五百歲而得陳君。……崛起江漢，虎視函夏，卓立千古，橫制頹波，天下翕然，質文一變。

也因此，後人多視他爲古文運動之先驅。李舟的〈獨孤常州集序〉就以爲：「陳子昂獨泝橫波，以趣清源，自茲作者稍稍而出。」連後來的古文運動領導人，對他都十分推崇：「國朝盛文章，子昂始高蹈。」（韓愈〈薦士〉）不過，陳子昂不少文章仍是採用駢文，只是在句式上部分恢復魏、晉時的駢、散結合，所以，在古文發展過程中，實際作用並不大。真正能夠在古文理論和創作上產生迴響，導引古文繁榮發展的，應該是安史之亂前後的李華、蕭穎士、獨孤及、梁肅等人。

從玄宗天寶年間起，逐漸有較多的文士發表文章復古的言論，雖

〔註10〕武后改制後，一系列措施所造成的政治社會弊端，在陳子昂的〈感遇詩〉中，多有反映披露。如〈感遇詩〉第十九首：「聖人不利己，憂濟在元元。黃屋非堯意，瑤臺安可論。吾聞西方化，清淨道彌敦。奈何窮金玉，雕刻以爲尊？雲構山林盡，瑤圖珠翠煩。鬼工尚未可，人力安能存。夸愚適增累，矜智道逾昏。」這是批評武后建造佛寺、佛像，每天役使上萬人，國庫因之耗竭。此種行爲既不合賢君「尚儉愛民」美德，又不合佛家「清淨慈悲」宗旨。

〔註11〕《資治通鑑・唐紀》有云：「子昂退，上疏，以爲『宜緩刑崇德，息兵革，省賦役，撫宗室，各使自安』，辭婉意切，其論甚美，凡三千言。」

然他們尚未直接標舉「古文」名稱，但從德宗建中元年的科舉策問已用散文，便說明他們的倡言改革，已有水到渠成之勢。以時間來看，前有蕭穎士、李華、賈至、元結、獨孤及等致力於文體改革，嗣後又有梁肅、柳冕、權德輿等繼踵相承。他們從理論上闡述，創作上實踐，相互揣摩推助，為之後的古文運動開創有利條件。

這一期文人在理論上的共同主張，均是強調以聖人之道為原本，重視文章在治國、道德教化上的功用，忽略辭章文采對表達內容的積極意義，認為作者不應致力於文辭修飾而徒耗精力。這種重教化輕審美的傾向，顯然已經在道統與文統之間做出輕重的判別。蕭穎士論文就以經學為宗，諄諄教導門人不可孜孜於文辭之美，乖離正道，須致力於「激揚雅訓，彰宣事實」（〈江有歸舟詩序〉）之文，用心闡揚道德教化。嘗自言：「有識以來，寡於嗜好，經術之外，略不嬰心。」（〈贈韋司業書〉）而由李華〈揚州功曹蕭穎士文集序〉中，則可以發現，蕭氏雖力主宗經，卻也提倡風雅，以為楚漢文章儘管失經之正，然並不完全否定詩人賦家之所作：

> 君以為六經之後，有屈原、宋玉，文甚雄壯，而不能經。厥後有賈誼，文辭最正，近於理體。枚乘、司馬相如，亦瑰麗才士，然而不近風雅。揚雄用意頗深，班彪識理，張衡宏曠，曹植豐贍，王粲超逸，嵇康標舉。此外皆金相玉質，所尚或殊，不能備舉。左思詩賦，有雅頌遺風；干寶著論，近王化根源。此後夐絕無聞焉。

顯見除主張宗經外，蕭氏並不絕對排斥文采。

至於李華，則主張「以簡質易煩文」（〈質文論〉），用儒道統一人們思想，進而廢棄百家之說。他認為開元、天寶間風氣敗壞，士人的「苟且貪競，體道者寡」（〈楊騎曹集序〉），乃是主因。感嘆「世教淪替，一至於此，可為墮淚」（〈與外孫崔氏二孩書〉）。所以提出文章要本乎六經之志，要密切結合社會現實，所謂「樂文武而哀幽厲」，才能「化人成俗」，進而觀乎「安危存亡」（〈贈禮部尚書清河孝公崔沔

集序〉）；換言之，文章既可見作者之志，可觀世道之盛衰，所以必須從中探求人倫、治亂之理，否則，徒求文辭之工，是毫不足取的。他明確表現出以恢復儒家道統，來改革現實弊端的思想，而其所以提倡古文，寫作古文，也正是爲此一目的而服務的。因此，繼承儒家道統思想，在李華身上已見萌芽。這樣的文學觀，具有濃厚的儒教色彩，他對文章形式美的輕視疏忽，也突顯出個人在觀念上的偏頗〔註12〕。而這種缺陷，不惟李華如此，幾乎是其後古文家的共同通病。

比李華稍晚，在古文理論和寫作上影響較大者爲獨孤及。獨孤及也是推崇儒教經典的，認爲自三代以後，因世道陵夷，所以文章下衰，而《六經》是不可企及的文章典範：「後世雖有作者，六籍其不可及矣。」（梁肅〈常州刺史獨孤及集後序〉）故而爲文必須宗經：「爲學在勤，爲文在經。勤則能深，經則可行。」（梁肅〈祭獨孤常州文〉）宗經是爲了可行，重點在教化。所以，文可以「假道」，道假文章以行。因此，文章必須「本乎王道」（〈趙郡李公中集序〉），即儒家之道，以六經爲源泉，強化政教功能。而文章在「宏道」（〈蕭府君文章集錄序〉）立業，有補於世的同時，也必須在形式上有相應的修飾，注意文詞之華美，做到「麗而不艷」，以合乎孔子「文質彬彬」的原則（〈唐故殿中侍御史贈考功郎中蕭府君文章集錄序〉）。所謂「足志者言，足言者文，情動於中，而形於聲，文之微也」，志、言、文，三者相互爲用，即表達文章內容與語言形式的相互依存關係，配合得當，可以「粲於歌頌，暢於事業」（同上）。若捨本逐末，以文辭藻飾妨害內容表達，「先文字後比興」、「飾其詞而遺其意」（〈趙郡李公中集序〉），則無非「猶木蘭爲舟，翠羽爲楫，翫之於陸而無涉川之用」（同上）。可見他比前人更反對駢偶聲律，嚴厲批評駢文的流蕩不返。這些理

〔註12〕 李華的偏頗，在於沒有將具有審美特性的藝術文學和一般應用性的非文學文章之間，做出分別，往往以後者來要求前者，所以，他對屈原、宋玉作品是採取指斥態度，甚至也一再批評盛唐文學。比起蕭穎士的觀點，李華就顯得較爲偏執，不通情理。

論、批判，也許不乏激切之處，不過，他「華實相符」的文學觀念，相對於李華的偏狹，還是比較全面、客觀的。

在古文運動前驅者中，梁肅是一位承前啓後的人物。他繼前輩之後，再次提出「文本於道」說，所謂「文本乎道，失道則博之以氣，氣不足則飾之以辭」（〈補闕李君前集序〉），認爲「道」爲文章根本，以「道」爲本，則能氣全而辭辯。文雖與道爲一，而其外部表現則是氣與辭，而辭又受氣之支配。「氣」者，文章之氣勢或兼指作者之才氣，是指「道」在人的精神氣貌上的一種體現。爲文所重者，在氣之全，不在氣雄，在於內涵的博厚，而不在外表的奔放。所以，梁肅的「道」能兼「氣」，其說推究本源，當出自孟子所謂的「配義與道」的「浩然正氣」而出，主要是指儒家之道。值得注意的是，梁肅雖重「道」，實際上，「道」仍必須落實在文章上，雖「以氣爲主」，但具體表現仍爲「辭」。這不啻提醒了古文家最終在文與道關係的對待上，能夠稍稍傾向於對文的同樣重視。此與後來韓、柳的古文理論是較爲接近的。

與梁肅同時的重要古文家還有柳冕。柳冕強調文與道必須緊密聯繫，主張「文教合一」，即「文道合一」，所謂「文章本於教化，形於治亂，繫乎國風。故在君子之心爲志，形君子之言爲文，論君子之道爲教」（〈與徐給事論文書〉）。文章寫作目的即在於恢復儒家古道。這比起前面幾位的思想是更爲鮮明突出的。從他慨嘆自己：「言雖近道，辭則不文，雖欲拯其將墜，末由也已」（〈答荊南裴尚書論文書〉）來看，他個人似乎又有重文趨勢。其實不然，他的目的主要還是在提倡復古道而學其文，「道」還是根本。蓋「道不及文則德喪，文不知道則氣衰，文多道寡，斯爲藝焉」（同上），他明確地把文學看作是「藝」，而且相當輕視。在〈謝杜相公論房杜二相書〉中有言：「故文章之道，不根教化，別是一枝耳。當時君子，恥爲文人。」這種「尊經術，卑文士」的觀念，塑鑄其所謂的「文章」，褊狹到專指傳達經術之作，而非衆所知之的文學。以柳氏這種合文學、經學爲一體的論見看來，

難怪會有「自屈、宋以降，爲文者本於哀艷，務於詼誕，亡於比興，失古義矣」（〈與徐給事論文書〉）的偏見，甚至連歌頌盛世的西漢大賦，也因爲鋪陳藻飾，而被冠上「亡國之音」（〈謝杜相公論房杜二相書〉）的惡謚。他對道統的維護至此地步，見解之偏激，由是可知。

　　總之，這一期的古文家基本上都是主張爲文當以明儒家之道，重視政教作用，提倡宗經復古。而他們的改革理論和實踐之所以不能取得巨大成就，關鍵就於「文」與「道」關係的未能釐清，過分的強調道統，忽略文學自身的發展規律與特點。以文體的演進來說，由駢文而散文，是一個進步的發展過程。古文和駢文兩種語言表達方式，本可並行共存，彼此也可相互吸收滲透，交互使用，提供豐富的表現手段。所以，在推進古文的當時，不該絕對排斥駢文，偶而夾雜駢偶，也會有音韻婉轉的效果。兩者實則各有特色：駢文強調的是語言絢麗的形式和諧之美；古文側重的是自由流暢，清新簡潔之美。它們各自發展，沒有中斷，只是在不同時期，隨著社會狀況，文化思潮，文學觀念的影響，有了消長之勢。唐代古文家卻因駢文發展到了極端，弊病叢生，而全部予以否定，未能吸收其長處來豐富散文寫作，至爲可惜。他們僅僅拘囿在宗經、明道的框圍中，疏忽文學自身的藝術情感特點，企圖以「功利主義」泯滅「藝術形式」，無疑又讓文學回歸到與經學同合的境地。而爲了突出道統的意義，卻捨棄長期以來文統的特殊性，這一點偏執，是其無法取得成功共鳴的關鍵原因。也因爲如此，古文家在文章藝術性方面，總不能體察散文的內在形式規律，缺乏獨創性，充其量，也只能模仿先秦兩漢之文風，陳舊而迂闊，價值自然有限。難怪清人趙翼以爲諸人雖開風氣之先，但「未自開生面耳」〔註13〕，這項評論是中肯的。

〔註13〕　趙翼認爲這一期的文學思想論見或是其人的文學創作，均缺乏獨創性，只是模仿先秦、兩漢的文體文風，而且模仿的層面也十分狹窄，連語言都相當陳舊，所以，缺乏生命力乃是他們的要害所在：「是愈之先，早有以古文名家者。今獨孤及文集尚行於世，已變駢體爲散文。其勝處，有先秦、兩漢之遺風，但未自開生面耳。」（《二十二

　　從永貞至長慶間，是古文運動的高峰期，以韓愈、柳宗元爲領袖，
湧現了一些誼同師友的古文作家，如李翱、皇甫湜、劉禹錫、呂溫等
人。他們互相研習琢磨，蔚成一股龐大勢力。

　　韓愈和柳宗元在文體和文風改革上所以能夠超越前賢，主要是將
古文寫作和提倡儒學復古主義思潮，緊緊地結合在一起，而且和現實
政治的改革行爲有了聯繫，使整個活動看起來更具生命力。他自稱因
好古道而好古辭：「愈之志在古道，又甚好其言辭。」（〈答陳生書〉）
在〈答李秀才書〉中也說：「然愈之所志於古者，不惟其辭之好，好
其道焉爾。」他一再申明自己之所以特別鍾情古文，主要在於其中所
包含的古道：「學古道則欲兼通其辭，通其辭者，本志乎古道者也。」
（〈題歐陽生哀辭後〉）他所說的「道」，具體的內容就是「仁義」：「博
愛之謂仁，行而宜之之謂義，由是而之焉之謂道。」（〈原道〉）爲了
明仁義之道，韓愈振臂高呼地提出建立儒家道統的主張，說明自己所
倡之道，「非向所謂老與佛之道」，而是由堯、舜、禹、湯、文、武、
周公、孔子、孟子代代相傳的儒家之道。孟子之後，荀子、揚雄雖也
努力闡發，不過卻「擇焉而不精，語焉而不詳」。所以，韓愈隱然以
上追孟子，繼承道統自命。他說：「使其道由愈而相傳，雖滅死萬萬
無恨」（〈與孟尚書書〉），充分表現出恢復道統的決心，務必做到「障
百川而東之，回狂瀾於既倒」（〈進學解〉）的境地，抱負之大，不難
理解。蓋當時社會已是「世俗陵靡，不及古昔」，聖人之道廢弛，所
以，「君臣父子夫婦朋友之義沈於世，而邦家繼亂」（張籍〈上韓昌黎
書〉）。唯一能夠行針砭之效者，就在於明道，也就是行先王之教，建
立聖人施博愛而臣民行其所宜的封建秩序。他說：「是故君者，出令
者也；臣者，行君之令而致之民者也；民者，出粟米絲麻、作器皿、
通貨財，以事其上者也。」（〈原道〉）至此，可以看出韓愈主張明道，
實際上就是欲以儒家的道統重新建立起嚴格的倫理等級制度，以明君

史箚記》卷二十）

臣之義。循此回顧韓愈仕宦生涯中，色彩鮮明的兩個政治主張——反佛老與反藩鎮割據，便可發現韓愈思想的一貫性。

的確，在當時特定社會環境下，韓愈的「復古道」之舉，是別具意義的。中唐時，藩鎮割據，中央政權薄弱，以致社會動盪、民生凋弊。韓愈要求行仁義之道，嚴守君臣分際，無疑是強化了中央集權，有利於社會安定的作用；另外，當時寺院經濟膨脹，僧侶地主兼並田地，「是時也，而唱釋老于其間，鼓天下之眾而從之，嗚呼，其亦不仁甚矣」（〈與孟尚書書〉），舉國佞佛之風日熾，奢侈靡費，生產停滯，社會經濟疲乏不振。所以，韓愈著眼在佛教對社會經濟的破壞力上，大力排佛是為了匡救政俗弊害。事實上，他所反對的是為檀施供養之佛，而非明心見性之佛這一點來看，他的反釋、老，在當時的確有其積極意義。

綜上可知，韓愈確實為儒家傳統文學觀的明道說，加入了與當時政治生活密切相關的內容，完全改變了前輩「空言明道」的傾向。不過，因為他的明道說和現實政治有緊密的聯繫，乃其參與現實政治下的一種立場，遂也成為他日後不免捲入政治漩流中無法自拔的主要原因所在。

與韓愈一樣，柳宗元也重視文章的明道作用。在古文理論的掘發上，他沒有韓愈的全面和系統，但有些地方卻更深入，見解也較開闊。在〈寄許京兆孟容書〉中，他就確鑿地表示寫作文章是為了闡明仁義、教化之道。可見其「道」的內涵，也是以仁政、民本思想為核心。在〈答韋中立論師道書〉中，他更述及自己寫作歷程中，心理認知的轉變，從年少寫文章以辭為工，到後來「知文者以明道，是固不苟為炳炳烺烺，務采色，夸聲音而以為能也」，不以聲色之美為鵠的，而以明道為旨歸，為明道而作文，不為文而文。而這個「道」的本原就是儒家之道，亦即「五經」：「本之《書》，以求其質；本之《詩》，以求其恒；本之以《禮》，以求其宜；本之《春秋》，以求其斷；本之《易》，以求其動。」這與韓愈的體會相當。不過，其中也有不同的地方。因

爲柳宗元「文以明道」的主張,是在貶永州司馬之後才逐步明確起來。
先前他在長安時,正致力於現實政治的改革,所以實際是以一位積極
的政治家來行事爲文的;待他轉爲謫臣之後,才開始有了更多的文人
文事活動。他在〈答吳武陵論非國語書〉中寫道:

> 僕之爲文久矣,然心少之,不務也,以爲是特博奕之雄耳。
> 故在長安時,不以是取名譽,意欲施之事實,以輔時及物
> 爲道。自爲罪人,舍恐懼則閑無事,故聊復爲之。然而輔
> 時及物之道,不可陳于今,則宜垂于後。言而不文則泥,
> 然則文者固不可少耶。

這說明了柳氏無論爲政或爲文,首重的即是「輔時及物」。前期參與
「永貞革新」,實際的政治活動就是「輔時及物」,也就是對「道」的
實踐。待改革失敗,無法實現「輔時及物」之道時,才以「文」來明
道。換言之,因「輔時及物」之道無法施之實事,所以必須借文章以
傳,誠所謂「道假辭以明,辭假書而傳,要之之道而已耳」(〈報崔黯
秀才論爲文書〉)。文辭是「明道」的工具和手段,其關鍵在於「及物」,
在於運用古代聖賢所闡明的種種道理,針對現實問題,提出解決辦
法。這類看法其實與白居易所主張詩歌要有「救濟人病,裨補時闕」
(〈與元九書〉)的作用,有異曲同工之妙。

　　韓愈、柳宗元明確地提出「文以明道」、注重實用的思想。以爲
「夫所謂文者,必有諸其中,是故君子慎其實」(韓愈〈答遲生書〉);
「文之用,辭令褒貶,導揚諷諭而已。雖其言鄙野,足以備於用……
立言而朽,君子不由也。故作者抱其根源,而必由是假道焉」(柳宗
元〈楊評事文集後序〉)。指明文章寫作目的在於明道、切合實用。雖
然,他們的改革主張也是重道而後重文,把文章視爲明道的工具,從
純粹的功利主義文學出發,看待文章價值。不但以明道爲己志,也以
改革文體爲己任。不過,比起前人高明的地方,就在於他們並沒有因
此輕視文章寫作技巧,兩人都是從對科場文字的鄙夷,駢體文字繡繪
雕琢的不滿,轉而對文體的要求,逐漸由功利、實用的考慮兼及審美

的愛好。兩人除了從思想內容上，強調爲文注重根本，充實內心，提高修養，先學其行仁義，而後學其言辭、「植於內而外於文」（柳宗元〈先侍御史府君神道表〉）外，還提出「養氣」說。認爲「氣盛則言之短長與聲之高下者皆宜」（韓愈〈答李翊書〉）；指出道德學識的修養乃作文的重要因素，要求注意作者臨文之際的態度、精神：

> 未嘗敢以輕心掉之，懼其剽而不留也；未嘗敢以怠心易之，
> 懼其弛而不嚴也；未嘗敢以昏氣出之，懼其昧沒而雜也；
> 未嘗敢以矜氣作之，懼其偃蹇而驕也。（柳宗元〈答韋中立論
> 師道書〉）

　　另外，在文章體式上，韓、柳兩人也主張創新，要求兼收並蓄，集眾家所成，進而樹立個人風格特色。因爲他們目睹自漢迄唐駢文雖爲文壇主流，但其要害即在於未能「辭必己出」，反淪爲「剽賊」（韓愈〈南樊紹述墓志銘〉）、「多漁獵前作，戕賊文史」（柳宗元〈與友人論爲文書〉），庸俗陳腐，不知創新。所以在文章的寫作修辭方面，便強調獨創性，不應專主一家，而是要兼取百家之長。以爲只要入門得其正，即使非直師儒家經典，亦無不可：

> 或問爲文宜何師？必謹對曰：宜師古聖賢人。曰：古聖賢
> 人所爲書具存，辭皆不同，宜何師？必謹對曰：師其意，
> 不師其辭。（韓愈〈答劉正夫書〉）

能對古人文章「師其意而不師其辭」，既要深入領會古聖賢文章的精神實質所在，又要在語言表達上推陳出新，這也正是韓愈、柳宗元一生用功所在。〈進學解〉一文，韓愈更假生徒之口，自述他雖規模前人又能自出新意的努力過程：

> 沈浸醲郁，含英咀華，作爲文章，其書滿家。上規姚、姒，
> 渾之無涯；周《誥》、殷《盤》，佶屈聱牙，《春秋》嚴謹，
> 《左氏》浮誇；《易》奇而法，《詩》正而葩；下逮《莊》、
> 《騷》，太史所錄，子雲、相如，同工異曲。先生之於文，
> 可謂閎其中而肆其外矣。

柳宗元在這方面的表現更爲突出，除〈答韋中立論師道書〉中有詳述

外，在〈報袁君陳秀才避師名書〉也說：

> 其外者，當先讀六經，次《論語》、孟軻書，皆經言。《左
> 氏》、《國語》、莊周、屈原之辭，稍采取之；穀梁子、《太
> 史公》甚峻潔，可以出入。

韓、柳兩人文中都肯定莊子文辭之妙，這是頗有見地的，與天寶、貞
元年間李華等人貶抑屈、宋的見解來說，是較爲宏博開闊許多。這是
因爲他們的眼界不是只在掘發、標榜各家之長，而是在學習過程中，
務去陳言，追求創新。這種開拓文章體式的努力，的確使得當時的文
學思想，除了瀰漫「道統」的文學氣息外，也令人嗅到文學形式的芳
郁。而「不平則鳴」說的提出，更讓文壇在純功利主義思想的傾向中，
也認識到文學的抒情特點，既維護了道統的尊嚴，又不廢文統的美
質，這也正是他們文體、文風改革成功的根本原因之一。

「文以明道」的思想，是以理性爲主，重實用；而「不平則鳴」
的思想，則是以感情爲主，重在發抒，可以說是對孔子「詩可以怨」，
和司馬遷「發憤著書」說的繼承和發揮，對宋代以後的許多文學思想
產生極大的影響。韓愈所以有此思想，乃是因其個人有強烈的入世觀
念。把不平之鳴、強烈的喜怒哀樂的感情發抒，和功利主義的文學統
一起來，他肯定歷史上的思想家、文學家應該都是胸懷大志的，因爲
「道」之不行，所以才必須假於文字之鳴，表明心跡。這種主張，等
於是爲改革的道路注入生機，在「利害必明」、「利欲鬥進」（〈送高閑
上人序〉）的功利判斷中，融入個人喜怒哀樂的強烈情感活動，使得
文與道之間的關係，從對立逐漸通向統一。

不論是韓愈或柳宗元，在實際創作中，多是以「不平之鳴」取得
巨大成就。尤其柳宗元，他借山水游記表現出自己無可排遣的悲哀：
「長歌之哀，過乎慟哭，庸詎知我之浩浩，非戚戚之尤者。」（〈對賀
者〉）這種行文方式，顯然是在功利主義的明道說之外益以發憤抒情
的寫實說，把握了文學表現的特質。這使我們聯想到柳宗元在〈楊評
書文集後序〉一文中所提出的：「文有二道：辭令褒貶，本乎著述者

也；導揚諷諭，本乎比興者也」觀點，認爲散文和詩歌各有其功能目的，不能混同來看〔註14〕。足見柳宗元已經意識到：雖然提倡道統，卻不能以道統來併吞和替代文學藝術。這項見解確實比後來宋代理學家要來得開闊許多。

宋代文道觀的發展，先是由柳開、王禹稱起而麾之，提出復古明道，反對文體卑弱的五代文風拉開序幕。之後又有范仲淹、石介、孫復等人，要求師經探道，力排西崑浮靡。然後是歐陽脩等古文家主張通經明古，痛批西崑餘風與太學新弊。交錯於其間，最後成爲中國文學思想界一大主流的，則是理學家的「道本文末」觀。

唐代古文運動在韓、柳之後，隨著作家濟世熱情的消褪和文學思想的變化，古文寫作日趨冷落，宋初雖也有作家主張恢復儒家的道統和文統，強調文由道出，以矯舍本逐末之弊，但因俗弊非一日之積，所以不久之後，文壇上流行的仍是五代以來浮華不實的駢偶文風，以及片面追求辭藻音律的文學體式。

率先起來反對五代餘風的是柳開，他是宋初最早學習韓愈，提倡古文的作家之一。在〈應責〉一文中，他首先揭示「古文」的具體含義。認爲「古文者，非在辭澀言苦，使人難讀誦之，在於古其理，高其意，隨言短長，應變作制同古人之行事」；指出作古文的目的是「垂教於民」。並自言：「吾之道，孔子、孟軻、揚雄、韓愈之道；吾之文，孔子、孟軻、揚雄、韓愈之文。」可見他提倡古文，是以推尊韓愈爲出發點，意欲恢復儒家道統，目的是「明道垂教」。而道統和文統的

〔註14〕柳宗元所說的「文有二道」，其一是指學術著作，非文學文章；其二是指詩歌，並強調兩者的不同。這確實有糾舉李華等人錯誤的意義，不過，柳宗元還是沒有進一步把文藝散文和非文學文章區分清楚，沒有強調文藝散文和詩歌在本質上的共同點，容易給人詩文分途的印象。然而其能將詩歌和非文學文章區隔看待，已等於是在六朝文筆之說下的進一步見解，這對後來詩論和文論的分家，文論大都偏向於文章學理論，可說是起了重要的促進作用。

問題，也在繼韓柳之後，再次被提出。柳氏早期即以「肩愈」自命〔註15〕，更可看出他重建古文的企圖。不過，在承繼韓愈的道統說後，柳開不久就發現自晚唐五代以來，仁義教化早已淪爲浮泛空談。所以，要重建道統，不止是對六經之旨的探求，也必須把仁義道德落實到心性上，將心性的道德修養視爲道的本體，因爲「古之以道學爲心也」（〈續師說〉）。如此一來，道統由外在的仁義禮教，歸結到內在心性誠明的本體，從道德實踐的理性，一變成爲內省的修身養性，而不再去追求事功的實現。這也突顯了宋人內向、收斂保守的文化心態，連帶的，在「文統」的看法上，也有類似的傾向。〈上王學士第四書〉中，柳開就說道：「文不可遽爲也，由乎心智而出于口，君子之言也。」將文章的好壞，一概歸結到心性本體的道德修養上，自然忽略了情性文辭對文學的重要性。這種執著於道德理性的文學觀，視道德本體爲文學本體，看似將道統與文統合而爲一，實際上是重道輕文，令眞正的「文」與「道」產生相斥，不僅無益於當時的文風扭轉，反而開了後來理學家文論的先河。

　　柳開之外，宋初另一位力圖改革文風的作家是王禹偁。相對於柳開的保守，王氏對儒家道統就採取較爲開放的態度。在觸及文與道的關係時，雖然他認爲「文，傳道而明心也」（〈答張扶書〉）。把「道」歸結到心體，並把心體做爲文學的本體，主張「心與文者一也」，但心體卻包括性、情、理、氣等內容。而所謂的「道」，除了廣泛地聯繫到國計民生和個人操守以外，也不乏是道家清靜自然的生活態度和自得的心理狀態，甚至可說是禪宗的曠達。這種混同儒、釋、道觀念所建立起的「文道觀」，就有超越傳統見解的特色。而他自己本身又能對文藝的特色有充分的理解，客觀看待情感和生活遭遇在創作中的

〔註15〕柳開年少時，即仰慕韓愈和柳宗元，因此自己取名爲肩愈，字紹元，表示要肩負韓愈的使命，繼承柳宗元的事業。後來又改名開，字仲塗，其意思是「將開古聖賢之道於時，將開今人之耳目使聰明也。必欲開之爲其塗矣，使古今由於吾也」（〈補亡先生傳〉）

作用。除了推崇道統中的人物外，還贊揚李白、杜甫、白居易等文人，這說明他是十分重視創作實踐的：「誰憐所好還同我，韓柳文章李杜詩。」（〈贈朱嚴〉）所以王禹偁的文道合一思想，使古文擺脫了單純說教和詞澀言苦的困局，從理論和實踐兩方面，爲歐、蘇等人的詩文革新，奠定了良好基礎。

但在柳開和王禹偁相繼去世後，西崑派的駢文又流行起來，古文並未能得勢。當時提倡復古反駢的作家，如姚鉉、穆修等人，也只是鼓吹明道致用，或附和尊韓柳、重散文的理論，在創作上，根本未有獨特的建樹，所以無法形成和西崑派抗衡的勢力。這種情況一直要到仁宗天聖年間，才又有尹洙、范仲淹、孫復、石介等人的崛起，要求變革文風。

天聖到慶曆年間的政治革新，是以范仲淹爲中心人物。以石介和歐陽脩爲代表的兩大文人群體，在范仲淹的號召下，結成了統一陣線。范仲淹在人事和思想上，是與石介、孫復、胡瑗等人有密切的聯繫；在政治上則與尹洙、歐陽脩等志同道合。針對西崑派的浮靡文風，學者刻辭鏤意、專事藻飾，范仲淹曾於天聖三年〈奏上時務書〉，明確提出「國之文章應於風化，風化厚薄見乎文章」的觀點，希望利用政治手段來達到改革文風的目的。他並全面地闡發「古道」的內涵，認爲秦漢以來，三代制度不存，導致士民驕奢淫逸，竊利亂倫的澆僞之風流蕩不歸，所以，特將文章連接到教化上，把文風革新看作政治更新的一個重要環節。但因其過分強調文章關乎風化的作用，所以論文時必然拘守儒家立場，以正風、正雅頌與其他經典爲王化之本，認爲五代的澆薄文風乃是出於「吟詠性情而不顧其分，風賦比興而不觀其時。故有非窮途而悲，非亂世而怨」（〈唐異詩序〉）。這種有道之世不做「窮途之悲」和「亂世之怨」的觀念，被後來的孫復、石介片面發揮。因此，范仲淹慶曆四年創建太學，以孫復、石介等人爲國子監直講，本想從根本上革除「專事藻飾，破碎大雅」（〈尹師魯河南集序〉）之弊，石介卻自以「官於太學，領博士職，歌詩贊誦，乃其職業」（〈慶

曆聖德詩〉），每日都是「陳詩頌聖德，厥聲續猗那」（歐陽脩〈讀徂
徠集〉），以致太學裡出現了「生徒日盈門，饑坐列雁鵝。弦誦聒鄰里，
唐虞賡詠歌」（同上）景象，甚至還以言理爲高而鄙薄辭章，爭出怪
論，行文僻澀，令人不可卒讀。西崑之弊未革，而太學體的新弊又充
斥科場，誠所謂「餘風未殄，新弊復作」（蘇軾〈謝歐陽內翰書〉），
這是范仲淹始料所未及的〔註16〕！

　　孫復與胡瑗、石介是同學，同爲宋代理學的發軔者。孫復在論文
上也有明顯的重道輕文傾向。如在〈答張洞書〉中說：「夫文者，道
之用也；道者，教之本也。」石介在〈代鄆州通判李屯田荐士建中表〉
也主張：「讀書不取其語辭，直以根乎聖人之道；爲文不尚其浮華，
直以宗樹乎聖人之教。」他認爲浮華文風和其他社會的不良風氣一
樣，是有害於「道」的。唯有符合六經精神才能算是文學，而他自己
則自命爲道統的繼承人。不惟如此，他除了標榜「生而知道」外，還
進一步提出「不由鑽研而至，其性與各人之道自合，故能言天人之際，
性命之理」（〈上范思遠書〉），將儒道從精求仁義推向性命之學，這是
「儒學」轉變爲「道學」的關鍵所在。也因爲石介等人只是空言道德
心性，要求文學爲儒家之道服務，只能對浮艷文風起破壞廓清作用，
並不能有創新的實績，所以，不免受到時人諸多批評〔註17〕。

〔註16〕范仲淹在慶曆四年創建太學，規定「士須在學三百日，乃聽預秋賦」
　　　　（《宋史・選舉志》），本打算通過勸古復學的「育材之方」，從根本
　　　　上革除「文章柔靡，風俗巧僞」的弊病，未料石介、孫復等人卻主
　　　　張太學專學「六經」，又責《文選》爲「晉、宋、齊、梁間文人靡薄
　　　　之作」，一概予以摒斥，由是每日但聞太學之中「陳詩頌聖德，厥聲
　　　　續猗那」（歐陽脩〈讀徂徠集〉），文風遂逐漸走向怪僻生澀之路。
〔註17〕針對石介等人在復古方向上的偏差太過，導致文學發展的病態，歐
　　　　陽脩、尹洙、蘇舜欽等人都曾提出批評。歐陽脩〈答李詡第二書〉
　　　　說：「好爲性說以窮聖賢之所罕言而不究者，執後儒之偏說，事無用
　　　　之空言。」例如在面對當時日益嚴重的外患時，石介等道學家就提
　　　　出守國之道爲：「最下恃險固，棄德任智力。……始知資形勢，不如
　　　　修道德。」（〈過潼關〉）這不過是一種迂論，對眼前窘象於事無補，
　　　　難怪尹洙非常不客氣的指出：「世人不推究古始，以爲王者專任德

　　至於歐陽脩、尹洙、蘇舜欽、梅堯臣等人的文學思想，則是接近前期的王禹偁。

　　明道二年，仁宗親政，力圖革新政治，曾下詔申戒浮文，以爲：「近歲進士所試詩賦多浮華，而學古者或不可以自進，宜令有司兼以策論取之。」（《續資治通鑑長編》卷一三○）這對古文的推廣有直接的效應。策論是科考的重要名目，一般是以古文來寫作。好的策論除能通經明道外，也需洞識社會政治，所以北宋中期古文的倡行，可以說是在經世致用，補偏救弊下的一種理性要求。這種經世致用思想在歐陽脩身上是十分明確的。歐陽脩爲適應北宋政治、社會的要求，特對韓愈的明道觀念進行修正，賦予行道者以天下爲憂的責任感，並以此做爲復古的根本目的。他在〈與張秀才第二書〉中說：

> 君子之於學也，務爲道，爲道必求知古，知古明道，而後履之以身，施之於事，而又見於文章而發之，以信後世。其道周公、孔子、孟軻之徒常履而行之者是也；其文章則六經所載，至今而取信者是也。其道易知而可法，其言易明而可行。……孔子之後，惟孟軻最知道。然其言，不過於教人樹桑麻、畜雞豚，以爲養生送死爲王道之本。夫二典之文，豈不爲文，孟軻之言道，豈不爲道，而其事乃世人之甚易知而近者，蓋切於事實而已。

與宋初古文家一樣，歐陽脩也主張知古明道，並認爲「大抵道勝者，文不難而自至也」（〈答吳充秀才書〉）。反對「舍近取遠，務高言而鮮事實」（〈與張秀才第二書〉）的危言空論，不空談道德心性，而是要求古文寫作必須「切於事實」（同上），因爲「六經之所載，皆人事之切於世者」（〈答李詡第二書〉）。傳道明心的目的在切於世、致於用，如果「棄百事不關於心」（〈答吳充秀才書〉），是無法寫出好文章的。

教，不必城守爲固。」（〈秦州新筑東西城記〉）這可以看出孫復、石介等人多傾心於空談道德心性，與同爲尊崇三代之治，卻「直究聖人指歸」、務求「貫穿古今，於俗易通，於時易行」的尹洙、歐陽脩、蘇舜欽等人是有分別的。

他把「道」和現實生活聯繫起來，勸人不能迴避社會現實，必須正視民生疾苦和時政弊端；而古文寫作，即在揭發弊端，以利改革。

身爲一位文道並重的倡導者，歐陽脩並沒有因爲重道而偏廢藝術的表現性。他的基本論點是重道以充文：「道純則充於中者實，中充實，則發爲文者輝光。」(〈答祖擇之書〉)「文」並非是「道」的附屬品，〈代人上王樞密求先集序書〉中，就重申了他對「文」的重視：「某聞《傳》曰：言之無文，行而不遠。君子之所學也，言以載事，而文以飾言，事信言文，乃能表見於後世。」這種觀點，也使文學得以從道學家認爲是道統附庸的不合理心態中解脫出來，而這也正是古文家歐陽脩等人所以通達開闊的地方。

從對西崑文風的批評上，也可看出歐陽脩等古文家與道學家過激高調的不同。儘管古文家也反對「經營唯切偶」(梅堯臣〈答韓三子華、韓五持國、韓六玉汝見贈述詩〉)、「移此儷彼，以爲浮薄」(歐陽脩〈與荊南樂秀才書〉)的風氣。但其批評的著眼點是在西崑文風的無「屬情藉事」(王安石〈張刑部詩序〉)之實，專以詩文粉飾太平的「瑞世之表」，並未否定其文辭的作用。因爲「偶麗之文，苟合於理，也未可非」(〈論尹師魯墓志銘〉)。在〈歸田錄〉中，歐陽脩甚且稱讚楊億「眞一代之文豪也」。楊氏雖是時文領袖，卻爲人剛直，文格雄健，連范仲淹也曾表示欽佩：「楊公兩朝清風，盛乎斯文」、「公之道，其正可知」(〈楊文公寫眞贊〉)；即使是石介，也不得不承認楊億「學問通博，筆力宏壯」(〈祥符詔書記〉)。可是本持「宗經復古」的立場，石介還是十分激刻地否定了西崑的價值：

> 今楊億窮妍極態，綴風月，弄花草，淫巧侈麗，浮華纂組；刓聖人之經，破碎聖人之言，離析聖人之意，蠹傷聖人之道，使天下不爲《書》之〈典謨〉、〈禹貢〉、〈洪範〉，《詩》之雅、頌，《春秋》之經；《易》之繫爻十翼；而爲楊億之窮妍極態，綴風月，弄花草，淫巧侈麗，浮華纂組，其爲怪大矣。(〈怪說〉)

這一點，歐陽脩就頗不以爲然，曾不假顏色地指出石介「自許太高，詆時太過，其論若未深究其源者」、「不足以爲來者法」（〈與石推官第一書〉）。他一針見血地道出石介鼓吹復古，攻擊時文特別偏激的主要原因。針對古文家和道學家這兩派對西崑的不同態度，蘇軾就曾道出其中原因所在：

> 近世文章華麗，無如楊億，使億尚在，則忠清鯁亮之士也。
> 通經學古，無如孫復、石介，使復、介尚在，則迂闊誕謾
> 之士也。（《宋史‧選舉志》）

歐陽脩改革文風的目的，是要培養士大夫關心國事，憂念天下，反映民瘼的思想及鯁直清正的品格，以求合於時用。如果只求通經學古，反倒造就迂闊誕謾，以道求祿的迂儒〔註18〕，那就比文風浮華更糟。況且，隨著時間推移，道學家石介等人的「太過」之論，果然爲文壇帶來另一股歪風，食古不化，怪僻生澀的「太學體」，即是在此背景下，趁勢而生。據蘇轍在〈祭歐陽少師文〉中的形容，這種文風是「文律頹毀，奇邪譎怪」、「調和椒姜，毒病脣齒，咀嚼荊棘，斥棄羹胾，號茲『古文』」，其中生澀詭激處，令人無法誦讀。

看來歐陽脩倡導詩文革新，其針砭的對象不僅包括楊億、劉筠的時文，也包括石介等人矯枉過正的「太學體」。因爲這種生澀文風，不但不合於他平淡簡要的審美趣味，更重要的是其內容的迂闊詭激，與他「研窮六經之旨」，必須「究切當世之務」（〈答陸伸〉）的一貫主張相悖。

歐陽脩關於復古革新的理論，對文道的理性看法，上承王禹偁，下開王安石、蘇軾。其中王安石對文學的見解，是偏向於重道崇經。

〔註18〕　這裡所指的迂儒，自然包括始作俑者的石介。據資料記載，石介其實有沽名躁進之嫌，《范文正公言行拾遺事錄》曾云，范仲淹任參知政事時，並不同意舉荐石介充任諫官，特言：「介剛正，天下所聞，然性好異，使爲諫官，必以難行之事，責人君必行，‥安用如此諫官也？」石介作〈慶曆聖德詩〉，稱道仁宗起用范、韓、富、歐等四賢，指斥夏竦爲大奸，相傳當時范仲淹曾撫股謂韓公曰：「爲此怪鬼輩壞之也。」

他有一個著名的論斷，即「嘗謂文者，禮教治政云爾」（〈上人書〉），認爲「文貫乎道」（〈上邵學士書〉）、「治教政令，聖人之所謂文也」（〈與祖擇之書〉）。他十分強調文學的實際功能，要求文學爲政治服務，「道」即政治。爲此，他不以追求文字技巧爲然，不以爲抒情而抒情爲然：

> 所謂文者，多爲有補於世而已矣；所謂辭者，猶器之有刻鏤繪畫也。誠使巧且華，不必適用；誠使適用，亦不必巧且華。要之以適用爲本，以刻鏤繪畫爲之容而已。不適用非所以器也；不爲之容，其亦若是乎？否也。然容亦可已也，勿先之其可也。（〈上人書〉）

他並不像道學家那樣一概否定文學的抒情價值，只是認爲文學創作，應當注意聯繫國計民生、安危治亂的問題，以期「有補於世」，這當然與他目視自己爲政治家而非只是一位文人的背景有關。他對文學的見解，主要是內容重於形式，不否認形式的講求可以使內容更爲生動，但堅決反對只講文采而不重道統，忽視適用而追求華巧。此外，他還將「道」進一步人格化，強調「道」來自作家人品修養，來自詩人的感情升華。基於這種理念，他特別重視孟軻與杜甫，也尊敬同時代前輩歐陽脩與梅堯臣，對李白則有微詞，以爲其「詞語迅快，無疏脫處，然其識污下，詩詞十句九句言婦人酒耳」（《冷齋夜話》卷五）〔註19〕。這種對文學的審美認知，正反映出他對政治現實的高度重視。前人就形容他的散文特點是「文如其人」：「侈言法制，因時制宜，而文辭奇峭，推闡入理。」（劉師培〈論文雜記〉）處處顯示出政治家的胸襟氣度和眞知灼見。這種看法是十分有見地的。

東坡的文學思想與歐陽脩等人有明顯地承接關係，如強調經世致

〔註19〕 王安石這種審美取向，帶有強烈的政治色彩與人格意識，認爲詩品來自於人品，在推崇作家作品時，更不忘推重其人品道德。所以，在他所編選的《四家詩選》中，雖選錄杜甫、歐陽脩、韓愈、李白，卻別將李白置諸最後，原因無他，正是由於其人「識見污下」、「十首九首說酒及婦人」！

用，重視通經明古，反對浮華文風。在文與道關係的問題上，他受儒家正統觀念的影響較前人要小，很少以道論文〔註20〕，自然在論及文人作品時，能夠擺脫「道統」束縛，客觀看待前人成就，甚少受「文以載道」說的影響。例如他推崇韓愈「文起八代之衰，道濟天下之溺」（〈潮州韓文公廟碑〉），讚美歐陽脩「學推韓愈、孟子，以達於孔氏，著禮樂仁義之實，以合於大道」（〈居士集敘〉），認同他們為文學找到出路的努力，以及其作品所呈現的思想性和實用性。而他本人也提出「有為而作」的看法，希望為文能夠「言必中當世之過」（〈鳧繹先生詩敘〉），充分發揮社會療飢、伐病的作用，「務令文字華實相副，期於適用乃佳」（〈與元老侄孫四首〉）；要求文學「以體用為本」、「以華采為末」（〈答喬舍人啟〉），主次關係顯然。這些都可以看出他不過分宣揚文學的道德作用，而是能更自覺地以一個文學家自居，重視文學藝術自身的美學價值，強調「文」的重要性。他曾引歐陽文忠公言：「文章如精美玉，市有定價，非人所能以口舌定貴賤也。」（〈答謝民師書〉）又說：「吾所謂文，必與道俱。」（《朱子語類》卷八引）可以看到他是「因文求道」。在他的思想中，「文」是具備能動性的。學文既可得文中之道，又可以得行文之道，這種傾向於審美把握的文學批評，走出了道學家狹隘「道統觀」的陰影，反映在古文創作中，就是重才情，重氣格，重揮灑自如。

理學家的文學觀，不但是重道輕文，甚者更是重道廢文，純粹將文章視為載道的工具。

宋初理學的產生，也是與古文的提倡有關，理學的先驅者柳開、石介、孫復都是古文的提倡者。他們對「文」「道」的看法，雖是重道輕文，不過在復古旗幟下，他們的見解還是與歐陽脩等古文家合流

〔註20〕　東坡對「道」的理解與理學家有歧異，而且與韓、歐等人也不盡相同。例如他在〈日喻〉一文中指出：「道可致而不可求。」此「道」指的是客觀的自然規律，其中帶有極大的實踐品格。表現在文藝創作上，就開闢了一條崇尚自然的創作道路。

的，共同爲古文運動開出新機運。但後來，這兩派開始有分流之勢，古文家仍堅持文道並重，並在文學上表現出更濃厚的興趣，由好文而及道，如東坡；而理學家則背道而馳，將前期先驅者對儒道義理的轉向探討，發揮到了極致，甚而棄文於不顧，強烈以爲如果重視文的寫作，是會妨害儒學義理的探討。文道觀至此，無異走到了極端，如周敦頤、邵雍、程頤、程顥等人大致如此。

周敦頤首先提出「文以載道」，將「文」的能動作用轉爲被支配的地位，以至最終剝奪了它獨立存在的價值，明顯表示對文的輕視。「文」只是爲使「道」得以「傳之久遠而已」：「文辭，藝也；道德，實也」、「不知務道德而第以文辭爲能者，藝焉而已」、「聖人之道入乎耳，存乎心，蘊之爲德行，行之爲事實。彼以文辭而已者，陋矣。」（以上均見《通書·文辭》）他是看不起「藝」的。而其所說的「道」，也只是側重在其本身義理上，不似韓、柳、范、歐，則是在現實社會內容方面。與他觀念接近的是邵雍，邵雍雖曾觸及以詩抒情的問題，但仍不離理學家的大原則，認爲人之溺於情，往往難以自拔，因此無法做到「以天下大義而爲言」（〈伊川擊壤集序〉）。所以，詩歌若純爲抒情是十分危險的，溺情就會沖破、損壞「天理」。在情、理對立下，唯有將「情」忘去，而代之以「性」（即「天理」），才能達到維護「天理」的目的。這是從理學的觀點，去否定〈毛詩大序〉主張詩歌「吟詠情性」的思想，這就是所謂的「主理抑情」說，它並成爲後來理學家的基本特徵。

到了二程，更變本加厲，完全摒棄「言之無文，行之不遠」的說法。從理學思想出發，他反對文學的獨立價值，提出「作文害道」、「學詩妨事」（《二程語錄》）的偏激主張。以爲「文」乃是「有之無所補，無之靡所闕，乃無用之贅言也。不止贅而已，既不得其要，則離眞失正，反害於道，必矣」（〈答朱長文書〉）。在二程看來，「文」是完全無價值，不但不能貫道、明道、傳道，甚至是一種「贅疣」，充其量，不過是悅人耳目的「俳優」，投身其間，只會「玩物喪志」（以上見《二

程語錄》卷十八）。因此，他們無視於韓愈在文道觀上的成績，反而批評他把文與道的關係弄顛倒了，根本不是「因道而文」，而是「因文而道」：「退之晚年爲文，所得處甚多。學本是修德，有德然後有言，退之倒學了，因學文日有所至，遂有所得。」（《二程集》卷十八）從這種思想出發，二程把詩看作是「閑言語」，批評杜甫：「『穿花蛺蝶深深見，點水蜻蜓款款飛』，如此閑言語道出做甚。」（《二程語錄》卷十一）所謂抒情寫景既是毫無意義的「閑言語」，那麼「文」除了勉能「載道」外，是沒有一點獨立存在的價值的。所以，他對於文學家、藝術家，是非常瞧不起的。

朱熹的文學觀，基本上也不出理學家道本文末、以文害道的體系，把「道」視爲自然和社會最根本的理性法則，稱之爲「理」或「天理」，以天理來定義儒家之道，並明顯流露出重道輕文的傾向。從他批評歐陽脩和蘇軾的一段話，最能道出他的文學立場：

> 這文皆是從道中流出，豈有文反能貫道之理？文是文，道是道，文只如吃飯時下飯耳。若以文貫道，卻是本爲末，以末爲本，可乎？道者，文之根本；文者，道之枝葉。唯其根本乎道，所以發之於文皆道也。三代聖賢文章，皆從此心寫出，文便是道。今東坡之言曰：「吾所謂文，必與道俱」，則是文自文而道自道。待作文時，旋去討個道來放入里面，此是他大病處。……緣他都是因了作文漸漸地說上道理來，不是先理會得道理了方作文，所以大本都差。（《朱子語類》卷八）

道是主體，文只是從道中流出來的，道本文末是十分明確的。「道」、「文」除了本與末的關係外，還有一種體與用的關係。朱熹說，天地之間，有「理」有「氣」，「理」是「存乎是氣之中」，是「形而上之道」，而「氣」是「形而下之器」，無是「氣」，則「是理亦無掛搭處」（《朱子語錄》卷一），「理」是必須通過「氣」的作用才能體現出來。同樣，任何聖賢之道，如果沒有文的體現，也無法傳達其精神。正是這種道與文的相即不相離的體用關係，決定了在朱熹以道德爲本體的

文學思想中，也為文藝審美作用的合理存在，留下一席之地。

　　這種較為健康的文藝觀，使得朱熹在看待古文家時，能夠就「道」與「文」的分別層面來談。論及「道」時，則就其人是否曾經窮理或迷失儒家大本來進行批評；觸及「文」時，也能較客觀承認古文家的成就。例如：他也盛讚蘇軾「文辭偉麗，近世無匹，若欲作文，自不妨模範」（〈答程允夫〉）。也將韓愈、柳宗元的文章，視為「正統」之作（〈答鞏仲至〉）。本朝可以追配的兩三人，則包括歐陽脩、曾鞏和蘇軾：「文字到歐、曾、蘇，道理到二程，方是暢」、「東坡說得透，南豐亦說得透。如人會相論底，一齊指摘說盡了。歐公不盡說，含蓄無盡意」（同上），這般認同，正是出他自身的透徹體會，所以一路說來也頭頭是道：「東坡雖是宏闊瀾翻，成大片滾將去，他里面自有法。今人不見得他里面藏得法，但只管學他一滾做將去。」又說歐陽脩文章：「雖平淡，其中卻自美麗，有好處，有不可及處。」（《朱子語類》卷一三九）這些文字都顯示出朱熹在「體」與「用」的認知前題下，能夠較理性的建立自己的文道觀，以理學的儒家道德倫理觀，以及善的標準去衡量古文家的為人與為學之不足，既推崇「北宋五子」（周敦頤、張載、程顥、程頤及邵雍）的「道統」理念；又能以審美角度，承認韓、柳、歐、蘇等古文家文章之正統，亦即「文統」的表現。從某種意義來說，朱熹的文道觀可說是調和了周、程以來理家們的理論，和韓、柳、歐、蘇等古文家的創作而形成的。將性理之學和文章之學結合在一起，最後呈現出文道合一的思想特色。這種調和意義，則對後來整個民族文化的走向，包括對「文」、「道」的看法，其影響是十分深刻的〔註21〕。

〔註21〕錢穆先生在《朱子新學案》下冊中即言：「蓋朱子不僅集有宋性理學之大成，即有宋經史文章之學，亦所兼備，而集其大成焉。」自此之後，隨著程、朱理學成為統治思想，唐宋八大家的文章也成為應舉士子的必讀之文。明代八股文強調的也就是八大家的文法，到清代則演變為桐城派的義法。這些或多或少都顯示出朱熹論見對後代的影響。

二、人格與風格

「體」與「性」，是中國古代文學批評史上一個非常重要的美學範疇。「體」，指的是作品的體製風格，「性」則指作家的情性、才性。文學風格，是各種客觀因素與主觀因素結合的美感呈現，從客觀因素來看，每個作家都生活在一定時代，屬於一定社會的族群，受當時文化的薰陶、影響，其作品也就帶有鮮明的時代特色。而且各種不同的文藝形式在客觀上，也對文學風格的形成產生制約作用。從主觀因素來看，作家均有自己獨特的人生經歷，自己的個性氣質、審美理想、藝術修養，從而形成自己的創作個性。這些因素也會影響作品的表現，形成獨特的自我風格〔註22〕。

自劉勰以後，從作者的個性品格來探討藝術風格的人甚多〔註23〕，而多數以為「文如其人」。當然，性格是個性中最主要的部分，是作家最重要的心理特徵。作家的氣質、興趣、能力、習慣均受到性格影響，而且在創作過程中，作家性格特徵，必然貫穿於對生活的感受、反映、選擇、加工改造和表現方式之中，所以，「性格」可說是決定作家藝術風格的最基本因素。但是，值得注意的是，作家的性格乃至個性，其本身並不等於創作個性，兩者雖關係密切，畢竟還是有一段距離，分屬不同的系統。作家的個性是形成其創作個性的基礎，創作個性是作家個性在創作實踐過程中的體現，作家的「個性」和「創

〔註22〕　本段文字說解，多參考吳承學先生《中國古典文學風格學》第二章「體與性」，頁16～31。

〔註23〕　如劉勰便認為情性與風格是一體的，所謂「觸類以推，表裏必符」，並以賈誼、司馬相如等十二位作者為例，說明作者的情性決定了作品的風格。另外，明人江盈科也認為「詩本性情」，詩若為真，詩人性情入眼便見：「大都其詩瀟灑者，其人必豁快；其詩莊重者，其人必敦厚；其詩飄逸者，其人必風流；其詩流麗者，其人必疏爽；其詩枯瘠者，其人必寒澀；其詩豐腴者，其人必華贍；其詩淒怨者，其人必拂鬱；其詩悲壯者，其人必磊落；其詩不羈者，其人必豪宕；其詩峻潔者，其人必清修；其詩森整者，其人必謹嚴。」（《雪濤詩評》）其他像宋人吳處厚（見《青箱雜記》卷七）、惠洪（《冷齋夜話》卷三）都有相類的意見。

作個性」要統一，還需要再經過一個審美中介與創作實踐的形成過程，才能完成一致性。否則，簡單地將作家的性格或個性視爲創作個性時，便會發現「文如其人」的命題，有許多的矛盾與不周延處〔註24〕。

　　「文如其人」之說除了引發風格與創作個性的關係外，也涉及了「人格與風格」的關係，指出作家的人格、情操、思想、品行等道德因素對於文藝品格的制約作用。有關這方面的理論淵源，可追溯到先秦的儒家思想。《周易・繫辭》有云：「將叛者，其辭慚；中心疑者，其辭枝。吉人之辭寡，躁人之辭多；誣善之人，其辭游，失其守者，其辭屈。」將人品與言辭的關係做了必然等同的看待。另外，像孔子也都注意到「德」與「言」的複雜關係：「有德者必有言，有言者不必有德。」（《論語・憲問》）強調「德」對言辭的決定作用，而關鍵存乎於「德」。後來的人又把孔子的心得之見奉爲圭臬，特將所謂的「言」擴張到「文」，這一來，情況更爲複雜。因爲文藝的形成特質不盡然等同於「言」，但是許多人卻對這樣的推擴認知，視爲當然，繼孟子的「知人」論：「頌其詩，讀其書，不知其人可乎」（〈萬章〉）之後，開始有了一系列的申述，這其中也更加強了道德對文藝的決定性。如揚雄《法言・問神》云：「言，心聲也；書，心畫也。聲畫形，君子小人見矣。」同書〈君子〉篇亦補充：「或問君子言則成文，動則成德，何以也？曰：以其弸中而彪外也。」王充的《論衡》一書也屢屢提及兩者的關係：

　　　　文墨辭說，士之榮葉皮殼也。實誠在胸臆，文墨著竹帛，
　　　　外內表里，自相副稱。（〈超奇〉）

〔註24〕作家的個性與創作個性乃屬於不同的性格系統。個性是一個複雜的結構，並非所有的因素都直接影響著風格的形成。如直率磊落者，不妨含蓄蘊藉；嚴謹誠實者，也可以虛構誇張；換言之，文風質樸者，也未必克勤克儉，節用爲本；文風華麗綺靡者，也未必是驕奢縱逸，華屋玉食。所以，作家性格與創作個性未必是完全等同，其生活風格與藝術風格也不能混爲一談。

夫文德，世服也。空書爲文，實行爲德，著之以衣爲服。
故曰：德彌盛者文彌縟，德彰者人彌明。大人德擴，其文
炳；小人德熾，其文斑。官尊而文繁，德高而文積。……
人無文德，不爲聖賢。(《書解》)

這些理論都是強調語文是道德人格的外化呈現。而這些說法對後來
隋、唐王通、韓愈，宋代歐陽脩、朱熹等人的文藝見解，則有實際的
助成之功。

隋、唐時代，隨著政教中心論的復興，文人的人品道德和創作的
關係，重新成爲文學批評的重要論題。王通鼓吹貫道重行，首開風氣
之先，把道德和審美做了直接等同：「子謂顏延之、王儉、任昉有君
子之心焉，其文約以則。」(《中說·事君》)認爲人品和文品之間是
絕對一致的。到了唐代，古文運動標志著儒家思想在文學界的復興，
其宗旨便是「文以明道」。作家的道德修養又再次受到極度的重視。
古文運動的先驅者李華，在論文之時，強調政教作用與作者德行的相
應，認爲文章可以見作者之志，可以觀其世之盛衰，所以，作者的道
德修養是別爲重要的。〈贈禮部尚書清何孝公崔沔集序〉云：

宣於志曰言，飾而成之曰文。有德之文信，無德之文詐。皐
陶之歌，史克之頌，信也；子朝之告，宰嚭之詞，詐也。而
士君子恥之。……文顧行，行顧文，此其與於古歟！

又〈楊騎曹集序〉亦云：

夫子門人，德行、言語、政事、文學四者，無人兼之。雖
德尊於藝，亦難乎備也。後之學者，希慕先賢，其著也，
亦名高天下。行修言道以文，吾見其人矣。宏農楊君，諱
極，字齊物，……讀書務盡其義，爲文務申其志。義盡則
君子之道宏矣。志申則君子之言信矣。……質純氣和，動
必由道。

其中論作者的言行必須合乎道，然後其文章方有誠信。不過，比起前
人強調「有德者必有言」或「必有文」的絕對觀點來說，李華就採取
比較保守的看法：有德者，並不是就能言文的，以孔子門人來說，亦

難於兼備，遑論他人。但若德行修飭，言語合道，又擅長於文，自是最難能可貴者。基於這種觀點，他批評了安史之亂前後期的作家，認為當時詞人輩出，文風鼎盛，但卻「體道者寡」（〈楊騎曹集序〉）、德行玷缺，反映出儒教衰頹下，士風澆薄貪競的不堪，而這也就是後來唐代動亂的根本原因所在：

> 開元、天寶之間，海內和平，君子得從容於學，是以詞人材碩者眾。然將相屢非其人，化流於苟進成俗，故體道者寡矣。（〈楊騎曹集序〉）

其後，獨孤及也強調作者道德修養的重要。這一種從道德倫理橫渡到審美創作的認知，可說是古文家的共同看法。獨孤及就盛讚李華的人品，形容他「偉詞麗藻，則和氣之餘也」（〈李公中集序〉）、「粹氣積中，暢於四肢，發為斯文」（〈祭李員外文〉，傳係其學生梁肅代作）。梁肅承繼的觀念相同，也提出了文章與道、氣、辭的關係問題：

> 故文本於道，失道則博之以氣，氣不足則飾之以辭。蓋道能兼氣，氣能兼辭，辭不當則文斯敗矣。……若乃其氣全，其辭辯，馳騖古今之際，高步天地之間，則有左補闕李君。……議者又謂君之才，若崇山出雲，神禹導河，觸石而彌六合，隨山而注巨壑，蓋無物足以過其氣而閡其行者也。（〈補闕李君前集序〉）

這裡我們可以更清楚了解古文家看待人格與風格的本末關係。以道為本，則能氣全而辭辯，道而氣，氣而辭，乃一貫而下，「道能兼氣」、「氣能兼辭」，前後秩序了然。道者，儒家之道，為作者道德養成之所本；氣者，文章之氣，道全則氣足，氣足則文章內涵博厚。因此，他形容李翰之文是「紆徐條暢，端如貫珠之可觀」、「游泳性情，……渙乎春冰之將泮」、「溫宜顯融，……穆如春風之中人」（見〈補闕李君前集序〉）。以上完全是從「立身」觀點來論文，認為作家品德高尚，才從而創作出優秀的好作品。這種「先道德而後文學」的觀念，由梁氏自述的一段話，可以看出其中師承獨孤及的地方：

> 泊公爲之，於操道德爲根本，總禮樂爲冠帶，以《易》之
> 精義，《詩》之雅興，《春秋》之褒貶，屬之於辭。故其文
> 寬而簡，直而婉，辯而不華，博厚而高明，論人無虛美，
> 比事爲實錄，天下凜然復睹兩漢之遺風。……孝弟積爲行
> 本，文藝成乎餘力。凡立言必忠孝大倫，王霸大略，權正
> 大義，古今大體，其中雖波騰雷動，起伏萬變，而殊流同
> 歸，同志於道。……初，公視蕭以友，蕭仰公猶師，每申
> 之話言，必先道德而後文學，且曰後世雖有作者，六籍其
> 不可及已；荀、孟樸而少文，屈、宋華而無根，有以取正，
> 其賈生、史遷、班孟堅云爾；唯子可與其學，當視斯文庶
> 乎成名。（〈常州刺史獨孤及集後序〉）

這種看法在當時是具有普遍性的。如權德輿也主張「文如其人」，不但文章內容是作者思想、道德的表現，而且文章的境界、風格，也與其修養爲人一致。君子修身，當求外坦易而內謹重，雅正而自然，達到從心所欲而不逾矩的境界。如此爲文，才能森然有法度，渾成自然，「恬然而據上游，坦然而蹈中行」（〈兵部郎中楊凝集序〉）。

不惟唐代主張「士之致遠，先器識而後文藝」（裴行儉語，見《舊唐書‧王勃傳》），宋人更作如此強調，不論古文家或理學家，都是重視作家自身主體人格的作用。以詩文革新運動的幾位代表人物來說，他們均是要求以深厚的人文修養、人格鑄造，來提高作者情思的品味，將社會現實的人生思考與內心情理的體驗、認識結合起來，化爲作家主體才情和品性的藝術表現。如歐陽脩所倡：「知古明道而後履之以身，施之於事，而又見於文章，而發之以信後世。」（〈答張秀才第二書〉）爲了達到「中充實，則發爲文者輝光」（〈答祖擇之書〉），乃至「日益新而不竭」，他提出建言：「君子多識前言德行以畜其德。」（〈與樂秀才第一書〉）而他的學生曾鞏也承續其後，論析了道德修養之重要：

> 道之大歸非他，欲其得諸心，充諸身，擴而被之國家天下
> 而已，非汲汲乎辭也。其所以不已乎辭者，非得已也。（〈答

李沿書〉〉

而大部分古文家所要求的具體修養內容，誠如黃庭堅在與親友往來的
書信中所提者，無非是忠孝仁義：

> 所寄文字，更覺超邁，當是讀書益有味也。……然孝友忠
> 信是此物之根本，極當加意，養以敦厚純粹，使根深蒂固，
> 然後枝葉茂爾。（〈與洪甥駒父〉）

同樣的想法也見諸於《詩人玉屑》作者魏慶之，魏氏也認爲：「心志
正，則道德仁義之語，高雅淳厚之義自具。」（〈室中語〉）

至於宋代理學家，則因爲長期關注「心性」，重視「道」的存在、
體驗，所以有關人格存養的問題，一直是他們討論的重點之一，所以
文學批評也就自然地染上倫理化的色彩。他們以道德爲本體，用儒家
倫理學和心性論來評文論藝，把文學思想的發展，由強調社會政教功
利作用，導向對主體道德人格自律的絕對要求，對作家思想動機、善
惡、人格行爲等道德倫理進行評判。至於藝術成就高低、社會作用等
等，已然屬於枝節問題。如：

> 學本是修德，有德然後有言。（程頤《河南程氏遺書》卷十八）
> 詩者，豈復有工拙哉？亦視其志之所向者高下如何耳，是
> 以古之君子，德足以求其志，必出於高明純一之地，其於
> 詩固不學而能之。（朱熹〈答楊宋卿〉）
> 古之學者，自孝弟謹信汎愛親仁，先立乎其本。迨其有餘
> 力也，從事於學文。文云者，亦非若後世嘩然後眾取寵之
> 文也。游於藝以博其趣，多識前言德行以畜其得，本末兼
> 該，內外交養，放言根於有德，而辭所以立誠。先儒所謂
> 其實而藝者書之。（魏了翁〈坐忘居士房公文集序〉）

這種「以名節爲本，文藝爲末」（劉克莊〈跋眞仁夫詩卷〉）的觀點，
在當時是觸處皆是。理學家所提倡的內在修養，主要是指儒學修養，
即格物致知、誠意、正心、修身、齊家、治國、平天下的功夫。實際
上，治國、平天下的理念要求，到了南宋則轉向微弱；正心、誠意的
修養，才是主體人格建構的主要方式。以這個角度來要求作家修養內

在，就文藝發展規律來看，則有愈趨狹隘之勢。套用程頤批評韓愈的
「倒學」說法，真正「倒學」者，怕是理學家們才是〔註25〕。

　　反觀唐代古文大家韓愈、柳宗元，他們在寫作上所提倡的內在修
養含義，對照後來宋代理學家的極端看法，可以發現韓、柳的視野還
是較為廣博寬泛的，是一種合儒學修養和藝術修養為一體的人格要求。

　　韓愈以仁義為「道」的內涵，以文章為明道的手段，從而闡明了
古文的內容與形式的關係。內容既應是「明道」，「道」又是根植於儒
家仁義思想，有關作家個人道德修養的充實問題，也就自然受到論者
的重視。在〈答尉遲生書〉中，他寫道：

> 夫所謂文者，必有諸其中，是故君子慎其實。實之美惡，
> 其發也不掩。本深而末茂，形大而聲宏，行峻而言厲，心
> 醇而氣和，昭晰者無疑，優游者有餘。體不備不可以為成
> 人，辭不足不可以為成文。

他對道德修養的堅持，可見一斑。即使在自己長期存志養性，已能「識
古書之正偽，與雖正而不至焉者，昭昭然白黑分矣」（〈答李翊書〉），
他仍然堅持這種道德修養的必要性：「雖然，不可以不養也。行之乎
仁義之途，遊之乎《詩》、《書》之源，無迷其途，無絕其源，終吾身
而已矣。」（同上）這種思想貫串了一生，成為他論文的主要根據之
一。所謂「先乎其質，後乎其文」，「質」者，也就是「行」，也就是
道德修養：

> 蓋君子病乎在己，而順乎在天；待己信，而事親以誠。所
> 謂病乎在己者，仁義存乎內，彼聖賢者能推而廣之，而我
> 蠢焉為眾人。……所謂事親以誠者，盡其心，不夸於外，
> 先乎其質，後乎其文者也。盡其心，不夸於外者，不以己
> 於外者為父母榮也，名與位之謂也。先乎其質者，行也。
> 後乎其文者，飲食旨甘，以其外物供養之道也。誠者，不
> 欺之名也。待於外而後為養，薄於質而厚於文，斯其不類
> 於欺歟？（〈答陳生書〉）

〔註25〕詳見本章第二節一、「道統與文統」：宋人部份。

此外，韓愈有一個更爲生動的比喻。他把德與文的關係，比爲樹的根部與枝葉，燈的油膏與光亮：

> 將蘄至於古之立言者，則無望其速成，無誘於勢利，養其根而俟其實，加其膏而希其光。
>
> 根之茂者其實遂，膏之沃者其光曄。仁義之人，其言藹如也。(〈答李翊書〉)

「無望於速成，無誘於勢利」，誠指出時人學文的通病，當時士子以文章爲敲門磚，敲聞名利之門，藉以謀取利祿，這與韓愈「處心有道，行己有方，用則施諸人，舍則傳諸其徒，垂諸文而後世法」(〈答李翊書〉) 的人生理想，差距甚大。所以，他特別揭示德行爲本，文章爲末的觀念，叮囑後進，務須樹立根本，毋求速成。

柳宗元亦然，極重視作者的內在修養：

> 大都爲文以行爲本，在先誠其中。……秀才志於道，慎勿怪勿雜，勿務速顯。道苟成，則慤然爾，久則蔚然爾。源而流者，歲旱不涸；蓄穀者不病凶年；蓄珠者，不虞殍死矣。(〈報袁君陳秀才避師名書〉)

又云：

> 今廖生剛健重厚，孝悌信讓，以質乎中，而文乎外，爲唐詩有大雅之道。(〈送詩人廖有芳序〉)

在他的思想中，還具體提出提高修養的方法。其中關於典籍涉獵一項，卻不限儒家經典：「當先讀《六經》、次《論語》、孟軻書。」另外，像《左傳》、《穀梁傳》、莊周、屈、宋、太史公之辭，也可多方出入。至於臨文之際，也應該對之以誠敬，不能掉以輕心。

韓愈的看法何嘗不是如此！他要求作家「行之乎仁義之途，游之乎詩書之源」(〈答李翊書〉)。所謂「上規姚姒，渾渾無涯。《周誥》殷盤，佶屈聱牙。《春秋》謹嚴，《左氏》浮誇。《易》奇而法，《詩》正而葩。下逮《莊》、《騷》，太史所錄，子雲、相如同工異曲」(〈進學解〉)，這種「閎其中而肆於其外」的內在修養，指的正是廣泛的涉獵典籍，經、史、子、集無所不閱。這就比一般理學家眼界要開闊得

多了，也符合實際文學創作的要求。

另外，韓愈還把孟子「我善養吾浩然之氣」的說法用到文學批評上，把作家內在學養歸結為養氣：「氣盛則言之短長與高下者皆宜」（〈答李翊書〉）。他所說的氣盛，可說就是孟子「以直養而無害，則塞於天地之間」的「至大至剛」（〈公孫丑〉上）之氣。氣盛則作者精神昂揚，表現於作品便氣勢盛大貫通。這種見解也在以修養為前提的看法下，與前人梁肅的意見相通。不過，韓愈論見的宏闊，即在於他沒有把道德力量視為「氣」的唯一內容和來源，配合〈答尉遲生書〉中所說的「有諸其中」、「愼其實，實之美惡，其發也不掩」云云，可以了解為文立道除了德行的自我完善外，如何充實學養，提高藝術技巧，也是重點之一。這比起一些古文家或大多數理學家僅僅著重於人格的養成對文章的制約作用來說，韓愈所關注到的為文條件，已經擴及到創作個性，是作者的修養、學識、為人，共同決定文章的風貌。〈進學解〉中自述他「沈浸醲郁，含英咀華」、「閎其中而肆其外」，可為明證外，〈上襄陽于相公書〉中，他稱頌于頔文亦是以此為準的：

> 閣下負超卓之奇材，蓄雄剛之俊德，渾然天成，無有畔岸；而又貴窮乎公相，感動乎區極，天子之毗，諸侯之師，故其文章言語與事相侔。憚赫若雷霆，浩汗若河漢；正聲諧《韶》、《濩》，勁氣沮金石；豐而不餘一言，約而不失一辭；其事信，其理切。孔子曰：「有德者必有言」，信乎其有德且有言也。楊子雲曰：「《商書》灝灝爾，《周書》噩噩爾」。信乎其能灝灝而且噩噩也！

由其人的俊德奇才及其地位崇高，事功顯赫，肯定其詩文的灝灝噩噩，這已經是跳脫了道德修養的範疇。同樣情形也可以在〈國子助教河東薛軍墓銘〉中找到例子。文中他稱薛公達「氣高，為文有氣力，務出於奇，以不同俗為主」，這裏的「氣高」、「有氣力」、「不同俗」，是指其個性倔強兀傲的特質。又如韓氏詩中所稱：「我年十八九，壯氣起胸中」（〈贈族姪〉）、「爾時心氣壯，百事謂己能」（〈送侯參謀赴

河中幕〉）、「少年氣眞狂，有意與春競」（〈東都遇春〉）、「蹉跎顏遂低，
摧折氣愈下」，這些「氣」多半是年少豪情個性，攸關志向，其中多
少早已游離出「道德修養」層次，與其後來提出的「不平則鳴」說，
反而有交涉。

在「不平則鳴」說中，韓愈認爲「鳴」有「善鳴」和「不善鳴」
之別，區別的要件在於「道德高低」和「文章表達能力」的差距。前
者包括「道」的內容純正、思想學說深度、爲人品格的高下等因素；
後者則指其掌握語言文字的熟練程度。至於所謂的「不平」，則是廣
義的指其「道」之不行，「意」之不通時的心理狀態。如此聯繫起來，
可以了解一個眞正的「不平」而「善鳴」者，多半是「羈旅草野」之
士，有很好的道德修養，卻無法施展個人濟世安民的理想抱負，一旦
窮愁潦倒時，則不得不假語言文字來「鳴」出心中不平。這種「不平
之鳴」，是怨憤之氣也好，是豪放之氣也行，甚至是英雄之氣也罷，
都涵括在孟子的浩然正氣中，因爲只有「至大至剛」、「塞於天地之間」
的浩然之氣，才能「知言」（見〈公孫丑〉上）。所以，韓愈的「不平
則鳴」，是把明道與抒發鬱憤之氣結合起來，兼及古文的實用性與文
學性，使「文如其人」的命題，也顯得較爲合情與合理。受其影響，
宋人看待人格與風格問題的許多論調，也帶有「氣」的味道。

宋代王十朋在稱讚蔡端明時，即謂：

> 文以氣爲主，而之詩文實出於氣之剛。入則爲謇諤之臣，
> 出則爲神明之政，無非是氣之所寓。學之者宜先涵養吾胸
> 中浩然之氣，則發爲文章事業，庶幾無愧於公云。（〈蔡端明
> 文集序〉）

在創作中，氣是文人人格精神的體現，當才高志大的文士在現實中遇
挫，處於不得志的逆境時，才氣就化作寓含不平愁苦的的情氣表現出
來。蘇軾就曾針對韓愈所稱的鳴不平之氣，以詩相釋曰：「退之論草
書，萬事未嘗屛，憂愁不平氣，一寓筆所騁。」（〈送參寥師〉）陸游
論韓、柳亦指出：

> 某聞文以氣爲主，出處無愧，氣乃不撓，韓、柳之不敵，
> 世所知也。……每言虜，言畔臣，必憤然扼腕裂眥，不與
> 俱生之意。士大夫稍有退縮者，輒正色責之若仇。一時士
> 氣，爲之振起。（〈傳給事外制集序〉）

由此，陸游做出一個結論：「人之情，悲憤積於中而無言，始發爲詩。
不然，無詩矣。」又說：「士氣抑而不伸，大抵竊寓於詩，亦多不免。」
（〈澹齋居士詩序〉）陸游這種重氣節、重人品的發論，其實也是對北
宋中期歐、梅一派詩論精神的繼承與發揮；是在批判江西詩派脫離現
實的論詩主張後的必然回歸。所謂「行不能無愧於俯仰，果可言詩乎」
（〈答陸伯政上舍書〉）、「重其身而養其氣」（〈上辛給事書〉），所存養
者，無非是天地之正氣，只要能夠養氣塞天地，便能「吐出自足成虹
霓」（〈次韻和楊伯子主簿見贈〉）。

　　其實不止陸游，對整個南宋豪放派作家來說，均是以剛大之氣下
筆爲文，對「氣」的重視，乃是他們一致的共識。陳亮在〈上孝宗皇
帝第一書〉裏，就提出「中國，天地之正氣也，天命之所鍾也，人心
之所會也」的見解。但靖康之難後，宋室偏安江左，「國家之恥不得
雪，臣子之憤不得伸，天地之正氣不得而發洩也」，文人寫作文章無
不激揚著磅礴的盛大氣勢，正是這種「以氣節自負，以功業自許」（范
開〈稼軒詞序〉）的創作心理，令陳亮對「安能摧眉折腰事權貴，使
我不得開心顏」（李白〈夢遊天姥吟留別〉）的李白，別爲敬慕：「我
生恨不與同時，死猶喜得見其詩。豈特文章爲足法，懍懍氣節安可移。」
（〈謫仙歌〉）這種重視氣節的心理，充斥在趙宋的士大夫之間，古文
家也好，理學家也好，無不以此自勉自勵，而這也就是爲何宋人對陶
淵明的出處大節特爲嘆賞的背後原因。

　　基本上，宋人多以爲文章風格乃是精神、人格、氣質外化的展現；
而人格、精神、氣質端賴於「氣」的養成，即使理學家也不否認這種
氣化人格的看法。不過，因爲儒家的文道觀講究的是「歸正」，「歸正」
就要「無邪」，所以，理學家們比較傾向於溫柔敦厚之氣的培養，以

此做爲美學思想的基石，藉此祛除「邪僻」之氣。程頤的弟子楊時，即持此觀點以批判東坡與荊公：

> 爲文要有溫柔敦厚之氣，對人主語言及章疏文字，溫柔敦厚尤不可無。如子瞻多譏玩，殊無惻怛之愛君意；荊公在朝論事多不循理，惟是爭氣而已，何以事君？君之所養，要令暴慢邪僻之氣不設於身體。(《龜山語錄》)

朱熹的私淑弟子樓鑰，也指出必是「溫柔敦厚之氣」，始爲「正氣」之所在：

> 粹然一出於正。……文人欲高一世，或挾戰國策士之氣以作新之，誠可以傾駭觀聽，要必有太過處。嗚呼！如伊川先生之《易傳》、范太史之《唐鑑》，心平氣和，理正詞直，然後爲文之正體，可以追配古作。而遽讀之者，未必深喜，波平水靜，過者以爲無奇，必見高崖懸瀑而後快。韓文公之文，非無奇處，正如長江數千里，奇險時一間見，皆有觸而後發；使所在而然，則爲物之害多矣。故古文之感人，如清廟之瑟。若孟郊、賈島之詩，窮而益工者，悲憂憔悴之言，雖能感切，不近於哀以思者乎？(〈答綦君論文書〉)

所謂的「正」，其實就是儒家「樂而不淫，哀而不傷，怨而不怒」之道。它既是「溫柔敦厚之氣」，就必須是「心平氣和、理正詞直」，而不能是「挾戰國策士之氣」，更不能是「悲憂憔悴之言」。所以，在理學家眼中，韓愈、孟郊、賈島的「不平之鳴」，就免不了要受到指摘。而忠義感慨，憂世憤激，卻仍「一飯不忘君恩」的杜甫，自然被目爲詩人之典範。這種審美判讀，在理學大行其道的宋代，是十分具有代表性的。

　　儘管一般文人和理學家對「氣」的內涵有不同的要求，造成其審美心理定勢也有差異。不過，人格和風格之間必然有著聯繫，這一點看法，在當時的確是頗有放諸四海皆準的味道。

　　其實，宋人對人格養成的重視，還可以從其實際批評中也把人品納入審美評價的範疇中，窺見端倪。人們在欣賞美的藝術時，也同時

欣賞審美主體的人格、精神境界。歐陽脩在摩梭顏眞卿書法時，曾感慨道：

> 余謂顏公書如忠臣烈士，道德君子，其端嚴尊重，人初見而畏之，然愈久而愈可愛也。其見寶於世者必不多，然雖多而不厭也。故雖其殘缺，不忍棄之。（〈又唐顏魯公書殘碑〉）

顏眞卿爲人剛正，公忠體國，即使屢遭貶謫，仍然堅貞一志，最後因持節不屈慘遭殺害。其作品雄健、嚴整，帶有個人的精神品格境界，所以，從其爲人，看到其字，再想見其「忠臣烈士，道德君子」的風範，益覺其可佩又可愛。這種因其人而愛其作，將人品高下置於相當重要地位的審美心理，是許多人在審美過程中的共同傾向：

> 使顏公書雖不佳，後世見者必寶也。楊凝式以直言諫其父，其節見於難危；李建中清愼溫雅，愛其書者，兼取其爲人也。（歐陽脩〈世人作肥字說〉）

因人而及物，愛屋及烏，由「惡其人者」，「惡及儲胥」（清・李調元《雨村詩話》），可以想見人格所煥發的美感力量多麼巨大！無怪乎東坡在〈與李方叔書〉中，也曾委婉陳述其中之輕重：「深願足下爲禮義君子，不願足下豐於才而廉於德也。」

除了歐、蘇兩人外，即使理性如王安石者，在評價作品優劣時，也不免從人品道德下手：

> 天方選取欲扶世，豈特使以文章鳴？深探力取常不寐，思以正議排縱橫。（〈次韻歐陽脩〉）

唐人中，王安石特別推崇杜甫詩歌，認爲其詩品來自他偉大的人格胸懷：

> 惜哉命之窮，顚倒不見收。青山更老斥，餓走半九州。瘦妻僵前子仆後，攘攘盜賊森矛戈，吟哦當此時，不廢朝廷憂。常願天子聖，大臣各伊周。寧令吾廬獨破受凍死，不忍四海赤子寒颼颼。（〈杜甫畫像〉）

這種注重個性的培養和表現，其實也是安石自己作品性格化特別強的原因之一。

　　值得注意的是，這種「兼取其爲人」的審美心態，在理學家身上也可以見到：

> 唐之辭章稱韓、柳、元、白，而柳不如韓，元不如白，則於大節焉觀之。蘇文忠公論近世辭章之浮靡，無如楊大年，而大年以文名，則以其忠清鯁亮大節可考，不以末伎爲文也。眉山蘇長公以辭章自成一家，歐、尹諸公賴以變文體，後來作者相望，人知蘇氏爲辭章之宗也，知其忠清鯁亮，臨生死利害而不易其守，此蘇氏之所以爲文也。(魏了翁〈楊少逸不欺集序〉)

在這段文字中，魏氏做了三種類型的判別。第一類是人品辭章俱佳者，如東坡；第二類乃文風浮靡，文品不高，但因有名節，故文名亦別具者，如楊億；第三類則是以其人品與文學地位相較，略顯遜色者，如柳宗元、元稹之於韓愈、白居易，蓋其中關乎道德氣節之故。另外，理學大家朱熹，也曾經在往來穿梭於幾位優秀作家與作品之間，感受其人無所愧怍的精神境界、作品中的英拔超俗的文氣之後，慨然陳言道：

> 此五君子(諸葛亮、杜甫、顏真卿、韓愈、范仲淹)，其所遭不同，所立亦異，則皆所謂光明正大，疏暢洞達，磊磊落落而不可掩者也。其見於功業文章，下至字畫之微，蓋可以望之而得其爲人也。(〈王梅溪文集序〉)

像諸葛亮、顏眞卿等人，不論其功業還是字畫微技，都是得力於「光明正大，疏暢洞達，磊磊落落而不可掩」的品德，由此推而廣之，「不是胸中飽丘壑，誰能筆下吐雲煙」(朱熹〈題李彥中所藏俞侯墨戲〉)。

　　這類評述，很明顯是將創作主體的道德人格納入審美範疇之中，使其成爲批評的一個重要成因，文事的成就不再只是停留在技藝的部分。陸游的「汝果欲學詩，工夫在詩外」(〈示子遹〉)，就一語道破了文藝美學的另一指向：詩內工夫自不容忽略，詩外工夫更不應偏廢，它包括生活閱歷和人格修養等等。所以，文學品格的好壞，隱寓著作者精神境界的高下，這種說法在大多數的情境下，應該是可以成立的

〔註26〕。而後代詩文論者，便是在這種認同堅持下，屢屢提出「人品高則詩格高；心術正，則詩體正」（紀昀〈詩教堂詩集序〉）、「詩品本於人品」（劉熙載《藝概‧詩概》）的見解。甚至猶有逆向思考，推論出「從詩品可觀人品」之說者，如陸游：「人之邪正，至觀其文則盡矣決矣，不可復隱矣。」（〈上辛給事書〉）因為在他們眼中，人格與風格是渾然一體的、完全統一的。而這也正充分說明歷代詩文家中，為何宋人獨獨特別鍾情於陶淵明與杜甫的原因了。

〔註26〕　漢人所強調的「有德者必有言」等等相關概念，在魏晉南北朝時，並沒有受到相對的重視，一直要到隋、唐以後，才得到時人的闡釋、強化認同。基本上，魏晉時代，因儒學的衰頹，世風的澆薄，政局的詭譎，造成文學批評者反而是對「有言者不必有德」做出淋漓盡致的發揮。如曹丕〈與吳質書〉謂：「古今文人類不護細行，鮮能以名節自立。」《顏氏家訓‧文章篇》也認為「自古文人多陷輕薄」，並細數歷代文人輕薄之例。北朝時的楊遵彥在〈文德論〉一文中也指出：「以為古人辭人，皆負才遺行，澆薄險忌。」足見時人對文士品德頗多指摘，不認為人品德行的高下，對創作有決定、制約的作用。

第四章　唐宋有關淵明生平事跡之考論

　　從劉宋顏延之的〈陶徵士誄〉指出淵明的人品與詩品，是「弱不好弄，長實素心，學非稱師，文取指達」起，陸續就有人注意到淵明的遭遇與言行。沈約《宋書》的〈陶潛傳〉，即是最早為陶淵明的研究提供最詳切的家世、生平史料者。爾後的《晉書》、《南史》，乃至〈蓮社高賢傳〉、蕭統的〈陶淵明傳〉，均是增踵《宋書》而作。而蕭統在立傳之餘，也率先為陶集編冊，完整保存原作，使世人在檢閱傳記之餘，也能參校本集，方便了讀者的索覽與研討。

　　不過，要做到真正的「知人論世」，誠非易事。從梁朝蕭統到北齊陽休之間，《陶集》即有三種傳本，其中不免排比顛亂，網羅不全者。陽休之重新參校編比，補其闕遺，訂為十卷本，已非《昭明》之舊。此後輾轉抄謄，直至南宋，遂出現多種不盡相同的《陶集》刊本〔註1〕。面對這種紛至沓來，時人蔡寬夫就曾慨嘆說：「淵明集，世既

<hr>

〔註1〕　根據北宋元憲私記云：「今官私所行陶集數種，有十卷本，如陽僕射所撰。余前所得數十家，卒不知何者為是，晚獲此本，云出於江左舊書，其次第最若倫貫者。」《四庫全書提要》乃根據此說，指出：「又宋庠私記，稱隋經籍志，潛集九卷。又云梁有五卷，錄一卷。唐志作五卷。庠時所行，一為蕭統八卷本，以文列詩前，一為陽休之十卷本，其他又數十本，終不知何者為是。」這說明北宋時，陶集版本就已有數十種之多。有關陶集版本、注本的流傳、編次，簡述如下：淵明死後一百年左右，蕭統率先搜集其遺文，區分編目，

多本，校之不勝其異，有一字而數十字不同者，不可概舉。」（《蔡寬夫詩話》）可見當時《陶集》的錯訛糾葛。如欲釐清事實真相，則當在本集之外，參稽其他文史雜集，博觀約取，始能確切掌握淵明的仕履行止及詩文寫作年代。這種研究方法與工作，遠從南宋時代即已展開：李燾的《陶潛新傳》、王質的《栗里譜》、吳仁傑的《陶靖節先生年譜》、張績的《吳譜辨正》，都是這方法面的成果展現。不過，諸本既是首開風氣，成書在先，疏舛難免，卻有開創之功。更何況學界向來也有「知人論世，厥資年譜」的認知。這些年譜之作，基本上是集前人本集、史傳之大成，考覈詳細，發明頗多，或鉤沈，或訂偽，取得不少成果，確有助於後人對淵明生平系統認識，也促成了後來陶學深入研究的盛況。

第一節　生卒年代與背景

一、時代環境 ── 豪強相凌，戰亂流離

晉建興四年（西元 316），劉曜攻下長安，晉愍帝口銜玉璽出降，

編定了《陶淵明集》八卷，並親自寫序、作傳。後來北齊陽休之又在蕭本基礎上，增加了別本的〈五孝傳〉和〈四八目〉，合序目為十卷《陶潛集》。陽本隋末失其序目，成為九卷本。此後，別本紛出，爭欲湊成十卷。北宋時宋庠又重新刊定十卷本《陶潛集》，為陶詩最早刊本。以上各本均未流傳。今日能看到的最早版本是幾種南宋至元初本，主要有：曾集詩文兩冊本，南宋紹熙三年刊，有清光緒影刻本；汲古閣藏十卷本，南宋刊，有清代影刻本；焦竑藏八卷本，南宋刊，有焦氏明翻本，今《漢魏七十二家集》中《陶集》五卷亦即焦竑翻宋本。此外，還有宋刊《東坡先生和陶淵明詩》本及元刊蘇寫大字本等。最早全面為陶詩作注的是南宋湯漢。元以後注本、評本日增，元初刊本有李公煥《箋注陶淵明集》十卷，常見的有四部叢刊影印本。另外，如明人黃文煥《陶詩析義》、何夢春註《陶靖節集》、張自烈《箋註陶淵明集》，均取得引人注目的成績。至於清代有關陶集的纂輯、考訂則更多，陶澍集注《靖節先生集》十卷雖為晚出，但能綜合各家刻本，校勘異同，探賾索隱，為迄今所能看到的較好舊注本，不僅有家刊本，坊間也有排印本，均可取閱參考。

維持五十二年的西晉王朝滅亡。第二年，司馬睿在建鄴（後因避諱，改名建康）即位，是爲元帝，史稱東晉。

東晉政權的建立，琅邪王氏翼戴之功居多。王導和司馬睿「素相親善」，晉室垂危之際，王導有心借司馬睿的王權興復晉室，所以對司馬睿是「傾心推舉」（《晉書‧王導傳》），而司馬睿對王導也就「雅相器重」。建國之初在王導主政下的第一個任務，就是「撫綏新舊」，爭取南方世族對東晉政權的支持。因爲當時北方世族，在「中原蕭條，白骨塗地」下，爲了保全宗族，只得追隨王室東渡，避亂江左，而朝廷也「收其賢人君子」與之共圖國事，對其家族照顧備至，故而甚得支持，百家大族也成了東晉政權的支柱。相形之下，江南世族就冷漠許多。司馬睿比到之日，江東世族概視北來者爲「傖父」，意即粗鄙之人，頗爲不屑。王導深知政權安定必有賴於南北世族的同心擁護，特意獻計爭取「南州望士」紀瞻、顧榮、賀循等大族的支持（註2）。諸人一經拉攏，果然出現了「吳、會風靡，百姓歸心」的局面，而南方世族與司馬睿之間的君臣之禮，自此始定。

由於東晉政權是在南北門閥支持下出現的，因此，「舉賢不出世族，用法不及權貴」，遂成爲東晉的內政方針。不論政經利益，均由世族地主所壟斷。所謂「舉賢不出世族」者，不僅世族本身掌握東晉政權從中央到地方的重要部門，而且獨占「職閒祿重」，無所用心的「清流美職」，其子弟也享有歷代做官的世襲權；至於所謂「用法不及權貴」者，則指世族除世襲做官外，在政治上猶享有律法的免責權。這種以世族利益爲考量的施政方式，貫串了整個東晉的政治生態。主政者，如王導，則務求清靜，明示自己的政策是「鎮之以

〔註2〕司馬睿移鎮建鄴之初，江東世族的態度十分冷淡，有瞧不起外來的
　　　一群「傖父」的味道，王導見其嚴重性，遂獻計籠絡具有代表性的
　　　江東世族顧榮、賀循等人，試圖由諸人之關係，使整個江東世族逐
　　　漸向司馬睿靠攏。顧、賀爲求維護本身利益，故亦應命而至，所以，
　　　史稱：「由是吳、會風靡，……漸相崇奉，君臣之禮始定。」（《晉書‧
　　　王導傳》）

靜，群情自安」。所謂「靜」者，則多表現在「寬縱豪強」的態度上，既不干涉，也不抑制。即使後來的「風流宰相」謝安，也仿效王導，為政「去其繁細」、「不存小察」。因此，不僅南方世族得以繼續擴充自己的政經特權，即連北方南下的世族，也多有恃無恐，恣意掠奪土地、流民和奴婢。整個東晉王朝在王、謝、庾、桓相繼主政下，積弊日深，雖有百年之基，卻是法禁寬弛，綱紀不張，自然形成強凌弱、富劫貧的局面。而南北世族又屢因利益分配不均，衝突不斷；加以世族與庶族之間的落差對立，從未消弭，所謂「高門華閥，有世及之榮，庶姓寒人，無高進之路」（趙翼《二十二史箚記》卷八〈九品中正〉），矛盾迭起。當政者私心，東晉諸帝又幾乎個個昏庸無能，哀帝司馬丕迷信神仙，「不識萬機」；廢帝司馬奕「終日酣暢，耽於內寵」；簡文帝司馬昱「幼而岐嶷，即位後，拱默取道，常懼廢黜」；安帝司馬德宗「自少及長，口不能言，雖寒暑之變，無以辨也」，令由臣出，一幅君昏臣亂圖，誠所謂「君道雖存，主威久謝」（《宋書‧武帝紀》）。如此政權，國家內部傾軋自然難以停息。前有王敦、蘇峻之亂；後有王恭稱兵、桓玄跋扈。皇權與大族之間衝突升高，造成民生塗炭，流離失所，其中亂象，可謂駭人耳目。

　　雖然，東晉王室只圖苟安江左，「素無北伐之志」（《資治通鑑‧晉愍帝建興元年》），不過，世族之中，仍不乏深明民族大義，堅決北伐者，祖逖就是其中傑出代表。祖逖曾以「戎狄乘隙，毒流中原，今遺黎既被殘酷，人有奮擊之志」，請求北伐，元帝乃以逖為豫州刺史，「給千人廩，布三千匹」。祖逖奮鬥三年，黃河以南土地多有收復，自此「石勒不敢窺兵河南」。無奈東晉內部的政權矛盾因日趨熾烈，王敦舉兵威脅王室，北伐軍又受征西將軍戴淵節制，最後在「慮有內難，大功不遂，感激發病」（《晉書‧祖逖傳》）下，逖不幸卒於雍丘，河南地旋為石勒所攻佔。其後，有意北伐者不止一人，但影響較大者，當推桓溫。

　　桓溫的北伐事業始於東晉中期，一共三次，前後長達二十餘年。

每一次都能得到北方漢族人民的響應，甚且有「持牛酒迎溫於路者」、「耆老感泣曰：不圖今日復見官軍」（《晉書·桓溫傳》）。但由於東晉王室的掣肘，三次北伐均告失敗。第一次，大敗秦兵於藍田，轉戰至灞上，逼近長安，終因糧食不繼而退兵。第二次則嘗收復洛陽，取許昌，並建議政府還都洛陽，主張自永嘉以來「播流江表者，請一切北徙，以實河南，資其舊業，反其土宇」（同上）。無奈南渡世族，早於江東置莊園，無意北遷，異議紛紛，以為「自喪亂已來六十餘年，蒼生殄滅，百不遺一，河洛丘墟，函夏蕭條，井堙不刊，阡陌夷滅，生理茫茫，永無依歸」（《晉書·孫楚傳──孫綽附傳》），還都之議就此作罷。第三次，桓溫則回到南方，另有野心。他企圖以軍事上勝利，提高個人威望，以便代晉稱帝，「先立功河朔，還受九錫」，北伐只他個人集中權力的手段。不過，他這種加九錫篡位的野心，始終未能實現〔註3〕。

　　桓溫北伐的失敗，使關中的氐族苻氏勢力迅速增強，之後統一了北方。而苻堅在自恃「強兵百萬，資仗如山」（《資治通鑑·晉孝武帝太元七年》）下，企圖進一步征服江東，淝水之戰就此拉開了兩方爭戰的序幕。

　　其時，因孝武帝年幼，由世族大姓謝安輔政，桓沖則繼其兄桓溫之位，坐鎮荊州。謝安的政策則是「鎮以和靖，御以長算」、「不存小察，弘以大綱」（《晉書·謝安傳》），以大局為重，以德取人，所以政局尚稱穩定，一時朝廷出現難得的「將相和」局面。苻秦左僕射權翼勸苻堅時即言：「今晉道雖微，未聞喪德，君臣和睦，上下同心。謝

〔註3〕桓溫北伐失敗後，為了挽救自身威望的低落，於太和六年，將在位的司馬奕廢為海西公，另立簡文帝司馬昱，又大肆誅殺異己。簡文帝在位二年，憂憤而死，病危時，卻留下遺詔，要太子司馬曜繼位，出乎桓溫意料，這時已屬花甲的桓溫，身體已覺不適，遂要求加九錫，此乃禪位之前的一種榮典。而宰相謝安、王坦之、王彪之等故意拖延，九個月後，寧康元年，桓溫即病逝，篡權乃至加九錫之野心，始終未能實現。

安、桓沖，江表偉人，可謂晉有人焉。」(《晉書‧苻堅傳》) 〔註4〕
這種穩定的局面，將相同心，與桓溫北伐之際，不可同日而語〔註5〕。
先前，謝安為了防止北方侵擾，特將北來僑民徵募為兵，號稱「北府
兵」，由謝玄統練。這些北來僑民，大多是寒門庶族、郡縣將吏或其
他平民，他們經過戰火蹂躪，輾轉流離，養成，剽悍勇敢性格、習武
奮戰精神。所以，東晉兵額雖不滿十萬，但鬥志堅決。相反的，苻堅
軍隊雖號稱百萬，八九為漢族和其他各少數民族，由於厭戰，一開始
便出現叛離脫逃，不可復止。可知，淝水一戰，人心之向背，是決定
晉勝秦敗的根本原因。

　　淝水之戰勝利，保障了南方經濟、文化的發展，對東晉王朝來說，
具有重大的意義。可惜的是，外患方緩而內亂繼起，孝武帝重用其弟
司馬道子，排斥謝安。不久謝安病逝，政權完全落在司馬道子和司馬
元顯父子手上。隨著孝武帝統治後期，東晉政治已完全腐敗，政風大
壞。孝武帝過世後，安帝即位，其人「幼而不慧，口不能言」(《晉書‧
安帝紀》)。於是司馬道子獨覽軍政大權，排斥異己。不久引發王恭、
殷仲堪、桓玄兵變。野心勃勃的桓玄，眼見司馬元顯驕縱無度，遂傳
檄列舉其罪狀，舉兵東下，長驅直入建康，放逐司馬道子，殺司馬元

〔註4〕 淝水之戰發生的前數年，前秦賢相王猛病重，臨死前，苻堅「訪以
　　　 後事」，王猛只講了兩點：「晉雖僻處江南，然正朔相承，上下安和。
　　　 臣沒之後，願勿以晉為圖。鮮卑、西羌，我之仇敵，終為人患，宜
　　　 漸除之，以便社稷。」(《資治通鑑‧晉孝武帝寧康三年》) 王猛謝世
　　　 時，東晉正是謝安當國的時候，將相同心，政治相對穩定，所以王
　　　 猛才會勸苻堅「勿以晉為圖」，不過苻堅已被勝利所眩，認為黃河流
　　　 域和上流廣大地區已被其以武力所征服，只有東南一隅，與他為敵，
　　　 在自恃「強兵百萬，資仗如山」(《資治通鑑‧晉孝帝太元七年》) 下，
　　　 才會無視王猛叮嚀，有出兵之舉。
〔註5〕 桓溫北伐的失敗，正如前燕謀臣申胤所預料的：「以溫今日聲勢，似
　　　 能有為，然在吾觀之，必無成功。何則？晉室衰弱，溫專制其國，
　　　 晉之朝臣，未必皆與之同心，故溫之得志，眾所不願也。必將乖阻，
　　　 以敗其事。」(《資治通鑑‧晉海西公太和四年》) 可見東晉政權的不
　　　 穩，人人私心，牽制著桓溫，甚至破壞桓溫的北伐，均是其所以不
　　　 能獲得勝利的主要原因。

顯。元興二年，更乘機竊位，廢安帝自立，國號為「楚」，東晉國祚至此中斷。

桓玄本來頗思整頓，希望「綱紀不立，豪族陵縱，小民窮蹙」（《資治通鑑・晉安帝元興三年》）的社會能趨於安定。他試圖選用賢才，罷黜奸佞小人，可惜他「性苛細，好自矜伐」，致使政令反覆，眾莫之從，「朝野騷然，思亂者眾」（同上）。不久，強藩劉裕打出反桓玄旗幟，結合北府軍，合力進逼建康，一舉擊滅了桓玄勢力，迎安帝司馬德宗回京。義熙四年，晉以劉裕為侍中、錄尚書事、揚州刺史，實際上掌握了東晉軍政大權。這時，劉裕開始進行他的北伐事業。

義熙五年（西元 409），劉裕北伐南燕，沿途優撫降人，選拔賢才，受到不少擁護。義熙六年，劉裕攻下廣固、滅南燕，收復青、兗兩州之地。一時功業超軼祖逖、桓溫之上，東晉政權中已無人能與之抗衡。義熙十二年，後秦大亂，劉裕再出兵攻之。次年，入長安，姚泓出降。收復關中之後，劉裕本意再取隴右，因留守建康的心腹劉穆病死，恐大權旁落而匆忙南歸，三秦父老聞說不禁流淚挽留：

> 殘民不霑王化，於今百年，始睹衣冠，人人相賀。長安十陵，是公家墳墓，咸陽宮殿，是公家室宅，捨此，欲何之？
>
> （《資治通鑑・晉安帝義熙十三年》）

然而，劉裕對外用兵，一方面是想滿足江南人民挫敵的要求，以減緩國內衝突矛盾；另一方面則企圖利用對外用兵的勝利，建立個人更高威望，令與他同時起兵的北府將領以及世家大族俯首帖耳，無法與之抗衡。如今情勢有變，他也顧不得關中形勝，僅以幼子守之，匆忙而歸，「不暇復以中原為意」（同上）。義熙十四年，劉裕派人縊殺晉安帝，由安帝同母弟司馬德文繼位，是為恭帝。元熙二年（西元 420），中書令傅亮在劉裕示意下，令晉恭帝下詔禪位，於是劉裕正式代晉稱帝，國號宋。

雖然劉裕的代晉情勢，主要是通過自己的功業逐步完成。他北伐之舉，併滅南燕、後秦，收復了潼關以東、黃河以南的廣大地區，是

東晉立國以來，從未完成的功業。所以，與曹操既爲漢相又爲漢賊，翦除異己，誅及無辜的過程，以及司馬懿辜恩反噬、腥風血雨的手段相較，劉裕反倒頗有「以功力服人而移其宗社」的味道，這一點，「實非司馬氏之徒幸人弱而掇拾之也」（王夫之《讀通鑑論》卷十五）。因此，時人多以爲他稱帝是順天應人的事，就連恭帝在奉璽退位時，也表示：「桓玄之時，晉室已無天下，重爲劉公所延將二十載，今日之事，本所甘心。」（《資治通鑑・宋武帝永初元年》）顯見劉裕的取晉，較之曹氏、司馬氏的篡位，是有更多歷史合理性。不過，以魏之代漢、晉之代魏，猶能讓禪位之君保其餘年而論，劉裕公然殺害安帝和恭帝，手段的殘酷，則令人髮指。難怪詩人陶淵明會在隱隱憤慨之餘，寫下了「山陽歸下國，成名猶不勤」（〈述酒〉）的不滿與譴責！

像淵明這樣，在世變紛亂之際猶能保持覺悟精神、能夠潔身遠退的知識份子，在當時是屈指可數的。魏晉以來知識份子的精神意志，向來受到統治者相當大的鉗制，一般士人在這種攸關個人生死的恐懼中，對國事的關注自然就逐日下降，社會責任轉趨淡薄。雖然當政者一再以名教相號召，卻只爲了行欺世盜名、虛僞矯飾之實。風氣所尚，造成普遍但以家門利益爲考量，不問君父之大節。面對如此是非不清，價值紊亂的時代，陶淵明又豈能視若無睹、置身事外？永初元年的〈擬古〉九首，正是他在「忽值山河改」情形下所發出的感喟，借古人酒杯澆胸中之塊壘。對於江山易主，淵明特在詩中發出「閒庭多落葉，慨然知已秋」（〈酬劉柴桑〉）的浩嘆。似乎東晉的覆亡，與天地運行，寒暑交替一樣不可避免。不過，即使是「五運攸革，三微數盡，猶高秋凋候，理之自然」，在「觀其搖落」下，詩人也不免「爲之流漣」（《晉書・安帝紀》），產生錯綜複雜的情緒，既悲痛政權的荒淫腐敗，造成國本不固，又哀婉今後民生世局將是如何！〈感士不遇賦〉，正是這一位懷抱理想的知識份子對身世之感的悲鳴。

對於代晉的劉裕，淵明的心情是十分複雜的。義熙十二年，劉裕北伐成功，收復關中，詩人本是雀躍興奮的。在〈贈羊長史〉詩

中，他誠懇地表達了自己對南北統一的眷眷深情，肯定劉氏曠世的
勛績。可是，在以個人曾任劉裕僚佐，對劉氏企圖心的了解來說，
他又敏感於未來政局的變化，意識到風雨將屆，恐劉裕立功之日，
正是其人行將篡位之時，所以心中充滿矛盾與不安。理智上，詩人
固然期待劉裕能一統九州；情感上，又對其行將篡逆的野心極爲反
感。矛盾交集，自然憂心忡忡，最後也只能以「清謠結心曲，人乖
運見疏。擁懷累代下，言盡意不舒」的無盡懷想做結。事實證明了
淵明的擔憂並非無的放矢。劉裕的眞面目，不久之後一一暴露。他
凶殘至極，連口念「本所甘心」的「禪讓」者晉恭帝也不放過〔註6〕，
這一點，對一向本持儒家仁愛精神和人道原則的陶淵明來說，是無
法諒解的。雖然他對政治，早已超然自適，不過，面對「豫章抗高
門，重華固靈墳」（〈述酒〉）的倒行逆施，仍然使人產生無法遏止的
激憤，畢竟詩人也有「金剛怒目」的熱血沸騰，還有「精衛銜微木，
將以塡滄海。刑天舞干戚，猛志固常在」（〈飲酒〉）的根本堅持。這
些慷慨激越的情志，完全根植於他關懷民生，反思歷史教訓的基礎
上。所以，淵明對劉裕的逆弒，既有嚴峻的譴責，而對安、恭二帝
的無辜被害，也能寄予無限的同情。這種情感，和那種完全奉東晉
爲正朔的孤臣孽子，是有所不同的。

　　唐、宋人對陶淵明的關注，不只是在他「詞采精拔，跌宕昭彰，
獨超眾類；抑揚爽朗，莫之與京」（蕭統〈陶淵明集序〉）的作品上，
還在他那超群絕倫的人品出處和抱負理想。自從沈約提出陶淵明「恥
復屈身異代，自高祖王業漸隆，不肯復仕。所著文章，皆題其年月，
義熙以前，則書晉氏年號，自永初以來，唯云甲子已」（《宋書·陶淵
明傳》）後，唐人由是認定淵明的「忠晉」立場。高宗時李善爲《文

─────────────────────

〔註6〕晉元熙二年六月，劉裕篡晉稱帝，廢晉恭帝司馬德文爲零陵王。第
　　　二年九月，劉裕又令張褘用毒酒殺恭帝，張褘不忍，自飲毒酒而死；
　　　劉裕接著又派士兵逾墻進毒酒，恭帝不肯飲，被殺身死，可見劉裕
　　　手段之殘忍。（見湯漢注《陶靖節先生集》──〈述酒〉）

選》做注，特別將沈約這段文字完整地移做〈辛丑歲七月赴假還江陵夜行塗口作〉詩題的注釋。玄宗時，五臣中的劉良再注，幾乎也以這段文字解題〈辛丑〉詩。至於平定安史之亂有功的顏眞卿，一生進退行事本於仁義。晚年李希烈陷汝州，魯公奉派前往招撫，不果而遇害。他生前在體會淵明思想出處時，別有一種「精神上接」情懷，對淵明「忠晉」的看法相當堅持。據王應麟《困學紀聞》載：

> 陶公栗里，前賢題詠，獨顏魯公一篇，令人感慨，今考魯公詩云：張良思報秦，龔勝恥事新。狙擊苦不就，舍生悲拖紳。嗚呼陶淵明，奕代爲晉臣。自以公相後，每懷宗國屯。題詩庚子歲，自謂義皇人。手持山海經，頭戴漉酒巾。興與孤雲遠，辨隨還鳥泯。

顯然魯公的詠陶，是在於借古寄慨，表達自己持節不屈的胸懷。他對淵明的這種認知，基本上，唐人是普遍沒有異議的。入宋之後，這種單一說法，卻開始有了變化。

英宗治平間的虎丘僧思悅，是第一個對淵明「恥事二姓」提出質疑的人：

> 文選五臣注云：淵明詩，晉所作者，皆題年號，入宋所作，但題甲子而已，意者恥事二姓，故以異之，思悅考淵明詩有題甲子者，始庚子，距丙辰，凡十七年間，只九首耳。皆晉安帝時所作也。中有〈乙巳歲三月爲建威將軍使都經錢溪作〉，此年秋乃爲彭澤令。在官八十餘日，即解印綬，賦歸去來辭。後一十六年庚申，晉禪宋，恭帝元熙二年也。豈容晉未禪宋前二十年，輒恥事二姓，所作詩但題甲子以自取異哉！矧詩中又無標晉年號者，其所題甲子，蓋偶記一時之事耳，後人類而次之，亦非淵明本意。(陶澍集注《靖節先生集》卷三)

思悅以逐條檢索方式，找出劉裕掌權代晉之前，從安帝隆安四年到義熙十二年間，淵明作品中題記甲子者凡九處，反駁五臣注言陶詩於義熙前標晉年號之誤。此說確鑿有據，一舉打破南北朝以來一致認爲淵

明詩分題年號或甲子，乃出於「忠晉」、「恥事二姓」的看法。所以，稍後的曾季貍，起而附和，認為思悅之言「信而有徵矣」（《艇齋詩話》）。不過，思悅最後的「其所題甲子，偶記一時之事」，這一點，卻引發不少的爭議。

例如東坡、山谷和少游，基本上，不同意僧思悅的解釋。東坡在〈書淵明述史章後〉云：

> 淵明作〈述史〉九章、〈夷齊〉、〈箕子〉，蓋有感而云，去
> 之五百餘載，吾猶知其意也。

究竟淵明有感什麼，他自己並沒有交代，而東坡也沒有明說「吾猶知其意」的「意」之所在。不過，由東坡拈出的〈夷齊〉、〈箕子〉篇章來看，東坡想法或許尚能窺知一、二。這兩篇文字正是淵明假託伯夷、叔齊、箕子的高風亮節，曲折地道出自己在晉宋易代之際，內心的痛苦掙扎，以及難言的苦衷。所以東坡以此逆溯、體會淵明心情。雖然東坡在這裏並沒有直接觸及「忠晉」的說法，但他相信淵明作品俱有深意，即使是題記甲子亦然，絕非「偶記一時之事」、舉手為之罷了。至於山谷和少游則是執意相信淵明有「恥事二姓」的傾向。秦觀在〈王儉論〉中有言：

> 宋初受命，陶潛自以祖侃晉世宰輔，恥復屈身，投劾而歸，
> 躬耕於潯陽之野。其所著書，自義熙以前，題晉年號；永
> 初以後，但稱甲子而已。

黃庭堅亦詩稱：

> 枯木嵌空微暗淡，古器雖在無古絃。袖中正有南風手，
> 誰為聽之誰為傳。風流豈落正始後，甲子不數義熙前。
> 一軒黃菊平生事，無酒令人意缺然。（〈次韻謝子高讀淵明傳〉）

可見在體會詩人情志上，少游和山谷都一致傾向於所謂的「忠憤」說。

南宋葛立方的看法，則與東坡相似，他也提出「觀淵明〈讀史〉九章，其間皆有深意」之說。認為〈夷齊〉云：「天人革命，絕景窮居。正風美俗，爰感懦夫。」〈箕子〉云：「去鄉之感，猶有遲遲。矧

伊代謝，觸物皆非。」〈魯二儒〉云：「易代隨時，迷戀則愚。介介老人，時爲正夫。」均是淵明「委身窮巷，甘黔類之貧而不自悔者」的自白。而這種「居陋巷」「卻不改其樂」的根本原因，最大的支撐力就在於「恥事二姓」，由此來駁正前述僧思悅之說。

如果就事論事，僧思悅的看法頗有創新發明處，他統計的數據，的確動搖了長期以來淵明「忠晉」的說法基礎。然而，思想情志之爲物，並非科學數據所能完全解釋說明的，思悅之說，畢竟令人難以信服，而其他諸家意見卻多憑意會，反證力不強，雙方無甚交集。此一情況，一直要到後來的吳仁傑和謝枋得才有了改變。

吳仁傑在《陶靖節先生年譜》中，論及歷代史家標舉淵明「忠晉」的問題，頗能切中事理。他考察《陶集》諸文，發現完成於義熙年間題有年號者，如〈祭程氏妹文〉：「維義熙三年」；書「甲子」者，如〈祭從弟敬遠文〉：「歲在辛亥」。體例並不一致，而完成於劉宋之際的〈遊斜川〉與〈自祭文〉，則均書「甲子」；至於〈桃花源記〉雖成文於永初年間，然文中所敍時代因退回東晉，故序云「晉太元中」；由此，可以確定永初之後，概無稱年號的事實。吳氏將重點置諸劉宋以後的不稱年號，部分去做推斷。並以此來論定淵明的「忠晉」，似乎亦無不可。

至於義熙年間確實存有甲子與年號的矛盾問題，謝枋得的解釋是：

> 以余考之，元興二年，桓玄篡位，晉氏不斷如線，得劉裕而始平，改元義熙，自此天下大權盡歸劉裕。淵明賦〈歸去來辭〉，實義熙元年也。至十四年，劉公爲相國，恭帝即位，改元元熙；至二年庚申，禪於宋。觀恭帝之言曰：「桓氏之時，晉氏已亡，天下重爲劉公所延，將二十載。今日之事，本所甘心。」詳味此言，則劉氏自庚子得政至庚申革命，凡二十年，淵明自庚子以後題甲子者，蓋逆知末流必至於此，忠之至，義之盡也。思悅、裴父，殆不足以知之。（《碧湖雜記》）

謝氏不以實際政權轉移爲分界，而是以當時整個政治形勢的走向來揣想淵明心情，認爲安帝隆安（庚子）年間，政治氣象則有改變，司馬家的軍政權勢早已旁落，所以到恭帝元熙二年（庚申）止二十年間，淵明屢有題記「甲子」者，深意已然，不足爲怪。如再配合恭帝禪位「甘心」之言，讀者似乎不必規矩前人之說，強以劉宋代晉之年爲斷限。

持平而論，謝氏的說法，應能消弭長久以來對義熙以前「年號」、「甲子」的糾葛。不過，他最終還是將問題確立在淵明「忠晉」的立場上，而這正是宋代最具普遍又深刻意義的思想根源和社會基礎。

宋人對治心養氣的重視，不僅是理學家，一般詩文家也都十分在意這種人格養成的工夫。蘇、黃一派詩學，即以治心養氣爲作家心靈涵養和人格完成的重要方式，追求主體的內在超越和虛靜清曠的胸襟，因此，創作上，特別傾向於以情感氣勢、人格力量來入詩。至於理學家，在強調以心性道德爲本體的前提下，特別推崇不被名利所動、不爲情欲所牽，居陋巷而能自得其樂，守善道而堅貞不屈的理想人格。朱熹等人之所以對淵明所以如此崇愛，其實也就是建立在這種人格的典型意義上：

> 陶元亮自以晉世宰輔子孫，恥復屈身後代，自劉裕篡奪勢成，遂不肯仕，雖功名事業，不少概見，而其高情逸想，播於聲詩者，後世能言之士，皆自以爲莫能及也。蓋古之君子，其於天命民彝君臣父子大倫大法所在，惓惓如此。是以大者既立，而後節概之高，語言之妙，乃有可得而言者。（〈向薌林文集後序〉）

在理學思想的籠罩下，宋人普遍關心的，乃是「天理」和「道」的永恆存在。以爲「父子、君臣，天下之定理，無所逃於天地之間」（《河南程氏遺書》卷一〈二先生語一〉），主張「爲君盡君道，爲臣盡臣道，過此則無理」（〈二先生語五〉），明顯的將「格物致知」對象，限定在社會倫理的道德修養上，「三綱五常」，遂成爲「天理」在人間的具體

體現。因此，他們在看待個人的價值成就時，重點往往置諸於其人是
否具有聖賢氣性之正。在宋人眼中，個人道德人格能充分體現於「天
命民彝君臣父子大倫大法」崇高對待上的，除了淵明外，尚包括屈原、
張良、諸葛亮等人，他們都是宋人在這種審美眼光下的典範人物。雖
然，「其制行也不同，其遭時不同」，但是「其明君臣之義之心則一也」
（明・毛晉綠君亭刻〈陶靖節集序〉）。這些人物的忠義鬱勃之氣，在
經過人生歷練、反思後，都已內化爲人格意識，所以教人景仰佩服。
而四人中，距宋人最近的淵明，雖歷困厄，卻不改歸隱初衷，守善道
而不屈，即使在劉裕篡晉事成，猶不肯仕，節慨之高，自令倡「餓死
事小，失節事大」的宋儒心折。當然要視爲儒家倫理道德規範下的典
型代表，突顯詩人人格內涵中「忠憤」的一面，在品覽陶詩時，也必
以爲「字字句句皆關君父」。這種分明傾向，眞德秀便是一例：

> 徒知義熙以後不著年號，爲恥事二姓之驗，而不知其眷眷
> 王室，蓋有乃祖長沙公之心，獨以力不得爲，故肥遯以自
> 絕，食薇飲水之言，銜木塡海之喻，至深痛切，顧讀者弗
> 之察耳。淵明之志若是，又豈毀彝倫，外名教者同日語乎？

（〈跋黃瀛甫擬陶詩〉）

從以上對淵明「忠晉」的反覆辯析來看，宋儒的立論也不免有勉強太
過之處。在一個政權極度腐朽黑暗的時代，知識份子的憤憤不平，是
可以想見的。淵明在濟世理想無法實現下，寧肯忍受飢寒凍餒，也不
肯同流合污，堅決辭官歸隱，拒絕徵召，就顯示出沒有眷戀王室的犬
馬之情。而且，他在詩文中，也有不少批評時局，痛陳社會黑暗面的
內容，甚至在晉室滅亡時，他還以桑樹摧折、根株全毀來譬喻，指出：
「本不植高原，今日復何悔？」（〈擬古〉其九）可見他對晉亡的看法
客觀而清晰，並無一味效忠闇闇王室的念頭；但是，這也並不代表他
沒有痛惜舊朝之意。畢竟他的曾祖、祖父、父親，甚至他自己，均曾
爲舊朝奉獻心力，與晉室有著割不斷的感情聯繫。而且，傳統的士人，
在改朝換代之際，流露出戀惜舊朝，反對篡弒，也是自然之事。所以，

他對東晉王室的態度顯得很矛盾，既厭棄其昏顢，又對後來以權謀篡代的劉裕，感到憤慨，這種曲折的心路歷程，不是「恥復屈身後代」所能解釋涵蓋的。他作品中或書年號，或書甲子，也許當下詩人真存在著某些情感用心，但若遽以「忠晉」或「忠君」的簡單方式來看待淵明的政治立場、人生態度，不免有偏頗武斷之嫌。何況正因為他不是盲目的投身政場，昏昧的履踐君臣關係，才更具有人格精神的崇高美質，也「正是這個潛在的超道德的審美本體境界，儲備了能跨越生死，不計利害的自由選擇和道德實現的可能性」（李澤厚〈關於主體性的補充說明〉）。因此，唯有跳出「忠晉」的框架，如同淵明站在歷史的高點，理性顯豁地看待自己與家國的生死存亡一般，去理解淵明的政治態度和人生理想，才能還給詩人一個真切合理的存在價值和歷史意義。

二、社會現況 ── 民疲田蕪，杼軸空匱

東晉的政權是在南北門閥支持下出現的，所以王室無論在政治上或經濟上，均以世族利益為優先考量，這就造成了許多世族的有恃無恐，恣意搶奪生財之物，即使因此觸犯刑律，也可免於追究。史傳載：東晉初年，首都建康發生一起偷倉米一百斛的大盜竊案，然因主犯「皆是豪將軍」，所以在政府包庇下，只有「直打殺倉督監」，以推脫罪責（《晉書・庾亮傳弟翼附傳》）。如此綱紀不張，法禁寬弛，人民生活自無保障。當時即有「廷尉獄，平如砥；有錢生，無錢死」（《初學記》卷二十）的謠諺傳布，生動地描繪了社會的腐朽黑暗。

當時許多豪門世族，憑藉這種政經特權，大量占有良田、山澤，供其揮霍使用。其攫取的手段，或向皇室求取，如王導在鍾山附近有賜田八十多頃；又如謝靈運，乃東晉北府兵名將謝玄之孫，「因父祖之資」，擁有眾多的田地和奴僮，而「義故門生」更多達數百人，然猶有未足，尚曾要求朝廷賜予他會稽東部的回踵湖，以便決水為田；或者恣意侵霸，如晉元帝的心腹刁協，其孫刁逵與兄弟子侄均不拘名行，

專以貨殖爲務，在京口有田地上萬頃，奴婢數千人，被稱做「京口之蠹」。這種掠奪土地之風，幾乎襲向每個世族，許多山湖川澤，皆爲豪強所專。即使是從陳郡陽夏南遷、掌握東晉朝政的謝氏家族，也不例外。如謝安曾「於土山營墅，樓館林竹甚盛。每攜中外子侄往來游集，看饌亦屢廢百金，世頗以此譏焉，而安殊不以屑意」(《晉書‧謝安傳》)。在這些世族強取豪奪下，江南「萬頃江湖」幾乎都淪爲私家所有，他們不斷搜括民脂民膏，過著窮極糜爛之生活，而龐大的賦稅徭役，卻落在寒門庶族身上。連百姓從事生產、捕魚捉蟹時，即使「投一綸，下一筌者，皆奪其魚器，不輸十匹，則不得放」(《太平御覽》卷八三四)。世族豪門的惡形惡狀，也就成爲社會矛盾的沈痾所在。

針對一系列的苛虐亂政，有識之士亦不乏提出警訊者。范寧出爲豫章太守前，曾上疏疾呼：

> 古者使人，歲不過三日，今之勞憂，殆無三日休停，至有殘刑剪髮，要求復除，生兒不復舉養，鰥養不敢妻娶。豈不怨結人鬼，感傷和氣。臣恐社稷之憂，積薪不足以爲喻。
>
> (《晉書‧范寧傳》)

可惜王室豪家充耳不聞，仍然竭澤而漁，不斷榨取，造成人民反彈，兵禍連年，生活更加清苦。兵禍之後，必有凶年。會稽大鬧饑荒時，桓玄嘗令賑貸之，將散在「江湖採梠」的百姓召回，不過百姓卻又因請米不足，吏不時給，導致「頓仆道路死者十八九焉」(《晉書‧桓玄傳》)。不惟會稽，在這種「戎車屢駭，干戈溢境」下，一向富庶的荊州，也不免「民疲田蕪，杼軸空匱。加以舊章乖昧，事役繁苦，童耄奪養，老稚服戎，空戶從役，或越紼應召」(《宋書‧武帝紀》)。素有戶口「半天下」的荊、揚兩州尚殘敗至此，更遑論經濟遠爲落後的江州。

淵明家鄉潯陽郡，地屬江州，在荊、揚二州之間，人口戶數不及會稽的二十分之一。然因據三江之口，當四達之衝，金陵屏障，故向爲王朝和割據勢力爭奪的焦點，因而每逢兵燹，必破壞慘重。破壞之

甚，「至乃男不被養，女無匹對，逃亡去就，不避幽深」(《晉書‧劉毅傳》)，可見當時社會經濟凋弊之一斑。

連年的兵災、農村經濟的蕭條，造成社會動盪不安，所謂「公私虛匱，倉庫無旬月之儲，三軍有絕乏之色，賦斂搜奪，周而復始，卒散人流，相望於道」(《晉書‧王鑒傳》)。面對如此不堪之境，文士們不是入於玄談，祖述虛玄，即是入於佯狂，脫離現實。淵明最後雖然選擇了躬耕自資的道路，過的卻是飽嘗種植的艱辛，歷盡風霜雨露摧折的生活。田園的日子不再是「園蔬有餘滋，舊穀猶儲今」(〈和郭主簿〉)，辛勤躬種，依然不能擺脫「寒餒之苦」。生逢亂世，又多遭風旱蟲潦，收成幾無，在「夏日抱長飢，寒夜無被眠；造夕思雞鳴，及晨願鳥遷」(〈怨詩楚調示龐主簿鄧治中〉)的煎熬下，詩人也不由得發出「天道幽且遠，鬼神茫昧然」(同上)的慨嘆。正因為有這些生活的親身遭遇和見證，讓詩人將筆觸從對現實生活的田園歌詠，轉寫到對反抗現實制度的田園理想國的建立，〈桃花源記〉正是在這樣的背景下，孕育而生的。

〈記〉中所顯示的桃源社會，是「土地平曠，屋舍儼然，有良田美池、桑竹之屬，阡陌交通，雞犬相聞」，人們勤奮不懈，「相命肆農耕，日入從所憩」。所有收成，皆能自給自足，只因「春蠶收長絲，秋熟靡王稅」。不論「黃髮垂髫」，都是「怡然自樂」。這與現實社會中的「荒塗無歸人，時時見廢墟」(〈和劉柴桑〉)、「田家豈不苦，弗穫辭此難」(〈庚戌歲九月中於西田穫早稻〉)、「耕植不足以自給」(〈歸去來兮辭序〉)，官稅苛重，徭役繁多，可以說是天壤之別。從這些對比中，可以了解，桃源人們所以生活得如此「怡樂」，是建築在大家參與勞動生產，沒有剝削和侵擾，沒有君主，沒有戰亂的理想社會基礎上。事實上，文中所描繪的這種「無君論」思想，早在傳說為上古歌謠的〈擊壤歌〉裡，即隱約可見。據言這是帝堯時代一位八十歲老人所唱的歌，全辭如下：「日出而作，日入而息。鑿井

而飲，耕田而食，帝力何有於我哉！」（見《帝王世紀》）〔註7〕辭
中傳達的生活寫照，與淵明所塑立的「桃源」世界比對，是極爲類
似的。但可以發現的是，這種「無君」思想的表現，主要還是集中
在動亂不安的魏晉時代。在魏末晉初之際，阮籍就率先倡言道：「蓋
無君而庶物定，無臣而萬事理」、「君立而虐興，臣設而賊生」（〈大
人先生傳〉）。無獨有偶，竹林七賢另一位代表人物嵇康，也對封建
君主提出類似的批評與抨擊。他認爲所謂的「仁、禮、刑、教」，不
過是上位者「憑尊恃勢」，爲了以天下「私其親」，而被「造立」出
來的，只是爲了「宰割天下，以奉其私」。尤其是爲人君者，往往「刑
本懲暴，今以脅賢。昔爲天下，今爲一身」（〈太師箴〉）。因此，他
以爲最理想的社會是「穆然以無事爲業，坦爾以天下爲公」（〈答向
子期難養生論〉）。這些意見也被後來的鮑敬言所繼承，他提出「無
君無臣論」：

> 曩古之世，無君無臣。穿井而飲，耕田而食。日出而作，
> 日入而息。勢力不萌，禍亂不作。干戈不用，城池不設。
> 民獲考終，機心不生。含脯而熙，鼓腹而游。安得聚斂，
> 以奪民財。安得嚴刑，以爲坑井。（葛洪《抱朴子‧詰鮑篇》引）

文中所闡述的即是「古者無君，勝於今世」的政治思想，因爲「無君」，
才是「至德之世」。無奈這種「至德之世」發展到了「抄季」，強、弱、
愚、智的人們有了比較，遂分化爲君臣，從此「君臣既立而變化遂滋」、
「道德既衰，尊卑有序」，背離了曩古之世的純樸，於是開始有了剝
削、壓迫，社會禍亂由是而生。所以，人民想要「身無在公之役，家
無輸調之費」、「安土樂業，順天分地，內足衣食之用，外無勢利之爭」，
只有回歸到「無君」始能實現。可知，〈桃花源詩並記〉，所提出的美

〔註7〕 這首〈擊壤歌〉雖被視爲上古歌謠，但從社會發展歷史來看，原始
社會時期，生產力比較低下，不太可能有獨立鑿井、耕田的經濟生
活；而且當時的人們似乎也不至於會有「帝力何有於我」的思想。
這些牴牾之迹，或出於後人的改筆潤色。但從文辭、內容來看，其
產生的時代還是屬於較早的。

好理想，其實是對上古、阮籍、嵇康、鮑敬言等人的無君思想的一種繼承與發展，是詩人對封建時代的君權壓迫、租稅剝削的一項否定。是他在長期勞動躬耕中對生活體驗的昇華。

　　在〈桃花源詩並記〉中，作者通過了一個虛擬的可能實境，寄托自己的理想和願望，表現出一種對混濁現實社會之外的人間勝境的追求和探尋。這種「桃源」理想，不僅造成了後人對美好未來的想望，也引發後世文人對其深層美學底蘊加以挖掘的極大興趣，唐人王維便是第一個就「桃源」的性質做出判斷的評陶家。

　　受時代的限制，王維以為「桃源」是神仙世界而非人間塵世：

> 驚聞俗客爭來集，競引還家問都邑。平明閭巷掃花開，薄暮漁樵乘水入。初因避地去人間，更聞神仙遂不還。峽裏誰知有人事，世中遙望空雲山。不疑靈境難聞見，塵心未盡思鄉縣。出洞無論隔山水，辭家終擬長游衍。自謂經過舊不迷，安知峰壑今來變。當時只記入山深，青溪幾度到雲林。春來遍是桃花水，不辨仙源何處尋。（〈桃源行〉）

這篇〈桃源行〉乃王維十九歲之作，正當其初踏仕途、躊躇滿志之時。盛唐時代，詩人原無理由幻想出一個超脫塵世的人間理想社會，作者所以會將「桃花源」渲染為神仙世界，其實是與當時的思想風氣有關。唐代君主在建國之初，為了提升家族聲望，擴大政治影響力，曾明言「朕之體系，起自柱下」（太宗〈道士女冠在僧尼之上詔〉），並追尊老子為皇祖。尊祖必崇道，於是欽定道教為國教，並將老莊之書定為取仕必讀之書，自此道教神仙思想廣為盛行。其後佛教思想又大量湧進，禪學盛行，造成三教會融，思潮的蓬勃。王維信佛除因緣於母親崔氏是佛教徒外〔註8〕，也在這種佛道思潮盛行的影響下，淵明的「桃

〔註8〕據趙殿成《王右丞集箋注》卷十七〈請施莊為寺表〉稱：王維母親崔氏乃一佛教徒，「師事大照禪師三十餘歲，褐衣蔬食，持戒安禪，樂住山林，志求寂靜」。而大照禪師普寂於開元十三年定居長安，崔氏天寶九年去世，則她師事普寂也在開元中，當時正是王維踏入仕途不久之時。

源」理想世界，很自然的就變成了神佛仙禪的境界。中唐詩人劉禹錫，
也持有相同看法：

> 俗人毛骨驚仙子，爭來致詞何至此。須臾皆破冰雪顏，笑
> 言委曲問人間，因嗟隱身來種玉，不知人世如風燭，……
> 桃花滿溪水似鏡，塵心如垢洗不去，仙家一出尋無蹤，至
> 今水流山重重。(〈桃源行〉)

除此，在另一首〈游桃源一百韻〉中，劉禹錫更是極盡寫氣圖貌的本
領，力寫仙家之樂，充滿了「游仙詩」的味道。劉氏雖出身於「世以
儒相稱」的書香門第，素以「儒臣」自居，懷抱兼濟天下之志。不過，
在「永貞革新」失敗後，長期遭受貶謫，寄居異鄉，精神苦悶，也不
得不向佛道靠攏：「栖心釋梵」、「浪跡老莊」。所以，在解讀「桃源」
時，自然就相信起仙境之說。

與劉禹錫同時的韓愈，對以上說法則大不以爲然，獨闢蹊徑，力
駁「仙源」之說。從反對佛、老迷信的立場出發，指斥時人將桃源理
想視爲「渺茫仙境」：「神仙有無何渺茫，桃源之說誠荒唐。」(〈桃源
圖〉)認爲〈桃花源詩〉中的人和事，皆子虛烏有，世人誤將作者的
藝術虛構與客觀眞實混爲一談，造成眞僞難辨。

宋人對〈桃花源記〉的討論，多反映在一系列與「桃花源」主題
相關的作品中。其中競翻新意，各競優長，較諸唐人無非仙界或烏有
之說，顯得更具理性特色。因爲宋人的文學思想在政局發展與文人參
政意識強烈的影響下，特重「明道」、「致用」，好議論爲詩，藉申詩
歌反映現實，干預社會，陳述己見，體現出個人對時代的強烈責任感。
如此一來，詩歌的理性成分、政治色彩增強，文學也就具有高度的社
會功能性。所以，他們對〈桃花源詩〉的認識，一反唐人之見，大多
是立足於現實人間。如王安石的〈桃源行〉，就率先跳出仙境之辨，
指出它是詩人爲寄託個人理想而撰成的一個與現實政治制度不同的
新型社會：

> 望夷宮中鹿爲馬，秦人半死長城下。避時不獨商山翁，亦

> 有桃源種桃者。此來種桃經幾春，采花食實枝爲薪。兒孫
> 生長與世隔，雖有父子無君臣。

詩中王安石大膽的對「神授天賜」的封建王朝，提出「重華一去寧復得，天下紛紛經幾秦」的質疑，明確傳達了對秦代暴政或晉末戰亂的憤慨和不滿，激烈的抨擊了「望夷宮中鹿爲馬，秦人半死長城下」的時代不幸，流露出對「重華盛世」的大同想望。事實上，這樣一個「靜憩雞鳴午，荒尋犬吠昏」（〈即事〉）的理想樂園，本是極易建立的，只要沒有戰爭恐懼，沒有苛政壓迫。然而在世代陵替下，卻顯得是不可多得的遙遠理想。人類的貪婪無度，權力的氾濫、腐化，讓詩人不禁要高喊，理想的世界是「雖有父子無君臣」，徹底否定封建體系下的君臣關係。以王安石積極投入改革，其中所具備的政治魄力——「天變不足畏，祖宗不足法，人言不足恤」，來理解他對封建統治的這種批判，吾人可以發現，他的理性分析是有著突破傳統舊窠的特殊意義。對於自古人們所尊崇的至高無上的「天」，他都無有畏懼，遑論是人間的「君王」了！他對政治涉入甚深，既有政治家的胸襟膽略，又有思想家的高瞻遠矚，所以能夠對「桃源」情境進行深刻的觀察，也才能在陶淵明思考的基礎上，以更直接、更犀利、更具理性的政治家眼光，來解讀「桃花源」的世界，並發現一般人看不到的問題，提出一般人不敢想像的理想社會，是「有父子而無君臣」！

　　至於對淵明向來情有獨鍾的蘇軾，也對「桃源」的境界和作者的命意，提出一些看法。東坡主要是踵武韓愈，批駁了前人對桃源的神化，認爲其終究是現實世界的客觀寫照。不過其論述顯然比韓愈更爲深入而具體：

> 世傳桃源事，多過其實。考淵明所記，止言先世避秦亂來此，則漁人所見，似是其子孫，非秦人不死者也。又云「殺雞作食」，豈有仙而殺者乎？舊說南陽有菊水，水甘而芳，民居三十餘家，飲其水皆壽，或至百二三十歲。蜀青城山老人村，有見五世孫者，道極險遠，生不識鹽醯，而溪中多枸杞，根如龍蛇，飲其水故壽。近歲道稍通，漸能致五

味，而壽亦益衰。桃源蓋此比也歟。(〈和桃源詩序〉)

東坡考辨淵明原文，認為桃源中人乃避亂秦人子孫，實非神仙，並舉菊水、青城山為例，點明桃源天地確實存在。這一點，康駢也深表認同，直指出：「淵明所記桃花源，今鼎州桃花觀，即是其處。」(陶澍集注《靖節先生集》卷六引) 所以東坡才會有「嘗意天壤之間，若此者甚眾，不獨桃源」的看法。這種深入淺出的論見，若對照淵明詩文中「帝鄉不可期」的概念，的確較合乎作者的原意，有一掃前人迷霧，破解後人疑惑的作用。所以，稍後不久的汪藻亦承其說：「那知平地有青山，只屬尋常避世人。」不過，藝術的世界並不一定等同於真實的世界，〈桃花源記〉畢竟是文藝之作，作者在迷離、恍惚的境界中，寄寓了個人對現實濁世的不滿和對美好生活的嚮往；同時，也突出了自己的審美理想。這些作文命意，東坡均未觸及，僅僅從其歷史背景、地理特質上，做出類比論見，視該文為近實之作，因此也招致後人不少的批評〔註 9〕。然而，如單就他力駁前人「仙界」之說、滌除神仙色彩來看，東坡的自出新解，的確具有更大的說服力，與王安石的精闢論斷，前後輝映。因此，胡仔《苕溪漁隱叢話》特指出：

> 東坡此論，蓋辨證唐人以桃源為神仙，如王摩詰、劉夢得、韓退之諸〈桃源行〉是也。惟王介甫〈桃源行〉，與東坡之論暗合。〔註 10〕

而吳子良也認同蘇、王兩人的意見。他說：

〔註 9〕 東坡的考論，後人或贊同，或反對。前者如宋人吳子良：「惟王荊公詩與東坡〈和桃源詩〉最為得實，可以破千載之後如惑矣。」(《荊溪林下偶談》卷二) 後者如明張自烈云：「東坡不悟〈桃源記〉，卻從南陽青城覓蹊徑，直是夢中說夢，至所云：『豈有仙而殺者乎？』此又兒女子癡語，淵明聞此必大笑，東坡不是解人。」(《箋注陶淵明集》卷五)

〔註 10〕 胡仔的這段話，本欲肯定荊公與東坡見解獨到處，然其行文中，將韓愈之見，亦並列於王維、劉禹錫之中，顯然是錯誤的，蓋退之乃是力駁「仙源」之說者，與王氏等人何有相干？

惟王荊公詩與東坡〈和桃源詩〉最爲得實，可以破千載之
後如惑矣。(《荊溪林下偶談》卷二)

除此，又進一步補充道：

淵明〈桃花源記〉初無仙語，蓋緣詩人有『奇蹤隱五百，
一朝敞神界』句，後人不審，遂多以爲仙。

這是從前人受部分詩句的引導而產生的誤會著手，大大強化了王、蘇
兩人的意見。可見東坡和安石兩人的看法在當時的確有其代表性。

另外，與東坡等人強調「桃源」現實一面的旨趣頗有出入者，乃
《容齋隨筆》的作者洪邁和稍後的趙與時。

洪邁認爲淵明「桃源」之作，實有其深遠寓意。批評前人的理解
不論是賦贊「仙家之樂」或批駁渺茫神仙之說者，都不及「淵明所以
作記之意」。他以爲《宋書》本傳中，提出的「恥復屈身後代」、「恥
事二姓」之說雖有爭議，但仍有很高的參考價值，並由此得出淵明「避
世」用心的推論，而所避者，無非是代晉自立的劉裕政權。他爲使己
說能確切成立，還引時人胡宏仁之詩爲證：

靖節先生絕世人，奈何考僞不考眞。先生高步窘末代，雅
志不肯爲秦民。故作斯文寫幽意，要似寰海離風塵。

南宋趙與時亦倡和洪氏之說，以爲〈桃花源記〉並非實錄，對時
人不斷落實桃花源洞的尋找工作，甚至將「桃花觀」視爲其處，感到
不可思議，譏笑他們「不知公蓋寓言也」(陶澍集注《靖節先生集》
卷六注引)。這種「寓意」或「寓言」的見解，的確抓住了淵明作文
的部分用心。使「桃源」之爭，脫離了仙界與現實糾纏，開啓後人得
以深入探討的契機，這個成果是值得肯定的。

三、生卒年壽 —— 歲惟丁卯，律中無射

有關陶淵明的生卒年壽，歷來聚訟紛紜，莫衷一是，誠爲陶學研
究中，最複雜、最棘手的問題之一。

自南朝沈約《宋書‧陶淵明傳》明載淵明「元嘉四年卒，時年六
十三」後，宋代起就有人往復辯難，提出反駁，而問題的關鍵均指向

年壽「六十三歲」。至於「元嘉四年」辭世則無疑義。淵明嘗自著祭文，說明自己「將辭逆旅之館，永歸本宅」，而開頭處即點明時間為「歲惟丁卯，律中無射」，正是南朝宋文帝元嘉四年九月。因此，當顏延之《陶徵士誄》先言詩人「元嘉四年月日卒於潯陽縣之某里」時，後來的史傳包括沈約的《宋書》、蕭統的〈陶淵明傳〉、李延壽的《南史》，乃至南朝無名氏的〈蓮社高賢傳〉都承其說而無有異議。至於淵明年壽問題，如據南宋尤袤所刻《文選》，則顏〈誄〉原文實作「春秋若干」，可見並無六十三歲之說。真正明言「春秋六十三」者，乃是沈約《宋書》，後人不察，反據《宋書》訂正顏〈誄〉，才會造成今日《文選》收錄的顏〈誄〉，有年壽之說。

沈約《宋書》載淵明「元嘉四年卒，時年六十三」。以曆推之，則當生於晉安帝興寧三年，乙丑歲（西元 365）。蕭統〈陶淵明傳〉則襲《宋書》之說，而唐人令狐德棻等所撰《晉書》，則僅云淵明「以宋元嘉中卒，時年六十三」，無確切卒年。《南史》及〈蓮社高賢傳〉則反是，只有卒年而無壽數。這些事實，啟人疑竇，於是有以陶詩所著年月推考發現與「春秋六十三」之說牴牾者。而第一個打開這種論辯，向「六十三歲」之說挑戰者，正是宋人。

宋人的年譜之作，具有開時代風氣之先的意義。從北宋呂大防為韓愈、杜甫編撰年譜起，南宋參與年譜編製者便逐漸增加。以宋人對淵明的深情仰慕來看，集中並深入探究有關淵明的家世生平自是必然之舉，而年譜之作，便是一項研究成果。其中比較重要的則有李燾的《陶潛新傳》、王質的《栗里譜》、吳仁傑的《陶靖節先生年譜》、張縯的《吳譜辨證》等四種。可惜李燾之作已佚，王、吳二《譜》猶能見之，至於張縯的《吳譜辨證》，則不得見，僅於元人李公煥《箋注陶淵明集》中存引四條，仍是寶貴的參考資料。

有關淵明的年壽問題，以上三書均有觸及。王質與吳仁傑均主六十三歲說。《栗里譜》云：

> 元嘉四年丁卯，君年六十三。有〈自祭文〉云：「律中無射。」

　　〈擬挽歌詩〉云：「嚴霜九月中，送我出遠郊。」當是杪秋
　　下世。

《陶靖節先生年譜》亦言：

　　晉哀帝興寧三年乙丑，先生生於是年。……（文帝元嘉）四
　　年丁卯，將復召命，會先生卒〈自祭文〉及〈擬挽歌辭〉。
　　〈祭文〉云：「律中無射。」〈挽歌〉云：「嚴霜九月中，送
　　我出遠郊。」其卒當在九月。

吳、王二書，應是根據沈約《宋書》或蕭統〈陶淵明傳〉的完整說法
〔註11〕。因為沈約著《宋書》之時，上距陶卒僅六十四年，可信度極
高，故長期以來學界殊少致疑，唯張縯的《吳譜辨證》中一條卻言詩
人「得年七十六」，這是陶學史上第一個對淵明年歲提出質疑者：

　　先生〈辛丑游斜川詩〉言：「開歲倏五十。」若以詩為正，
　　則先生生於壬子歲。自壬子至辛丑，為年五十，迄丁卯考
　　終，是得年七十六。

因張縯之書早佚，僅此一條，說服力顯得薄弱，除非另有堅實佐證，
否則要推翻長期以來「年六十三」的共識定見，談何容易！何況張氏
所提〈遊斜川〉一詩，版本即有不同。詩序云：「辛丑正月五日，天
氣澄和，風物閒美，與二三鄰曲，同遊斜川。」開頭兩句：「開歲倏
五十，吾生行歸休」云云，其中「辛丑」，一本作「辛酉」，而「開歲
倏五十」，又作「開歲倏五日」〔註12〕，既有異文，就不便據以演算

〔註11〕　此處不言根據顏延之〈陶徵士誄〉的說法，乃因王質與吳仁傑主要
　　　　活動於南宋高宗及孝宗時期，與尤袤（1127～1194）時代相當，如
　　　　果王、吳兩人得見尤氏所刻《文選》，其中顏〈誄〉必無「春秋六十
　　　　有三」寫法，而是止作「春秋若干」，所以，王、吳兩人的確切之說，
　　　　當以《宋書・隱逸傳》為據的可能性最大。

〔註12〕　《陶集》〈游斜川〉一詩，其序云：「辛丑正月五日，天氣澄和，風物
　　　　閒美，與二三鄰曲，同遊斜川」云云，配合詩的前兩句：「開歲倏五
　　　　十，吾生行歸休。」所以宋人張縯依此推算淵明年七十六。但本文
　　　　「開歲倏五十」，有作「開歲倏五日」者，所以，李公煥箋注時，始
　　　　言：「按辛丑歲靖節年三十七，詩曰：『開歲倏五十。』乃義熙十年
　　　　甲寅，以詩語證之，序為誤；今作『開歲倏五日』，則與序中正月五
　　　　日語氣相應。」

淵明的春秋，所以其說難於成立，後世信者亦少。

　　關於陶淵明年壽的爭議，自宋代之後，爭論迭出，聚訟紛紜，究其原因，在於陶詩的異文頗多，尤其攸關年齡的紀年詩及內文數字甚不一致。所以，論者基本上多以淵明年卒於宋文帝元嘉四年丁卯爲定點，再以《集》中紀年詩相互發明，完成判讀。其中自不乏爲了配合己見，不惜更改陶詩紀年、數字者；或抓住陶詩一言半語，穿鑿臆斷，擅改原文以曲成其說者。而「六十三歲」之說，始於沈約而非顏延之，亦是致疑原因之一。以顏氏與陶淵明的關係而言：

> （延之）爲劉柳後軍功曹，在潯陽與淵明情款，後爲始安郡，
> 經過潯陽，日造飲焉。每往，必酣飲致醉。（王）弘欲邀延
> 之坐，彌日不得。延之臨去，留兩萬錢與淵明。（蕭統〈陶淵
> 明傳〉）

可見兩人情誼之深篤。而《文選》李善注引何法盛《晉中興書》亦云：

> 延之爲始安郡，道潯陽，常飲淵明舍，自晨達昏。及淵明
> 卒，延之爲之〈誄〉，極其思致。

再由顏〈誄〉中：「自爾介居，及我多暇，伊好之洽，接閻鄰舍，宵盤晝憩，非舟非駕。念昔宴私，舉觴相誨」的款款深情來看，竟然顏〈誄〉中未提及淵明壽數，卒年之後，又不言何月何日及里居，這是頗令人費解的〔註13〕。

　　不過，沈約以史家之筆著書，其世又距延之、淵明最近，以實際情形來看，「六十三歲」之說與淵明本集中的契合者的確較多，而且目前又尚無推倒《宋書》記載的有力證據，或許信從沈約的說法，仍是較爲謹慎可取的態度。

〔註13〕對於顏〈誄〉中未言及詩人年壽一事，今人鄧安生先生以爲，元嘉三
　　　年，徐羨之等誄，徵延之爲中書侍郎，尋轉太子中庶子，繼領步兵
　　　校尉，則元嘉四年前後，顏延之不在潯陽，對淵明的確切年壽和死
　　　葬時的詳情或不甚悉，爲謹慎其事，暫付闕如。（見《陶淵明析論》
　　　——「陶淵明年歲商討」，頁42）

第二節　家世里居與生平

一、名號 —— 魚潛在淵，或在於渚

　　陶淵明的名號，自南北朝即已眾說紛紜。史傳的說法，包括沈約《宋書》：「陶潛，字淵明；或云淵明，字元亮。」蕭統〈陶淵明傳〉：「陶淵明，字元亮，或云潛，字淵明。」令狐德棻《晉書》：「陶潛，字元亮。」《南史》：「陶潛，字淵明，或云字深明，名元亮。」〈蓮社高賢傳〉：「陶潛，字淵明。」等等。從這些史傳記載，可以歸納出「陶潛，字淵明」，幾乎是南北朝至李唐間，最具影響力的共識。雖然其時衍生的說法還有「潛，字元亮」，如《晉書》；或「字深明，名元亮」（避唐高祖李淵之諱，故將「淵」改爲「深」），如《南史》；抑是「陶淵明，字元亮」，如蕭統本傳及亦以「或說」附和之的《宋書》。然從這些稱名中，我們可以發現，南北朝與唐人的看法主要仍是以「潛」爲其名。至於字淵明，或字元亮，蓋淵、元同音，明、亮同義，所以，兩組字號，在並不相悖下，往往是同存而並論的。唯一造成歧異啓人疑竇的地方，主要在《宋書》與《南史》的兩個「或云」。《宋書》的「或云」，暗示「淵明」也可能是「名」，而非「字」。至於《南史》的「或云」，則同樣顯示「元亮」乃非「字」，而是「名」。正是這兩個疑點，揭開了宋代以後陶公名號之爭，尤其是前者，更令後代學者意見爭出，而強爲之辭的亦不少見。

　　宋代學者頗具實事求是的精神，在考證過程中，往往要求結果必須是具體而詳實的。吳仁傑的《陶靖節先生年譜》，是宋人中對陶公名字進行考辨用力最深者。不過，吳氏看法的最重要依據，除了史傳外，時人葉夢得的見解也對其影響甚深。今葉氏的看法雖不見於現存著作中，但卻可於吳譜「宋文帝元嘉三年」下引文得見：

> 葉左丞云：「陶淵明《晉書》、《南史》皆有傳，梁蕭統亦〈傳〉。嘗以統〈傳〉及顏延之所作〈誄〉，參之二史，大抵《南史》全取統〈傳〉，而更其名字。統〈傳〉云：『淵明字元亮，或云潛字淵明』。《南史》云：『潛字淵明，或云字淵明，名

元亮』；至《晉書》，直言潛字元亮。統去淵明最近，宜得
其實。既兩見，則淵明蓋嘗自更其名字，所謂『或云潛字
淵明』者，其前所行也；『淵明字元亮』者，後所更也。統
承其後，故書淵明為正，而謂潛為或說，意淵明自別於晉、
宋之間而微見其意歟。顏延之作〈誄〉，以『潯陽陶淵明』
稱之，此欲以其名見也。延之與淵明同時，且相善，不應
有誤。可以知其為後名，與統合。不然，或謹其名，自當
稱元亮，何以追言其舊字乎？

葉夢得認為，蕭統距離淵明最近，其說最為可信，既有「或云」，即
表示有兩種傳聞著錄，這兩組名字當確而有徵。至於為何有兩組名
字，史傳是「多聞闕疑」，未能述明。葉氏結合淵明生平，認為中間
必是經過更名過程，其更名之目的，無非是自別於晉、宋之間。晉時，
名潛字淵明；宋時，名淵明字元亮。這顯然是受到長期以來，一直籠
罩著陶學研究的「忠憤」說的影響。而吳仁傑對陶公的名字考證，便
是在葉夢得所作初步分析的基礎上，進一步建立自己的論見。

　　首先，吳仁傑贊同葉夢得的見解，也認為蕭統〈陶淵明傳〉所
記載：「陶淵明，字元亮，或云潛，字淵明」的兩種傳說是較為可信
的。並認為葉氏所主張更名的目的，乃是「自別於晉、宋之間而微
見其意」，是極其深刻而且有啟發後人的意義。他甚至更進一步以實
證來表述葉氏的看法是「信而有徵」的。吳氏從淵明本集中，找到
三個例證：

先生之名淵明，於《集》中者三：其名潛，見於本傳者一。
《集》載〈孟府君傳〉及〈祭程氏妹文〉，皆自名淵明。又
按蕭統所作〈傳〉及《晉書》、《南史》載先生對道濟之言，
則自稱曰潛。〈孟傳〉不著歲月，〈祭文〉晉義熙三年所作，
據此，即先生在晉名淵明可見也。此年對道濟，實宋元嘉，
則先生至是蓋更名潛矣。

《集》中三見，自名淵明者，為〈孟府君傳〉中的「淵明從父太常夔」，
及「淵明先親，君之第四女也」，另〈祭程氏妹文〉亦云：「淵明以少

牢之奠，俯而酹之」。至於自名「潛」者，則見於蕭統〈陶淵明傳〉：

> 江州刺史檀道濟往候之。（淵明）偃臥瘠餒有日矣。道濟謂
> 曰：「賢者處世，天下無道則隱，有道則至。今子生文明之
> 世，奈何自苦如此？」對曰：「潛也何敢望聖賢，志不及也。」
> 道濟饋以粱肉，麾而去之。

吳氏特由這段文字中，淵明之自稱「潛」，做出結論，認爲其自稱「淵明」，多係司馬王朝之際，而稱「潛」者，乃於劉宋代晉之後。另外，他還以此合觀顏延之的〈靖節徵士誄〉，更覺陶公之更名，確實別有用心，「自別於晉、宋之間」，是十分明確的：

> 延之作先生〈誄〉云：「有晉聘士陶淵明」，既以先生爲晉
> 臣，則用其舊名宜矣。延之與先生厚善，著其爲晉聘士，
> 又書其在晉之名，豈亦因欲見先生之意耶！

吳仁傑的看法，亦以爲陶公既有兩套名字，則必有前行後行之別。區分的關鍵當在於晉、宋易代之際，如此一來，只有從「微見其意以全其忠於晉室的大節」來解釋才說得通。所以，他對葉氏的辨析深表贊賞，但所主張的前後通行順序，則正好與夢得所主相反，力言「淵明」爲前，「潛」在後，並舉黃庭堅〈宿舊彭澤懷陶令詩〉爲證：「潛魚願深渺，淵明無由逃」，認爲山谷之意，即言「淵明」不如「潛」之爲晦，所以入宋之後，才有更名爲「潛」之舉。

　　此外，吳氏的見解也有推翻史傳之處。他在《年譜》中總結有關名號爭議之處時，特別指出：

> 先生在晉名淵明，字元亮，在宋則更名潛，而仍其舊字；
> 謂其以名爲字者，初無明據，殆非也。當曰：「陶淵明字元
> 亮，入宋更名潛。」如此爲得其實。其曰深明、泉明者，
> 唐人避高祖諱故云。

這一段表明了吳氏並不完全同意蕭〈傳〉記載的兩種傳說，他是在參酌史傳說法，核校葉夢得新論，佐以黃庭堅詩說下，提出另一種修正版的答案。因爲其說頗合情理，所以在當時具有相當大的說服力，即使後來張縯在提出《吳譜辨證》時，也表贊同。可見吳氏之

說的代表性。總之，由於史傳說法，一則因辭過於簡略，總不免啓人疑竇；而另因一方面則又因其時代去淵明最近，理當最足信據。然而，唐以來持淵明「恥事二姓」的說法，一直在陶學研究中佔主導地位，致使解釋陶公行誼與思想的論見，均不得不附會此說。所以「忠憤」的心理背景，自然也在後人解釋史傳的「或說」時，成了最好的心理背景根據。

其實，〈孟府君傳〉、〈祭程氏妹文〉中的自稱「淵明」，及元嘉間，陶公對道濟的自稱「潛」，甚至顏延之〈陶徵士誄〉的稱呼「淵明」，究竟孰爲名？孰爲字？至今仍有許多爭議〔註14〕，還有待後人進一步的研討釐清。不過，自從吳氏開啓論辨之後，詩人名號便成爲學界高度興趣的問題，這種投入，也正反映出自時人對陶淵明的重視了。

二、世系 —— 悠悠我祖，爰自陶唐

陶淵明的家世，據《宋書》、《南史》、《晉書》本傳及蕭統〈傳〉、〈蓮社高賢傳〉所云，咸以爲其爲晉大司馬陶侃之曾孫〔註15〕。《晉

〔註14〕 按陶侃、陶茂均以單字命名，陶父也爲單字名，五子也取單名，詩人名取單字，也是極有可能之事。設若陶父「淡焉虛止」（〈命子〉），故名「逸」，爲子取名「潛」，「潛」爲「藏」之意，也相當合理。〈孟府君傳〉、〈祭程氏妹文〉，詩人均自稱「淵明」，字爲親稱，此也可爲淵明是字的明證。蕭統及《南史》之說，詩人對檀道濟自稱潛」，名爲正言而稱，此爲「潛」是名的另一佐證。加以劉宋立國，詩人已五十六歲，《禮記‧曲禮》：「君子已孤不更名。」從禮與年齡特徵上而言，似乎沒有「入宋更名潛」的必要。至於顏〈誄〉中稱「淵明」，蓋摯友之故，以字呼之，亦不突兀。種種線索顯示，言「淵明」爲名者，仍有疑慮，論據依然不足。

〔註15〕 今人楊勇先生曾據淵明詩文及史傳所載，考訂陶公世系。本文所述及有關詩人的世系、生平，上自曾祖陶侃，下至五兒女，諸人活動期主要在東晉，而唐、宋的考論，亦多止於此。所以，本文對詩人世系的尋索，亦僅停留在晉、宋，出此，不再敍論。爲供參考，僅轉錄楊先生繪作之圖表如下：

書》猶補述其「祖茂，武昌太守」。事實上，這些意見也是由淵明作
品中的自我表述而來的。

陶淵明世系圖

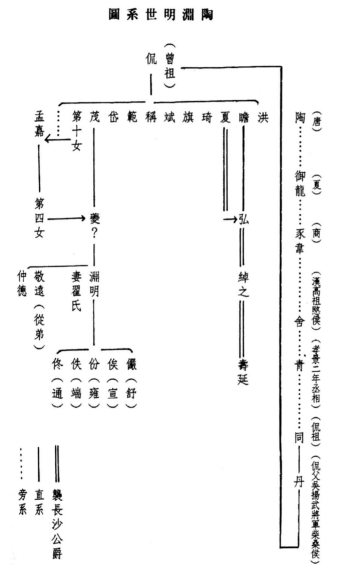

（案：表中所列，基本上均同於世說，惟「壽延」當作「延壽」；另
　外淵明的父親也多作「逸」，而非「夔」）

　　陶公〈命子〉詩，自言其祖源出於上古之陶唐，中經夏、商、周、秦、漢、魏，而至中晉，累世勳德，功臣名將迭出：

> 悠悠我祖，爰自陶唐。邈焉虞賓，歷世重光。御龍勤夏，
> 豕韋翼商。穆穆司徒，厥族以昌。紛紛戰國，漠漠衰周。
> 鳳隱於林，幽人在丘。逸虯繞雲，奔鯨駭流。天集有漢，
> 眷予愍侯。於赫愍侯，運當攀龍。撫劍風邁，顯茲武功。
> 書誓山河，啓土開封。亹亹丞相，允迪前蹤。渾渾長源，
> 蔚蔚洪柯，群川載導，眾條載羅。時有語默，運因隆寙。
> 在我中晉，業融長沙。

詩中推源上古，自陶唐時代起，歷敘家世的源遠流長。有人以為，淵明是在東晉門閥鼎盛風氣之下，從其流俗，大力吹捧自己氏族的高貴，藉以抬高身價，而這也正顯示出詩人具有強烈的門第觀念。其實〈命子〉詩的用意，重點並不在吹噓、抬高自己門望，主要還是藉由先世前賢的懿德典範，表明對兒子陶儼的期許。雖然當時門閥制度已歷經百餘年，可謂「由來非一朝」（左思〈詠史〉），士人鮮少能夠置身事外。不過，與其說淵明受著爭抬門第風氣的影響，無寧說他是反抗門閥制度來得突出，這可從他一生的出處，及其詩中響亮地唱出：「落地為兄弟，何必骨肉親」（〈雜詩〉其一）得知梗概。另外，他在〈與子儼等疏〉中，也曾寫道：「然汝等雖不同生，當思四海皆兄弟之義。」對照蕭統〈陶淵明傳〉所稱：

> 不以家累自隨，送一力給其子，書曰：「汝旦夕之費，自給
> 為難，今遣此力，助汝薪水之勞。此亦人子也，可善遇之。」

甚至是「桃花源」理想世界中的「黃髮垂髫，並怡然自樂」來看，他毫無階級貴賤之念，當是極為明顯的。

　　而〈命子〉詩，在追溯遠祖之後，寫道：

> 桓桓長沙，伊勳伊德。天子疇我，專征南國。功遂辭歸，
> 臨寵不忒。孰謂斯心，而近可得。肅矣我祖，慎終如始。
> 直方二臺，惠和千里。於皇仁考，淡焉虛止。寄跡風雲，
> 冥茲慍喜。

這些都相當形象地突出自己曾祖、祖父及父親的特質。陶侃爲淵明曾祖，出身寒微，在戎馬倥傯中，以軍功而達貴顯，官至八州都督，封長沙公，政績頗爲史家所稱道：

> 勤於吏職，恭而近禮，愛好人倫。終日歛膝危坐，閫外多事，千緒萬端，罔有遺漏。（《晉書·陶侃傳》）

《世說新語·政事》也曾載錄他「性檢厲，勤於事」的具體事實〔註16〕。在晉代官僚驕奢淫佚，一片浮華侈麗與游惰之風習中，陶侃的「勤勉自勵，克勤克儉」、關心民瘼，自然令人有耳目一新之感，這也令身爲後代子孫的陶淵明，引以爲傲。

　　至於陶淵明的祖父與父親，除了《晉書》載明「祖茂，武昌太守」一語外，正史均無記載，惟南宋鄧名世作〈古今姓氏書辨證〉云：

> 後世陶氏望出丹陽，晉太尉侃之祖父同，始居焉。同生丹，吳揚武將軍柴桑侯，遂居其地。生侃，字士行，娶十五妻，生二十三子，三子少亡，二十一子官至太守。侃生員外散騎岱。岱生晉安城太守逸。逸生彭澤令贈光祿大夫潛。潛生族人熙之，宋度支尚書。（見陶澍集注《靖節先生集·年譜考異》上）

對此，歷代學者多疑之，而吳仁傑在《年譜》中，亦對史傳中多未能提及詩人祖父之名爵，頗感不解：

> 〈陶侃傳〉曰：「封長沙郡公，贈大司馬，有子十七人」，洪、瞻、夏、琦、旗、斌、稱、範、岱九人，附見〈侃傳〉。先生大父亦侃子也，獨見於先生傳中。

陶茂之名，不見於〈陶侃傳〉的「有子十七人」之列，可能是淵明一支並非陶侃的嫡嗣子孫，所以略而不談。不過，以陶詩中形容祖父「愼終如始；直方二台，惠和千里」的線索來看，和《晉書》所記頗爲相

〔註16〕《世說新語·政事》記言：「陶公性檢厲，勤於事。作荊州時，敕船官悉錄鋸木屑，不限多少，咸不解此意。後正會，值積雪始晴，聽事前除雪後，猶濕，於是悉用木屑覆之，都無所妨。官用竹，皆令錄厚頭，積之如山。後桓宣武伐蜀，裝船，悉以作釘。」

符。陶茂曾爲武昌太守，而該職爲荊、江兩州刺史屬下，故曰二台，所以，《晉書》之說多爲後世採信。至於詩人父親之名，史傳則是毫無觸及，惟晚唐陶家後代陶麟《家譜》中，但謂淵明「父名逸，爲姿城太守，生五子」（李公煥《箋注陶淵明集》卷一引）。這一說法與南宋鄧名世的〈古今姓氏書辨證〉意見頗爲一致，唯職稱不同。因此，後人對詩人父親之名號多持保留態度。可能因淵明父親過世甚早，「相及齠齔，并罹偏咎」（〈祭從弟敬遠文〉），齠齔乃七、八歲童年之代稱，可見詩人早年即喪親。加以〈命子〉詩所描述的父親性情特徵是：性喜虛無恬淡，爲官不喜，去職亦不怒。揣測官職可能不大，所以鮮有事蹟足堪登補，造成史傳亦難紀實。

　　據載陶門承襲陶侃爵位的嫡系子孫，初爲長子夏：

> 送侃喪還，殺其弟斌。庾亮奏加放黜，表未至而夏卒。詔以瞻息弘襲侃爵。（吳仁傑《陶靖節先生年譜》）

陶弘嗣位後，仕至光祿勛。弘卒，子綽之嗣。綽之卒，子延壽嗣。而淵明與陶侃嫡系子孫往來的唯一資料，即在〈贈長沙公〉一詩中。吳仁傑作《陶靖節先生年譜》，乃繫此詩於宋文帝元嘉二年乙丑。引序作：「余於長沙公爲族祖，同出大司馬。」句中「族祖」兩字連讀，疑所贈乃延壽之子，從晉爵：

> 綽之卒，子延壽嗣。宋受禪，降爲吳昌侯。以世次考之，先生於延壽爲諸父行。今自謂於長沙公爲族祖，意延壽入宋而卒，見先生於潯陽者，豈其子耶？延壽已降封吳昌，仍以長沙稱之，從晉爵也。

吳氏把序文作「族祖」斷句，以爲所贈者，乃係延壽之子。其人過潯陽祭祀陶氏宗祠，淵明因與之相會，故作〈贈長沙公〉詩賦別。吳氏因此認爲詩題「贈長沙公」，當云「贈長沙公族孫」，指明詩序中云「族祖」者，乃俗本亂改致誤。其說頗有可疑。其一，吳譜言：「子延壽嗣，宋受禪，降爲吳昌侯。」其說本於《晉書·陶侃傳》。不過，據《宋書·武帝紀》稱「長沙公封醴陵縣侯」，則《晉書》或吳《譜》

中的「吳昌侯」，當爲「醴陵侯」之誤。既然吳氏認爲〈贈長沙公〉乃禪代以後之作，長沙公封爵已降爲醴陵縣侯，似乎沒有理由「從晉爵」，或可更定該詩爲晉宋易代前之作。其二，延壽是有子嗣，史傳未載，《晉書》既稱延壽已降爲「吳昌侯」，詩人何能稱其子爲「長沙公」？正由於此，吳績在《吳譜辨證》中特予以反駁：

> 先生詩云：「伊余云遘，在長忘同。」蓋先生世次爲長，視延壽乃諸父行。〈序〉云：「余於長沙公爲族。」或云：「長沙公於余爲族。」皆以「族」字斷句，不稱爲祖。蓋長沙公爲大宗之傳，先生不欲以長自居，故詩稱「於穆令族」，〈序〉稱「於余爲族」，又云：「我日欽哉！實宗之光。」皆敬宗之義也。如《年譜》以族祖、族孫爲稱，乃是延壽之子，延壽已爲吳昌侯，其子又安得稱長沙公哉？要是此詩作於延壽未改封之前。

吳氏的辨正較爲合理。從〈贈〉詩中云：「在長忘同。」表述淵明尊重有爵號的對方，尊重祖上，故〈序〉中起句亦不言你我同出於大司馬，而言你的曾祖與我的祖父同出於大司馬。這種措辭，展現了作者的謙禮風範。如對「長沙公」發言即自稱「余於長沙公爲族祖」顯然有自居長輩之嫌，亦非贈人詩文之用語通例。

試讀〈贈長沙公〉一詩之作，主要是在傳達詩人對先祖陶侃功德的尊崇，對陶家世系榮譽的重視，也體現其對同族晚輩的殷切厚望及勗勉親愛。但由於詩中「人易世疏」、「慨然寤歎」、「感彼行路」之語，卻引發宋人葛立方的議論，認爲整首詩出之以感傷情調，蓋長沙公於淵明形同「路人」，故詩人乃以尊祖自任：

> 傳曰：學士大夫則知尊祖矣。族之所在，祖之所自出也，其可以不敬乎？陶淵明有〈贈長沙公詩序〉云：「余於長沙公爲族祖，同出大司馬，昭穆既遠，以爲路人。」故其詩云：「同源分流，人易世疏。慨然寤歎，念斯厥初。禮服遂悠，歲月眇徂。感彼行路，眷焉踟蹰。」蓋深傷之也。長沙公於淵明如此，而淵明乃以尊祖自任，其臨別贈言之際，

有「進簣雖微，終焉爲山」之句，嗚呼！淵明亦可謂賢矣！
（《韻語陽秋》卷二十）

依葛氏之見，以爲長沙公不近人情，在「同姓古所敦」（杜甫詩）傳統禮教下，不該與詩人「形同陌路」。這層體會，恐怕已悖離詩旨太遠，所以後人就不免重語指責他：「可謂固哉高叟矣。」（陶澍集注《靖節先生集》卷一）

另外，宋人還以淵明〈怨詩楚調示龐主簿鄧治中〉詩所云：「弱冠逢世阻，始室喪其偏。」配合史傳所稱「其妻翟氏，亦能安勤苦，與其同志」（蕭統〈陶淵明傳〉），一致認定翟氏是淵明的繼室。不過，對於原配過世時間則有異議。吳質《栗里譜》主張爲孝武帝太元九年甲申，年二十之時：

君年二十，失妻。〈楚調〉詩云：「弱冠逢世阻，始室喪其偏。」妻翟氏偕老，所謂「夫耕於前，妻鋤於後」，當是翟。

吳仁傑《陶靖節先生年譜》則以爲太元十九年甲午，詩人三十歲時：

是年先生三十矣，有悼亡之戚。故〈示龐主簿鄧治中〉云：「始室喪其偏。」《禮》：「三十曰壯，有室。」《左傳》：「齊崔杼生成及彊而寡，娶東郭氏。」杜〈注〉：「偏喪曰寡。」先生〈與子儼等疏〉云：「汝輩雖不同生，當思四海兄弟之義。他人尚爾，況共父之人哉。」先生蓋兩娶，本傳稱：「其妻翟氏，志趣亦同，能安苦節，夫耕於前，妻鋤於後。」則繼室實翟氏。

兩人說法相距十年。王氏說法乃承「弱冠」而釋，故曰二十；吳氏則就「始室」求解，《禮記》所謂：「三十曰壯，有室。」又：「三十而有室，始理男事。」以爲當爲三十。後代學者則多主後說。

又陶淵明生有五子：儼、俟、份、佚、佟，小名分別爲舒、宣、雍、端、通。除〈命子〉詩所記對象爲長子陶儼外，本集中還有〈責子〉詩與〈與子儼等疏〉，這些作品均表達詩人對骨肉深厚的眞情，尤其是〈責子〉詩，反映了作者對子女的殷殷期望。針對詩人這種對兒女的掛懷，杜甫卻說：「有子賢與愚，何其挂懷抱。」（〈遣興〉）以

為這種掛礙，顯示了陶公的「未必能達道」。以杜甫的詩題〈遣興〉來看，其實，子美也未必是在批評淵明對子女的操心之舉，蓋因其也曾有效仿陶公之作，詩中對子女的呵愛，亦不下於淵明〔註17〕。所以，以上詩句或可看作是詩人的幽默和其對淵明的某些理解。關於這一點，以黃庭堅的解釋最能曲盡兩位詩人之妙處：

> 觀淵明此詩，想見其人豈弟慈祥，戲謔可觀也。俗人便謂淵明諸子皆不肖，而愁嘆見於外。（〈書陶淵明責子詩後〉）

又曰：

> 杜子美詩：「陶潛避俗翁，未必能達道。觀其著詩篇，頗亦恨枯槁。達生豈是足，默識蓋不早。有子賢與愚，何其掛懷抱。」子美困頓於山川，蓋為不知者詬病，以為拙於生事，又往往譏宗文、宗武失學，故聊解嘲耳。其詩名〈遣興〉，可知也。俗人便謂譏淵明。所謂癡人前不得說夢也。
>
> （同上）

山谷的說法，真可謂深得詩家三昧，而後人所以直視子美是在譏笑淵明，乃因淵明向來高蹈獨善，視世事一無芥蒂，獨於諸子拳拳訓誨，對照之下，才會以為杜詩有譏嘲之見。其實淵明心志超曠，對子女則殷切掛懷，兩者亦無衝突，反而更顯示詩人別具的人倫溫情之美。〈命子〉詩中，陶公形容為人父者望子成龍，盼子勝出的心情，就特別生動：「厲夜生子，遽而求火，凡百有心，奚特於我？既見其生，實欲

〔註17〕 葛立方《韻語陽秋》卷十曾載：「陶淵明〈命子〉篇則云：『夙興夜寐，願爾斯才。爾之不才，亦已焉哉！』其〈責子〉篇曰：『雖有五男兒，總不好紙筆』、『天運苟如此，且進杯中物』。〈告儼等疏〉則曰：『鮑叔、管仲，分財無猜；歸生、伍舉，班荊道舊；……而況同父之人哉！』則淵明之子，未必賢也。故杜子美論之曰：『有子賢與愚，何其掛懷抱。』然子美於諸子亦未為忘情者。子美〈遣興〉詩云：『驥子好男兒，前年學語時。世亂憐渠小，家貧仰母慈。』又〈憶幼子〉詩云：『別離驚節換，聰慧與誰論。憶渠愁只睡，炙背俯晴軒。』〈得家書〉云：『熊兒幸無恙，驥子最憐渠』。〈元日示宗武〉云：『汝啼吾手戰。』觀此數詩，於諸子鍾情尤甚於淵明矣。」葛氏這段文字說明，適足以補充黃庭堅的認知，證明杜甫所說陶公「未必能達道」，確實為戲謔筆墨。

其可。人亦有言，斯情無假。」所謂「凡百有心，奚特於我」，天下
父母心，鮮有例外，遑論眞情至性如淵明者，又豈能置身事外？更何
況，杜詩之作極可能是出之以戲謔自嘲，淺薄之士，妄加評點，自然
殊失本旨。宋人吳縝就清楚看到這一點，認爲淵明、子美之作，其實
是「以文爲戲耳」，因爲是戲謔筆墨，所以當不得認眞苛責。即同杜
詩「驥子好男兒」，「若以是嘲子美譽兒，亦豈不可哉」（《吳譜辨證》）。
從這些意見可以發現，宋人對淵明的了解，畢竟還是頗爲透徹的。

三、里居 —— 行行循歸路，計路望舊居

　　關於陶淵明的里居，歷來亦是爭論紛紛。《宋書》本傳乃云其爲
「潯陽柴桑人」，蕭統〈陶淵明傳〉與唐李延壽《南史》，也都同沈約
之見。至於顏〈誄〉，則稱「晉徵士潯陽陶淵明」；〈蓮社高賢傳〉則
有「居潯陽柴桑」之說。後來成書的《晉書》，則不提籍貫，又無「家
於柴桑」的記載。可見多數史傳在詩人里居的標注上，僅僅舉其大概
而已。然考淵明本集中，則有「舊居」、「移居」文字，甚至「上京」、
「柴桑」、「南村」等地名線索，這也就引發後人逐一考辨的興趣。

　　從劉宋到唐初，受到閥閱門風與文風輕靡的影響，門祚衰薄，詩
風清澹的陶淵明，幾乎沒有得到世人太多的關注與敬重，以致身歿未
幾，名字混淆難辨，里居莫衷一是。首先提出「栗里」爲詩人故里者，
爲唐人顏眞卿。宋代王質據以作《栗里譜》，另外如陳俞舜、朱熹等
亦承其說。所謂「栗里」，乃《宋書》本傳文中所稱者：

> 義熙末，徵著作佐郎，不就。江州刺史王弘欲識之，不能
> 致也。潛嘗往廬山，弘令潛故人龐通之齎酒具於半道栗里
> 要之。潛有腳疾，使一門生二兒舉籃輿；既至，欣然便共
> 酌飲；俄頃弘至，亦無忤也。

這時，淵明應該是住於南村（一名南里），栗里只是王弘要訪淵明上
廬山的半道地點。顏魯公錯植栗里爲其故居，可能是受上述本傳文字
的誤導。不過，《顏眞卿文忠集》北宋已經亡佚，即使後人輯佚，亦

不得顏公〈栗里〉一詩，連爲魯公撰年譜的宋人留元剛，也付之闕如。
但宋末王應麟《困學紀聞》竟得收錄，所據爲何，並未說明〔註18〕。
而且詩的內容亦不完全，已不能體現栗里風貌。不過，唐憲宗元和十
一年，白居易遊廬山，曾訪陶公舊宅，並爲詩以誌之，詩序云：「今
遊廬山，經柴桑，過栗里，思其人，訪其宅。」原詩則寫道：

> 柴桑古村落，栗里舊山川，不見籬下菊，但餘墟里煙。子
> 孫雖無聞，族氏猶未遷。每逢姓陶人，使我心依然。

這些又補強了「栗里」爲淵明故里的說法，所以北宋樂史等人所撰的
《太平寰宇記》，遂依此進一步做出結論：

> 陶公舊宅，在州西南五十里柴桑山。《晉史》陶潛家於柴桑，
> 唐白居易有〈訪陶公舊宅詩〉。

又云：「柴桑山在栗里原，陶潛此中人」、「栗里原在廬山南，當澗有
陶公醉石」。據後人考證，樂史所說的「廬山南側栗里」，其實已與史
傳所稱的「栗里」不同。史傳所言者，在山之北〔註19〕。類似的錯誤，

〔註18〕 朱熹爲顏魯公〈栗里詩〉作跋時，有言：「顏文忠公栗里詩見陳令舉
（舜俞）《廬山記》，而不得其全篇。」不過今人鄧鍾伯先生曾查吳
宗慈《廬山志》合校本《廬山記》，將中土和傳入日本的兩種本子對
校，發現沒有顏詩，據此，鄧先生以爲如果眞有此詩，當與東西二
林寺題名并傳。而《顏眞卿文忠集》，北宋已經亡失，自吳興沈某到
南宋劉元剛，始相繼收羅，其中仍無發現〈栗里詩〉，王應麟生於留
元剛之後，確實不易有新發現，所以，鄧先生以爲可能爲無名氏，
非顏眞卿之作才是。（見〈陶淵明故里說〉，江西師院學報，1982第
二期）。

〔註19〕 《宋書・隱逸傳》載：「潛嘗往廬山，弘令潛故人龐通之齎酒具，於
半道栗里要之。」其中所指的「栗里」，應在廬山之北。白居易在元
和十年初冬謫居江州，其所作的〈訪陶公舊宅〉，當是其第一次遊廬
山時所作。詩〈序〉云：「今遊廬山，經柴桑，過栗里，思其人，訪
其宅。」唐代江州府治即今九江市，去廬山二十五里，有大道可上。
樂天所訪者，即是廬山之北的栗里，同於史傳所說，其位置在九江
至廬山的半道上。這個栗里至南宋遺跡猶存，王象之《輿地紀勝》
卷三十江州德化縣條下云：「在縣西南栗里源，舊隱基址猶存，有陶
公醉石。然山南亦有之，二事重出，姑兩存之。」這裡明確提到兩
處栗里，兩處醉石，一在廬山之北，一在廬山之南。事實上，在廬
山之北的栗里才是眞的，而之南的栗里、醉石則是以訛傳訛、被附

也發生在同時的陳俞舜身上。陳氏《廬山記》卷二〈北山〉篇的「東林寺」條下云：

> 流水匝寺下，入虎溪，昔遠師送客過此，虎輒鳴，故名。
>
> 陶元亮居栗里，山南陸修靜亦有道之士，遠師嘗送此二人，
>
> 與語道合，不覺過之，因相與大笑，今世傳三笑圖。〔註20〕

栗里既在北山，而陳氏卻又於卷三〈山南〉篇「靈湯院」下，另記一個「栗里」之名，忽北忽南，令人茫然。看來陳氏不僅和樂史一樣，誤當栗里為淵明故居，並將南北兩「栗里」混同。經此一番淆亂，這使得後人在淵明故居的探索道路上，是漸行漸遠。

不過，在「栗里」被誤作淵明故里的過程中，真正最關鍵性的人物乃是南宋朱熹。朱熹原僅以為淵明「始家柴桑」，之後「徙居栗里」，不過在〈跋顏魯公栗里詩〉中卻寫道：

> 栗里在今南康軍治西北五十里，谷中有巨石，相傳是陶公醉眠處。予嘗遊而悲之，為作歸去來館於其側，歲時勸相間一至焉。俯仰林泉，舉酒屬客，蓋未嘗不賦詩也。地之主人零陵從事陳公正臣聞之，若有慨然於中者，請大書刻石上。予既去郡，請益堅，乃書遺之。

朱子言明「栗里」位於「南康軍治西北五十里」，顯然是承樂史、陳俞舜「地處廬山之南」的誤導。然經朱熹的建館、刻石，鼓吹，明清士大夫在對淵明故居的探裁工作上，幾乎都是以朱熹的說法為標的，其影響不可謂不深遠〔註21〕。朱熹之誤不止於此，他甚至還將「栗里」

　　　　會的。

〔註20〕有關「三笑圖」一事，後人頗為懷疑，一則淵明、慧遠及陸修靜三人在年紀上差別太大；二則《高僧傳》、〈東林寺志〉皆無記載，因此是否屬實，仍有待進一步考證。

〔註21〕朱熹的說法顯然影響到明代文士對淵明里居的看法。明初王褘就直接把廬山南栗里當作陶淵明的故居了。其《經行記》云：「醉石觀即陶靖節故居栗里也。地屬星子縣，而星子縣在晉為彭澤縣。觀已廢，惟有大石互澗中。石隱然有人臥形，相傳靖節醉即臥此。觀南諸山即其詩所云『悠然見南山』者也。其傍居民多陶姓，自云是靖節後。」朱熹本認為淵明始家柴桑，徙居栗里，尚未將栗里當作故里，但到

與陶淵明〈還舊居〉詩中的「疇昔家上京」的「上京」混爲一談。這項錯誤，見於《朱子語類》：

> 廬山南有淵明古跡，曰上原，淵明《集》作京，今土人作荊。江中有一磐石，石上有痕，云淵明醉臥其上，名淵明醉石。

以這一段文字對照〈跋顏魯公栗里詩〉的「谷中有巨石，相傳是陶公醉眠處」，發現如出一轍，豈非同指一處〔註22〕。

宋人除了將「栗里」與「上京」混同外，亦有將「上京」視爲京師的說法。王質的《栗里譜》對陶公居址的考核頗詳，認爲他家始居柴桑，直至隆安四年：

> 五月，有〈從都還阻風規林〉詩，當是參鎮軍，銜命自京都上江陵，故在〈始作鎮軍參軍經曲阿〉詩後。父在柴桑，故云：「一欣侍溫顏。」又云：「久游戀所生。」父爲人度不肯適都，當是已舍單行，見〈還舊居〉詩。

言明這段時間家居京師，父仍留柴桑。至義熙元年，彭澤歸來，復返回柴桑故里。後又曾住西廬，遷南村，又還西廬，終於柴桑故里。類似的看法，同樣見諸於吳仁傑《陶靖節先生年譜》：

> （安帝隆安）四年庚子：此年五月，又有〈從都還阻風規林〉詩云：「一欣侍溫顏」，則先生就辟，至是乃挈家居京師，故〈還舊居〉詩有「疇昔家上京」之句。

王、吳兩譜，均以爲淵明始就軍職在庚子，這是根據〈始作鎮軍參軍〉

了王褘手上，不僅視廬山之南的栗里爲是，而且還將其直接派作詩人的故里。其後的桑喬也再次肯定栗里爲淵明的故里，《廬山紀事》卷三云：「栗里者，陶淵明先生之故里也。其地在虎爪崖下。」甚至在後來的《廬山志》以及一些地方志上，也多持此說，可見朱熹見解的影響。

〔註22〕所謂陶公醉石，既不見於《陶集》，也不見於本傳，其說又頗具傳奇性，連朱熹也自稱是傳聞。因此，其爲後人穿鑿之可能性相當大。或許爲增益詩人高曠閒遠之胸次，故爲此說，再對照廬山之北又有一醉石的說法，就更不得不讓人懷疑其中附會的可能。

和〈庚子歲從都還〉二詩而來〔註23〕，以及〈還舊居〉詩「疇昔家上京，六載去還歸」之語，以庚子到乙巳來算，適爲六載。又據「上京」、「去還歸」及「今日始復來」等語，謂淵明六載中，家居京師。這一說法，與陶集其他作品，如〈游斜川〉（序：辛丑正月）、〈辛丑歲七月赴假還江陵夜行塗口〉、〈癸卯歲始春懷古田舍〉、〈癸卯歲十二月中作與從弟敬遠〉的文意不甚相符，尚有待進一步釐清。不過，王、吳兩人對於舊居的說法，一致肯定不在南村、西廬或上京，而一謂潯陽，一謂柴桑，雖僅舉其大概，並無詳確地址，卻是較切合事實的。

四、生平經歷
（一）少年懷抱 ── 猛志逸四海

淵明自幼生活在潯陽柴桑，從顏《誄》稱其「韜此洪族，蔑彼名級」，可知他自小，即已飽嘗貧困之煎迫，顯赫的家世，並不曾帶來優裕的生活環境，所謂「居無僕妾，井臼弗任，藜菽不給」（顏延之〈陶徵士誄〉）。這種窘困情境，教詩人日後回憶時，也不免要心酸：「少而窮苦，每以家弊，東西游走。」（〈與子儼等疏〉）〈自祭文〉中的文字形容，也是具體而詳切：「逢運之貧。簞瓢屢罄，絺綌多陳。」家道如此，但詩人卻能「委懷在琴書」、「游好在六經」，進德修業不曾鬆懈。在詩文中，他便不只一次地提到自己對讀書的濃厚興味與投入：「少學琴書，偶愛閑靜，開卷有得，便欣然忘食」（〈與子儼等疏〉）、「閑靜少言，不慕榮利。好讀書，不求甚解，每有會意，欣然忘食」

〔註23〕據朱自清先生的考證，吳、王兩人之所以誤「上京」爲「京師」，可能是根據當時所看到的《陶集》其中篇章之次序而斷言者，以〈始作鎮軍參軍詩〉及〈庚子歲從都還〉詩前後，訂淵明始就軍職在庚子，及〈還舊居〉詩首有「疇昔家上京，六載去還歸」兩語，定其與「庚子」相差適爲六年，再據「上京」、「去還歸」及「今日始復來」等語，謂淵明六載家居京師；特以此「上京」與〈答龐參軍詩〉中的「作使上京」同論。王、吳兩人之說顯然是惑於當時《陶集》次序影響，殊不知其時陶詩「編比顛亂，兼復闕少」，據以推論，錯誤自是不在話下。（〈陶淵明年譜中之問題〉）

（〈五柳先生傳〉）；史傳也稱他「博學，善屬文，穎脫不群」（蕭統〈陶淵明傳〉），這種高昂好學的興趣是與他的教養傳統有密切關係的。

「功遂辭歸，臨寵不忒」的曾祖父陶侃，「直方二台，惠和千里」的祖父，以及「淡焉虛止，寄跡風雲」的父親（以上均見〈命子〉），都是對他一生行誼或多或少有些影響的關鍵人物。尤其是外祖父孟嘉，他的人品和風度更是詩人傾心的對象。淵明曾寫過一篇〈晉故征西大將軍長史孟府君傳〉，生動描述了這位外祖父的風範：

> 始自總髮，至於知命，行不苟合，言無誇矜，未嘗有喜慍之容。好酣飲，逾多不亂。至於任懷得意，融然遠寄，傍若無人。（桓）溫嘗問君：「酒有何好，而君嗜之？」君笑而答曰：「明公但不得酒中趣耳！」又問聽妓，「絲不如竹，竹不如肉。」答曰：「漸近自然。」

簡直是氣韻風神，雍容閒雅，躍然紙上。若再結合史傳中所載的「風吹帽落」一事來看，可以發現淵明嘗以頭巾漉酒，還著頭上的舉動，其實在精神胸襟上，是與這位外祖遙遙相契的。而外祖父在儒學方面的造詣，也是有目共睹的，庾亮就稱讚他為「盛德人」，並在「崇修學校，高選儒官」時，借用其長才，「轉勸學從事」（《晉書‧孟嘉傳》）。所以，淵明年少對儒家經典的深厚興趣，自與這種家庭淵源背景是分不開的。

曾祖父的務實進取，外祖父的從容率真，都在淵明的人格培養過程中，發揮積極的影響作用，誠如宋人王質所云：「其氣所傳，造化必有可言者。」（《栗里譜》）

詩人十九歲那年，爆發淝水之戰，晉軍以士氣旺盛的八萬「北府兵」迎戰前秦苻堅百萬軍隊，致秦軍潰散奔竄，死者蔽塞於野。這場戰爭的勝利，對長久以來低靡的東晉士氣，是一項莫大的鼓舞。詩人也不例外，他開始湧現出昂揚向上的時代精神，期盼有建功立名的成就：

> 憶我少壯時，無樂自欣豫。猛志逸四海，騫翮思遠翥。

（〈雜詩〉其五）

少時壯且厲，撫劍獨行游。誰言行游近，張掖至幽州。

飢食首陽薇，渴飲易水流。（〈擬古〉其八）

這種干雲豪情，主要是建立在「大濟蒼生」與「收復故土」上。即使在他日後命運偃蹇，「有志不獲騁」之下，這種對蒼生、大局的關懷，仍然是存在的。如〈榮木〉一詩，詩人在感嘆時光速遷之下，不免產生「白首無成」的焦慮，但隨後即說：「先師遺訓，余豈云墜。四十無聞，斯不足畏。脂我名車，策我名驥，千里雖遙，孰敢不至。」〈雜詩〉中也有「及時當勉勵，歲月不待人」（其一）、「日月擲人去，有志不獲騁」（其二）之嘆。尚不僅此，即使暮年，詩人的雄心依然隱約可見，如〈讀山海經〉：「夸父誕宏志，乃與日競走。俱至虞淵下，似若無勝負。神力既殊妙，傾河焉足有。餘跡寄鄧林，功竟在身後」（其九）、「精衛銜微木，將以填滄海。刑天舞干戚，猛志固常在」（其十）；或如〈詠三良〉：「彈冠乘通津，但懼時我遺，服勤盡歲月，常恐功愈微」等。而〈擬古〉一詩所以對田疇極為贊揚，稱其「節義為士雄」，也都可以由此得到理解，所謂「其人雖已沒，千載有餘情」（〈詠荊軻〉），詩人的用世之心，始終是餘波盪漾，並沒有完全消止。

（二）青年出仕 —— 一心處兩端

學而優則仕，是傳統社會中知識份子貢獻才智，實現人生理想的必由之路。陶淵明也曾在這條道路上或奮發、或徘徊。他曾追述自己的初仕經歷：

疇昔苦長饑，投耒去學仕。將養不得節，凍餒固纏己。是
時向立年，志意多所恥。（〈飲酒〉其十九）

可知他是在年近三十時，才出來做官，而且是在家計的窘困情形下，「起為州祭酒」（《宋書》本傳）。宋人所作年譜中，王質並沒有說明詩人出仕的明確年紀，只是在「太元十九年甲午」條下云：

君年三十。有〈歸園田〉詩云：「誤落塵網中，一去三十年。」
初為州祭酒，當在其前。

王氏所稱州祭酒之任，當在此年之前，是合乎事實的。不過所引的〈歸園田居〉詩「一去三十年」，本有疑義，實不足爲據。相較下，吳仁傑的說法，就確切詳實多了：

> （太元十八年癸巳）是歲爲江州祭酒，未幾辭歸。州復以主簿召，不就。〈飲酒〉詩云：「疇昔苦長飢，投耒去學仕。」又云：「是時向立年。」蓋先生以二十九歲始出仕，實癸巳歲也。本傳云：「親老家貧，起爲州祭酒，不堪吏職。少日自解歸。」此〈飲酒〉詩下句所謂「拂衣歸田里」者也。

因吳氏舉證信實又貼合史傳，所以，歷來學者多從其說，訂定淵明二十九歲起爲州祭酒。

淵明因門第關係，只能起爲州祭酒，蓋此官職相當卑微，吏事繁瑣，屬於濁官，例由庶族寒門出身者擔任。至於像秘書郎、著作郎、員外騎侍郎等一類優閒又有發展前途，可爲政治升遷、進身之階的官職，只有高門甲族的人，才能接掌。因此，當時社會上才會流行著「上車不落爲著作，體中何如則秘書」的諺語。不論士族才識如何，其一出生便被賦予清流美職，在政治上擁有優勢的永久地位。從詩人發抒「志意多所恥」的苦悶，對照史傳的「不堪吏職」，可以理解初踏仕途的淵明，便對官場的諂上驕下、奉迎作揖，十分深惡痛絕，所以才會「少日自解歸」，對政場首度表達出失望。去職不久，州里雖又召爲主簿，他也推辭不就，寧可在家幽居五、六年，顯見他對官場的失望與痛苦在一開始就極爲深刻。之後，一直要到隆安年間，才又重返政壇。

有關他後來的幾次出仕，史傳上均未詳細紀載，但簡括爲：「復爲鎭軍、建威參軍。」（《宋書》）所以，引發後人爭義的地方也就特別多。

南宋葉夢得曾經提出他對淵明再仕的一些看法：

> 淵明隆安庚子從都還，明年赴假還江陵。荊州刺史自隆安三年桓玄襲殺殷仲堪，即代其任，至於篡，未別授人。淵明之行在五年，豈嘗仕於玄邪？傳云爲鎭軍參軍，按劉裕

以大亨三年逐桓玄，行鎮軍將軍事，豈又嘗仕於裕邪？桓
玄、劉裕之際，而淵明皆或從仕，世多以爲疑，此非知淵
明之深者。無論實爲玄、裕否，淵明在隆安之前，天下未
有大故，且不肯仕，自庚子至乙巳，正君臣易位，人道反
復之時，淵明乃肯出仕乎？蓋潯陽上流，用武之地，玄與
裕所由交戰出入往來者也。淵明知自足以全節而不傷生，
故迫之仕則仕，不以輕犯其鋒，棄之歸則歸，不以終屈其
己。豈區區一節之士可以窺其間哉？自去彭澤，劉裕大業
已成，天下亦少定，遂不復出。後十四年，召爲著作郎，
則淵明可以終辭矣。　（吳仁傑《陶靖節先生年譜》）

葉氏的說法與史傳差爲相近，但是，當時正在爲淵明編撰年譜的王
質、吳仁傑，卻不表贊同，他們兩人均就《陶集》中詩文的排列順序，
斷言陶公出仕的時間，甚或暗示從仕的對象。

詩人第二次出仕，王質就定爲三十六歲左右，在晉安帝「隆安四
年庚子」條下云：

君年三十六。五月，有〈從都還阻風規林〉詩，當是參鎮
軍，銜命自京都上江陵，故在〈始作鎮軍參軍經曲阿〉詩
後。父在柴桑，故云：「一欣侍溫顏。」又云：「久游戀所
生。」父爲人，度不肯適都，當是己舍單行。見〈還舊居〉
詩。軍僚差彊郡吏，故云：「時來苟冥會，婉孌憩通衢。投
策命晨裝，暫與田園疏。」

吳仁傑的說法，也多本於王質：

（隆安四年庚子）始作鎮軍參軍，有〈經曲阿〉詩。……以詩
題考之，先生蓋於此年作鎮軍參軍，至乙巳歲作建威參軍，
史從省文耳。《文選·經曲阿》詩，李善注云：「宋武帝行
鎮軍將軍。」按裕元興元年爲建威將軍，三年行鎮軍將軍，
與此先後歲月不合，先生亦豈從裕辟者？善注引用非是。
此年五月，又有〈從都還阻風規林〉詩云：「一欣侍溫顏。」
則先生就辟，至是乃挈家居京師，故〈還舊居〉詩有「疇
昔家上京」之句。

又「隆安五年辛丑」條下，吳氏續言：

> 先生爲鎮軍，非從劉裕，已具去歲譜中。至仕於江陵，則
> 又有不然者。先生以庚子歲作鎮軍參軍，乙巳歲去彭澤不
> 復仕，故〈還舊居〉詩云：「疇昔家上京，六載去還歸。」
> 自庚子至乙巳，凡六年，既云「家上京」，又有〈從都還阻
> 風〉詩，則是未嘗居江陵。使先生果仕於玄，不應居京師；
> 設居江陵，不應以爲上京。故先生〈答龐參軍序〉云：「龐
> 從江陵使上都，過潯陽。」凡言京都，皆指建業，則先生
> 未嘗居江陵明甚。

從這些文字中，可以發現王、吳二人以爲淵明三十六歲前，曾爲鎮軍
參軍，鎮軍爲誰？並未說明。而且，兩人均就當時可見的《陶集》卷
三處首列〈始作鎮軍參軍經曲阿〉，次列〈庚子歲五月中從都還阻風
規林〉詩來立論，認爲二詩分列前後次序，適表明時間之相近。既以
此爲前提，自然要肯定詩人爲鎮軍參軍時，當在隆安四年庚子。這一
年，劉裕僅是劉牢之的裨將，並非鎮軍將軍。所以，這時淵明的長官
就被推定爲不是劉裕，反而可能是劉牢之。不過，問題出在《陶集》
之編撰始於昭明太子，宋人所見是否爲昭明舊本，而《集》中次序也
未必可靠，單以篇卷次序斷言時間先後，做爲考證詩人出處之證，實
有可疑。其實，李善在編注《文選》時，雖將兩詩前後羅列，但在〈經
曲阿〉詩下注云：「臧榮緒曰：『宋武帝行鎮軍將軍。』」就已經點出
該詩寫作時間當在晉安帝元興三年甲辰〔註24〕，與〈庚子歲五月中從
都還阻風規林〉詩，相距晚四年，並非同時之作，因此該詩也就不能
作爲淵明「二次出仕」的證據，更不能以此否定詩人曾仕於劉裕幕下。
吳、王兩人因不能將〈經曲阿〉詩做出正確的繫年，才導致連連判讀
錯誤，造成後人不少的紛爭。

　　另外，吳譜除了認爲淵明不肯屈仕劉裕外，還以〈還舊居〉詩證
明其不曾仕於江陵，因而也也不會仕於桓玄。〈還舊居〉詩作於何時，

〔註24〕沈約《宋書》及令狐德棻等《晉書》，均載明劉裕行鎮軍將軍當在晉
　　　　安帝元興三年三月。

「上京」究竟所指何處，都有疑義，以〈庚子歲五月中從都遇阻風於規林〉與〈辛丑歲七月赴假遇江陵夜行塗口〉二詩對應來看，淵明可能先在江州州府任職，曾奉命使都，之後移任荊州（治所在江陵）從事，其間還曾請假回鄉探親。考隆安四年庚子、五年辛丑間，正是桓玄克荊州、雍州後，督八州及八郡軍事、領荊州、江州刺史，直至元興元年壬寅。所以淵明仕於桓玄，是極有可能的。葉夢得的說法是相當具有參考價值的。

從〈辛丑歲七月赴假還江陵夜行塗口〉詩，作者曾提及自己風塵僕僕，「懷役不遑寐，中宵尚孤征」的情景來看，其所從事的，仍然是辛苦又勞累的濁官一類，根本無法實現「大濟蒼生」的理想，所以，他才會一再發出「自古嘆行役，我今始知之」、「久游戀所生，如何淹在茲」（〈庚子歲五月中從都還阻風於規林〉）的感嘆，有著「商歌非吾事，依依在耦耕」、「投冠旋舊墟，不爲好爵縈。養眞衡茅下，庶以善自名」（〈辛丑歲七月赴假還江陵夜行塗口〉）的自覺。根據〈祭程氏妹文〉所記：「昔在江陵，重罹天罰」，大概就在仕桓玄這段時間，遭逢母喪，所以詩人即可能以此爲由，離職返家。一直到安帝元興三年，因迫於自己「總角聞道」，卻「白首無成」，才又重新燃起他對事業前途的再次想念，做了劉裕的參軍。

從李善對〈始作鎮軍參軍經曲阿〉一詩所作的注解，的確可以澄清詩人曾仕於劉裕的事實。「曲阿」在京口之西，爲建康至京口必經之地，唐人李吉甫《元和郡縣志》「淵明」條下云：

> 丹陽縣，本舊雲陽縣地，秦時望氣者，云有王氣，故鑿之以敗其勢，截其直道使之阿曲，故云曲阿。天寶元年改爲丹陽縣。

《文選》卷二十二錄顏延之〈車駕幸京口三月三日侍游曲阿後湖作〉詩，李善注引《水經注》云：「晉江陵郡之曲阿縣下，陳敏引水爲湖，水周四十里，號曰曲阿後湖。」是知晉代「曲阿」當在京口附近，其地有湖，所以淵明〈經曲阿〉詩有：「眇眇孤舟逝」、「臨水愧游魚」

句。該地至唐時，則改名爲丹陽縣。《晉書・武帝紀》載：「元興三年二月，劉裕起兵討桓玄，首殺桓修，據京口。」這一點與淵明〈經曲阿〉詩所述一致。所以，王質、吳仁傑等人的懷疑，是值得商榷的。

王、吳二人因將〈經曲阿〉詩繫於庚子前後，所以否認淵明曾仕於劉裕治下，造成所作年譜在「元興年間」，並無淵明的出仕經歷。王質的看法，是詩人從庚子始事鎮軍後，隨即入事建威將軍，中間並經母喪，至義熙元年止。居官共計六年，以符「疇昔家上京，六載去還歸」之詩旨。吳仁傑則以爲，元興三年桓玄伏誅，晉安帝返正於江陵。未幾，桓振造反。義熙元年三月，建威將軍劉懷肅討伐桓振，然後安帝乃還京師，這一年，建威將軍懷肅便領江州刺史，而淵明則入其幕府，參與討伐逆黨於江陵，自庚子至乙巳，合爲六年。這種說法，韓駒就不表認同，曾予以反詰道：

> 以〈淵明傳〉及詩考之，自庚子歲始作建威參軍，由參軍爲彭澤令，遂棄官歸，是歲乙巳，凡爲吏者六歲，故云：「疇昔家上京，六載去還歸。」然淵明乙巳歲三月尚爲參軍，十一月去彭澤，而云：「家貧，耕植不足以自給。」何也？
>
> （胡仔《苕溪漁隱叢話》前集卷三引）

韓氏不解，如果淵明公職連續長達六年，論收入，但求溫飽當不是問題，何以云「不足以自給」？針對這一點，吳仁傑以爲韓氏考慮弗深，所以再提解釋：

> 先生自庚子歲作鎮軍參軍，至辛丑秋居憂，癸卯外除，值桓氏亂，閒居彌年。此年春，方在建威府，未幾，復辭去。雖六載居京，其實爲吏之日少。

吳氏等人的說法，似有維護陶公形象的味道，試圖祛除《宋書》本傳中所稱詩人「弱年薄宦，不潔去就之跡」的烙痕。因爲，世人多視覬覦晉室王權的桓玄、劉裕爲亂臣賊子，所以，以淵明忠於晉室的心態而言，自當不事桓、劉二人。這種說法，甚受喜愛淵明的宋人乃至清人的歡迎與認同，包括方東樹、陶澍等人，都爲此說法增踵張目。其實，葉夢得能夠正視淵明曾仕於桓、劉二人的見解，反而是比較超

拔，且合乎事實的。只不過，葉氏顯然也沒有跳出「忠君」的設限，強爲陶公飾辭，以爲淵明之仕於於桓、劉，乃是出於被迫而不得不然，這不啻是畫蛇添足。即以詩人庚子、辛丑二年投身桓玄門下來說，當時的桓玄並沒有完全暴露篡臣的野心，史書也形容前期的桓玄是：「常欲以身報德，投袂乘機。」在朝主政時，也曾一度「黜凡佞，擢俊賢，君子之道粗備，京師欣然」（《晉書・桓玄傳》）。淵明在家境窘迫，又希望能夠「進德修業，將以及時」（〈讀史述九章〉）、「振纓公朝」下，才來到桓玄手下做事，以實現濟世救民之願。孰知，桓玄後來爲篡晉一再翦除異己，甚至「陵侮朝廷，幽擯宰輔，豪者縱欲，眾務繁興」，弄得「朝野失望，人不安業」（《晉書・桓玄傳》）。淵明入仕沒有多久，就洞識其私欲和野心，所以，隆安五年辛丑，便以母喪爲由，立刻急流勇退，抽身政壇。這項經歷，又何能污損作者之人格！《宋書》所稱「不潔去就之跡」，事實上是言之太過了。

至於詩人後來所以成爲鎮軍將軍劉裕的參軍，無非是以爲劉裕已收復京邑，迎歸安帝，必可安定晉室，故東下附義旗，入幕劉府。〈始作鎮軍參軍經曲阿〉詩紀其赴職途中的心情是：「時來苟冥會，宛轡憩通衢；投策命晨裝，暫與園田疏。」其中有著姑且再試試看的味道。未料，劉裕的心計作爲亦不如作者的期待，所以未幾他就「終返班生廬」了。後人在澄清這兩次出仕經歷時，不能因爲擔心其崇高人格會留下陰影，故避重就輕，或牽強附會曲爲之說，以抹去這段事實。其實，作者或困之於家貧，或出之以濟世，而仕於桓、劉幕下，仔細考論其去就的思想動機，就不會影響世人對其品格的一貫認識！

陶公在離開劉裕之後，又做了建威將軍領江州刺史的參軍。這位建威將軍是誰，史傳、王質均未明說，唯吳仁傑指爲劉懷義。不過劉懷義雖亦號建威將軍，而時領淮南，歷陽二郡太守，非江州刺史，所以吳說應該不確。吳仁傑所以誤認是劉懷義，是因爲義熙元年乙巳三月，桓振進襲江陵，當時建威將軍劉懷義曾追討桓振並斬之，而淵明於該年曾作〈乙巳歲三月爲建威參軍使都經錢溪〉一詩，假使如吳仁

傑所言，則淵明也從劉懷義討逆賊於江陵，那又該如何行「使都」之命？可知吳說之乖戾。因此，後世仍多以爲當做「劉敬宣」爲是。已而元興三年甲辰，劉敬宣即以建威將軍領江州刺史，鎮潯陽，是故詩人可能在這一年歲末或義熙元年初，任職於劉敬宣戎幕。然在前舉〈使都經錢溪〉詩中，淵明仍然透露出「園田日夢想」的心願，因爲他深深感受到「伊余何爲者，勉勵從茲役。一形似有制，素襟不可易」，爲了能夠堅守志節，「終懷在歸舟，諒哉宜霜柏」，在使都任務達成之後，他就毅然去職了。

　　義熙元年的秋天，淵明做了彭澤令，這是他仕履生活的終結，也只有這一次出仕經歷與最初的州祭酒是最明確而毫無爭議的。除了《晉書》本傳所云：「義熙二年，解印去。乃賦〈歸去來〉。」將「乙巳」誤作「丙午」的明顯錯誤外，其餘多無有疑慮。〈歸去來兮辭並序〉一文，誠爲淵明告別官場的正式宣言。文中他特將此次做官、辭官的動機、過程、時間，做了最詳細的剖白。淵明之所以出來做一個「彭澤令」的小官，只因「聊欲弦歌，以爲三徑之資」（蕭統〈陶淵明傳〉）、或「公田之利，足以爲酒」（〈歸去來辭並序〉）。但八十多日之後，在「饑凍雖切，違己交病」的強烈想法下，詩人愈覺「質性自然，非矯厲所得」。加上他「素簡貴，不事上官。郡遣督郵至，縣吏白應束帶見之」，於是不禁嘆道：「吾不能爲五斗米折腰，拳拳事鄉里小人邪。」隨即「解印去縣」，「賦〈歸去來〉」以見志（以上見《晉書》本傳）。照應〈序〉、〈傳〉的說法可以明白，淵明其實早在仕劉裕、劉敬宣時，便已萌生早退之意，但由於自己單純地以爲「眞想初在襟，誰謂形跡拘」（〈始作鎮軍參軍經曲阿〉）、「一形似有制，素襟不可易」（〈乙巳歲三月爲建威參軍使都經錢溪〉），覺得仕宦形跡，控制得了軀體，囚禁不了意志。所以他決定「猶望一稔」，再「斂裳宵逝」（〈歸去來兮辭並序〉），等經濟生活有了多一點的儲備、著落之後，再抽身官場，彭澤令只是暫時委身之計。不過，這種爲謀隱而求官的行爲，畢竟有著「以心爲形役」的痛苦和矛盾，因而詩人還是毅然地

解印綬去職，毫不眷戀地離開是非之地。除此，吳仁傑還認爲淵明的
去職與「明哲保身」有關，因爲當時劉裕勢力規模漸廣，絕非有以臣
事晉之心，陶公因已洞識，所以當顏延之勸他：「獨正者危，至方則
閡；哲人卷舒，有在前載。」（〈陶徵士誄〉）不要執著時，他決定不
勉強自己，既然選擇離開，則當斷然而去。吳氏的這種看法，對淵明
的去職亦是一種補充說明，補強了詩人義無反顧告別官場的動機主
因，亦可備爲一說。

（三）中年歸田 —— 復得返自然

　　愛好自然，是陶淵明歸隱的主觀動機，而客觀因素則在於當時社
會的污濁虛僞、動亂不安，誠所謂的「眞風告逝，大僞斯興」（〈感士
不遇賦並序〉）。

　　義熙元年，淵明結束了仕履生活，完全回歸田園，對照著過去「久
在樊籠裏」（〈歸園田居〉其一）的日子，詩人於此，身心得到全然的
解放，他不需要再「爲五斗米折腰向鄉里小兒」（《宋書・隱逸傳》），
也不用再發出「望雲慚高鳥，臨水愧游魚」（〈始作鎮軍參軍經曲阿〉）
的喟嘆。「白日掩荊扉，虛室絕塵想」（〈歸園田居〉其二）的悠閒，
已然成爲他眞實生活的寫照。這後半生的村居生活，尤其初期，是充
滿自得、喜悅的，他的好友顏延之便是一個重要的見證者：

> 解體世紛，結志區外。定跡深棲，於是乎遠。灌畦鬻蔬，
> 爲供魚菽之祭；織絢緯蕭，以充糧粒之費。心好異書，性
> 樂酒德。簡棄煩促，就成省曠。殆所謂國爵屛貴，家人忘
> 貧者歟！有詔徵著作郎，稱疾不到。（〈陶徵士誄〉）

〈歸去來兮辭〉的眞誠剖白：「悟已往之不諫，知來者之可追；實迷
途其未遠，覺今是而昨非。」讓詩人既勇敢又徹底的檢視自己十多年
來的官旅生涯。在「密網裁而魚駭，宏羅制而鳥驚」（〈感士不遇賦〉）
的時局下，他「違己交病」許久，多次的失望、自責與覺悟，卒使詩
人產生強烈的「眷然有歸與之情」（〈歸去來兮辭並序〉），於是他走向
了田園。這是他安身立命的地方，內心升起產生一種充實和暢的感

覺，天地也爲之遼闊。

　　雖然戮力東林的生活並不輕鬆，不過，既能力耕又能筆耕的日子，還是教詩人有無限的適足之感：

> 春秋多佳日，登高賦新詩。過門更相呼，有酒斟酌之。
> 農務各自歸，閒暇輒相思。相思則披衣，言笑無厭時。
> 此理將不勝，無爲忽去茲。衣食當須紀，力耕不吾欺。

（〈移居〉其二）

農務時，則各自歸家忙於田事；閒來，則「漉我新熟酒，隻雞招近局」（〈歸園田居〉其一）、「過門更相呼，有酒斟酌之」（〈移居〉其二），邀請三、五個朋侶、鄰居的素心人聚集一堂，或切磋文義，或欣賞妙章，或登高賦詩，與親友暢敘情誼，享受親友情話的喜悅溫馨。這就是淵明歸田後所要建構的完滿人生，如實且平凡。而〈讀山海經〉一詩，正可說是他辭官歸田初期，這種自得生活的最佳寫照：

> 孟夏草木長，繞屋樹扶疏，眾鳥欣有託，吾亦愛吾廬。
> 既耕亦已種，時還讀我書，窮巷隔深轍，頗迴故人車。
> 歡然酌春酒，摘我園中蔬。微雨從東來，好風與之俱。
> 泛覽周王傳，流觀山海圖。俯仰終宇宙，不樂復何如。

詩中無不洋溢著作者耕餘讀書之樂，顯現出他高尚的意趣及悠遊書肆的陶然。這等閒適形象，蘇轍形容是：「此心淡無著，與物常欣然。」（〈子瞻和陶公讀山海經詩欲同作而未成夢中得數句覺而補之一首〉）的確令人有追慕之想。所以，在宋代政壇上「論事切直」（《宋史‧歐陽脩傳》）、勇於敢言，銳意進取、改革的歐陽脩，也忍不住心動地道出：

> 吾見陶靖節，愛酒又愛閒。二者人所欲，不問愚與賢。
> 奈何古今人，遂此樂尤難。飲酒或時有，得閒何鮮焉。
> 浮屠老子流，營營盈市塵。二物尚如此，仕宦不待言。
> 官高責愈重，祿厚足憂患。暫息不可得，況欲閒長年。
> 少壯務貪得，銳意力爭前。老來難勉強，思此但長嘆。

決計不宜晚，歸耕潁尾田。(〈偶書〉)

不惟歐公一心仰羨，之後東坡的至友文同，也做過類似的表白：

吏人已散門闌靜，公事才休耳目清。窗下好風無俗客，
案頭遺集有先生。文章簡要惟華袞，滋味醇釀是太羹。
也待將身學歸去，聖時爭奈正升平。(〈讀淵明集〉)

詩中，與可清晰地傳達出羨慕陶公的人生境界，表明自己也想「將身學歸去」，無奈當時卻是「正升平」的「聖時」。言下之意，當然是指世殊事異，聖世豈有隱逸之舉的道理，所以，他對淵明也只有徒羨之情！然而，淵明歸田躬耕所示範的「適足」人生典型，特教宋人傾心，則是不爭的事實。

不過，詩人閒適的生活也沒有維持多久。義熙四年的一場回祿之災，使得一個「草廬寄窮巷，甘以辭華軒」(〈戊申歲六月中遇火〉)，一直守志固窮的文人遭受到嚴重的打擊：他的「方宅十餘畝，草屋八九間」(〈歸園田居〉其一)，瞬間成為灰燼，這不得不讓詩人：「仰想東戶時，餘糧宿中田，鼓腹無所思，朝起暮歸眠。」(〈戊申歲六月中遇火〉) [註25] 嚮往那種有衣有食，無憂無慮生活，這是人類生存的基本要求與享受。詩人要的不多，但是，現實仍然給了他難以面對的窘境。他只能暫棲船上，為著復建工作的進行而憂心忡忡，東戶子的時代，是不可能再現的。看清了這一點，淵明只好將生存的努力，落實到實際的田園工作上，所謂「既已不遇茲，且遂灌我園」(同上)。

雖然，淵明清楚地了解：「人生歸有道，衣食固其端。」(〈庚戌歲九月中於西田穫早稻〉) 衣食是現實生存之所賴者，沒有人能跳脫這種命限，「而以求自安」。他努力地參與所有田園工作：「晨出肆微勤，日入負禾還。」只希望能夠「力耕不吾欺」(〈移居〉)、「但使願無違」(〈歸園田居〉其三)。不過，苦盡卻未必是甘來。出仕以謀衣食，本是無路可走的下策，而今歸田力耕卻又難以糊口，情境之困迫，

[註25] 東戶季子，傳說中遠古太平時代之君主。《淮南子·繆稱》有言：「昔東戶季子之世，道路不拾遺，耒耜餘糧，宿諸畝首。」

眞何以堪：

> 代耕本非望，所業在田桑。躬親未曾替，寒餒常糟糠。
> 豈期過滿腹，但願飽粳糧。禦冬足大布，粗絺以應陽。
> 正爾不能得，哀哉亦可傷。人皆盡獲宜，拙生失其方。
> 理也可奈何，且爲陶一觴。（〈雜詩〉其八）

努力躬耕，卻連最低的溫飽也無法維持，這自然使詩人的內心有了不安。在「荏苒歲月頹」下，他「每每多憂慮」，既擔心「寒餒常糟糠」，也惴慄自己「氣力漸衰損、轉覺日不如」（以上均見〈雜詩〉其五），只要「氣變」之際，詩人就會顧影傷時，夕永不眠。再思及自己的「有志不獲騁」（〈雜詩〉其二），便只有「揮杯勸孤影」，「念此懷悲悽，終曉不能靜」（同上），足見詩人之壯心未死。直至晚年，在面對現實苦難而抒發不平之際，猶不免要流露出幾分壯志未酬的遺憾。

（四）晚年守節──固窮夙所歸

晚年的淵明，面對了市朝之變，處乎亂世之間，一爲饑寒所迫：「被服常不完，三旬九遇食。」（〈擬古〉其五）一爲舊疾新病交加：「本既不豐，復老病繼之。」（〈答龐參軍並序〉）如此一來，眞是「了無一可悅」（〈癸卯歲十二月中作與從弟敬遠〉）。但他還是堅持固窮的心志。在〈詠貧士〉一詩中，藉歌頌伯夷、叔齊、榮啓期、顏回、原憲、黔婁、張摯、袁安等人，寄託自己安貧守節、隱居不仕的抱負。

事實上，淵明晚年在思索自己人生道路時，雖肯定自己居田的價值，但回憶身世之際，也不免感嘆經歷。義熙末年，朝廷的徵召，必也曾引起他內心情志的騷動，心潮難平。〈雜詩〉其五針對壯志未能酬所透露的遺憾，就頗耐人尋味：

> 憶我少壯時，無樂自欣豫。猛志逸四海，騫翮思遠翥。
> 荏苒歲月頹，此心稍已去。值歡無復娛，每每多憂慮。
> 氣力漸衰損，轉覺日不如。壑舟無須臾，引我不得住。
> 前途當幾許，未知止泊處。古人惜光陰，念此使人懼。

面對「日月擲人去」（〈雜詩〉其二），自己又「氣力漸衰損」下，詩人頗生時不我待之感。所謂「盛年不重來，一日難再晨」（〈雜詩〉其一），如果自己不能有所作能的話，恐怕「歲月不待人」（同上），這也就是淵明「懼」之所在。然而，時代背景、自我質性以及種種的仕履經驗，早教詩人有「繒繳奚施，已卷安勞」（〈歸鳥〉）的覺悟。所以，進退的掙扎讓他不禁「念此懷悲淒」，甚且「終曉不能靜」（〈雜詩〉其二）。儘管如此，他還是深切明白這是一個「世俗久相欺」（〈飲酒〉其十二）的時代，出仕斷然不可能實現「大濟蒼生」的理想。所以，在理智的判斷下，他拒絕了朝廷的徵召。甚至在後來，江州刺史檀道濟特意去問候，力勸其復出時，他雖已偃臥瘠餒多日，卻一點也不為所動，斬釘截鐵地回對眼前的達官：「潛也何敢望賢，志不及也。」（蕭統〈陶淵明傳〉）這種堅定不移，與他當初在彭澤任上擲冠棄祿的果斷，是一氣貫下的，都是「吾駕不可回」（〈飲酒〉其九）的宣告。這種精神人格，對一向標榜修志養氣的宋人來說，是崇高可佩的。所以，連一向視人別為嚴峻的理學大家朱熹，也不免對詩人發出讚嘆之語：

> 晉、宋人物，雖曰尚清高，然個個要官職。這邊一面清談，那邊一面招權納貨。陶淵明真箇不要，此所以高於晉、宋人物。（陶澍集注《靖節先生集・諸本評陶彙集》）

一個人生活貧困至極，猶能保有兀傲不苟之心，誠屬困難。淵明雖被生活所驅，有時不得不叩門乞貸，但是自尊卻不容一絲一毫地被污損。與其喪志而食「嗟來」，不如學古賢而固窮。透過〈有會而作並序〉一篇，我們清楚地看到詩人對人生價值的取捨：

> 舊穀既沒，新穀未登。頗為老農，而值年災。日月尚悠，為患未已。登歲之功，既不可希；朝夕所資，煙火纔通。旬日已來，始念饑乏。歲云夕矣，慨然永懷。今我不述，後生何聞哉！
>
> 弱年逢家乏，老至更長饑；菽麥實所羨，孰敢慕甘肥。惄如亞九飯，當暑厭寒衣。歲月將欲暮，如何辛苦悲。常善

　　粥者心，深念蒙袂非；嗟來何足吝，徒沒空自遺。斯濫豈
　　攸志，固窮夙所歸。餒也已矣夫，在昔余多師。

從詩中可以了解到詩人不會為了維持生命，而接受「嗟來之食」，他
在極度饑餓中，拒絕了檀道濟饋贈的粱肉，正是這種志氣行動的表現。

　　隨著時局的動盪，兵燹天災未息，個人身家所受的威脅也就與日
俱增，僅圖溫飽的希望，也變得遙遠而不可奢求。在這種情勢下，淵
明的文藝心靈開始有了建立一個理想社會的構思。他參考了上古三皇
時代的背景，結合自己半生躬耕生活的經歷，把田園中非常熟悉的景
物帶入了這個社會中，完成了〈桃花源記並詩〉。此一作品，無疑是
他對現實社會的質疑與抗議。

　　而這種隱而不晦的控訴方式，在〈擬古〉其二中也是隱約可見的：

　　辭家夙嚴駕，當往志無終。問君今何行，非商復非戎。
　　聞有田子泰，節義為士雄。斯人久已死，鄉里習其風。
　　生有高世名，既沒傳無窮。不學狂馳子，直在百年中。

詩中是以讚揚田疇「節義」的行為而展開議論的。有關田疇行誼，據
《魏志・田疇傳》記載：

　　疇字子泰，右北平無終人。初平元年，董卓遷帝於長安，
　　幽州牧劉虞歎曰：「賊臣作亂，朝廷播蕩，欲奉使展效臣節，
　　安得不辱命之士乎！」眾議田疇。署為從事，具其車騎，
　　將行；疇曰：「今道路阻絕，寇虜縱橫，稱官奉使，為眾所
　　指名，願以私行。」乃自選家客，與少年勇壯二十餘騎俱。
　　既取道出塞，趣朔方、循間徑去。至長安，致命，詔拜騎
　　都尉。疇以天子蒙塵，不可荷佩榮寵，固辭不受，朝廷高
　　其義。得報還，虞已為公孫瓚所滅。疇謁虞墓，陳章表，
　　哭泣而去。瓚大怒，拘之。或說瓚囚義士，恐失眾心，乃
　　遣疇。疇北歸，百姓歸者五百餘家，疇為約束，興舉學校，
　　北邊翕然。

可見在漢末的混亂世局中，田疇「率舉宗族他附從數百人」，「遂入徐
無山中，營深險平敞地而居，躬耕以養父母。百姓歸之，數年間至五

千家」之舉，正是淵明「桃源」理想的寫照，或言〈桃〉文之所本，也未嘗不可。而且在同樣是「眞風告逝」的時代裡，田疇對受封固辭不就的立場，以及歸來後不顧當權威勢，「謁虞墓，陳發章表，哭泣而去」的態度，均是「節義」精神的最佳體現，與那些趨炎附勢之徒，苟且求榮，適爲強烈對比。這種兀傲之氣，凜然可佩，雖是指向田疇，又何嘗不是淵明自我的期許及寫生。誠如宋人晁說之的體會：

> 淵明如「歷覽千載書，時時見遺烈；高操非所攀，深得固
> 窮節」，不與物競，不強所不能，自然守節。（《晁氏客語》）

即使晚年的生活是「老至更長饑」，詩人還是有「固窮夙所歸」（以上見〈有會而作〉）的堅定意志，這種精神品格的可貴，乃在於其中存有實踐的困難高度。所以，曾鞏才會在自我觀照、省察後，發出「（淵明）遭時乃肥遁，茲理固可執。獨有田盧歸，嗟我未能及」（〈過彭澤〉）的深層感嘆。

在貧困羸弱中，淵明有感於自己如風中殘燭，或預知自己壽命不久，從容寫下三首〈挽歌詩〉與一篇〈自祭文〉，做爲自己人生最後的告白：「人生實難，死如之何。」（〈自祭文〉）對死亡，他是無所懼的：「死去何所道，托體同山阿。」（〈挽歌詩〉）他的生死觀是平實而豁達的，如果沒有眞實修養，坦誠面對自己，檢視自己人生的人，是做不到的。所以，好友顏延之爲他作《誄》時，取其「寬樂令終曰靖，好廉自克曰節」之義，諡曰「靖節徵士」，以詩人一生人格氣節的表現來看，這項諡號，是極爲如實而不誇張的。